梦想

就在身边

我的农民工奋斗历程

谭双剑◎著

人民出版社

责任编辑：宫　共
封面设计：尚书堂

图书在版编目（CIP）数据

梦想就在身边：我的农民工奋斗历程 / 谭双剑著 . -- 北京：人民出版社，2020.12
ISBN 978-7-01-021917-2

Ⅰ . ①梦… Ⅱ . ①谭… Ⅲ . ①长篇小说 – 中国 – 当代 Ⅳ . ① I247.5

中国版本图书馆 CIP 数据核字 (2020) 第 035844 号

梦想就在身边
MENGXIANG JIUZAI SHENBIAN
——我的农民工奋斗历程

人 民 出 版 社 出版发行
（100706 北京市东城区隆福寺街99号）

三河市长城印刷有限公司印刷　新华书店经销

2020年12月第1版　2020年12月第1次印刷
开本：710毫米×1000毫米　1/16　印张：18　字数：196千字

ISBN 978-7-01-021917-2　定价：56.00元

邮购地址：100706　北京市东城区隆福寺街99号
人民东方图书销售中心　电话（010）65250042　65289539

代 序

仰望星空追逐梦想　脚踏实地不屈前行

我看过很多书，但，从来没读过这样的书。

它简单、质朴，它不讲究文笔也不重抒情，它没有高深的道理也没有故弄玄虚的噱头，它不是专业作者所写也未因此闭门谢客十年八载。但它简单中包含着人性的醇厚，随意中透着生命的热情，一件件小事中散发着梦想勃发的激情与活力。合卷深思，这本书的品格正如双剑的人格一样：踏实而厚重，质朴而遒劲，赤诚而担当。受邀为双剑新书写序，自觉能力与阅历都有不足，着实惶恐，怕难当大任。

一个初中辍学、身无长物的十几岁少年，挨过饿，捡过垃圾，睡过桥洞，三年不回家门。这各种心酸在双剑笔下没有丝毫抱怨和悲情，反而有一丝英雄拓路的豪情。困境中勤奋好学，从一无所长到参与"鸟巢"建设的高级工程师，他充分把握一切学习的机会，认真研读社会这本大书，向师傅学、向伙伴学、向生活学，向一切值得学习的人学。支撑他进取的是改变家庭困境的朴实梦想，鼓舞他坚持的是母亲无私奉献的爱，促使他进步的更是他个性中的奋进与不屈。

沧桑岁月，梦想是什么？在我们这个年纪谈梦想似乎有点矫情。这个年纪的梦想不像童年般天真烂漫，不似少年壮志满怀，更不敢奢望一切尽在掌握之中的豪壮，梦想似乎离我们很远很远。但在双剑的书里，我看到了中年人的梦想。这个梦想不是他喊出来的，也不是想出来的，而是一步一步拼出来的。他像一头勤恳耕种的牛一样，把家扛在身上，把工友扛在身上，把家乡的百姓扛在身上，把千千万万的农民工兄弟扛在身上，他的能力越来越大，他释放的能量越来越强，他扛起来的人越来越多，他走的路越宽越广。他在成就别人的同时也成就了非凡的自己，这不就是梦想最美的姿态吗？但问耕耘，不问东西，这不就是大写的人生境界吗？

双剑的半生是中国近现代建筑发展的缩影，中国有千千万万像双剑一样致力于建筑业发展的人。同为建筑人，我们像一颗钉子，一粒沙土，一块瓦片，用青春和汗水见证也推动了新中国建设。双剑是建筑人的杰出代表，不论是国家体育场、友谊医院这种杰作的参与，还是武汉、北京新冠防疫医院的英勇投身，都体现了建筑人的铁军精神和时代担当。双剑也是人民群众的杰出代表，他代表了亿万普通百姓对美好生活不懈的向往和追求，对自强、拼搏、奋进、仁义等中华传统美德的践行。

看他的《梦想就在身边》，我感受到我们是同道人，我无比尊重双剑著书立传的行为和精神。他在用一种积极的方式延续和传递建筑人风采，让更多人有机会了解平凡而又不平凡的中国建筑人。希望看到这本书的读者能从中感受到一种力量，这种力量就是身边的梦想，愿读者朋友们都能让自己的身边开遍梦想之花。

中建八局第二建设有限公司

党委副书记、总经理　李少华

2020年7月书于泉城

序章　我与党的十九大

2017年10月18日，北京人民大会堂，中国共产党第十九次全国代表大会就要隆重而庄严地开幕。

党的十九次全国代表大会，是我们党在带领全国人民全面建成小康社会的决胜阶段，推进中国特色社会主义发展的关键时期，而召开的一次具有重大政治、理论、实践意义的大会。这次大会，就是要向全世界宣告，中国特色社会主义进入了新时代！而总书记所作的十九大报告，就是一张为实现中华民族伟大复兴的中国梦而规划的宏伟蓝图。这次大会应出席代表2280人，特邀代表74人，共2354人，因事、因病请假16人，实到2338人。今天各界代表们齐聚一堂，兴奋、激动，精神饱满，这次大会将为我国建设发展的各项事业谋篇布局，提出全局性、战略性、前瞻性的行动纲领，带领全国人民为实现我党规划的伟大目标而努力奋斗。

此刻的人民大会堂正处在全世界的聚光灯下。无论大街小巷，还是各家各户电视机上，都在直播党的十九大盛况。

此时的我激动万分，不曾想象自己有一天会置身在人民大会堂，置身于这庄严而隆重的时刻。能够参加如此盛会，我的内心无比光荣和自豪！不禁让我回想起二十几年前，第一次站在天安门广场，望向人民大会堂的场景，庄重、敬仰！

我叫谭双剑，是来自河北省邯郸市馆陶县的一个普通农民，我们家祖上几代人也都是从土里刨食的"泥腿子"。后来因为家里的生活条件差，为了减轻家里的负担，我便早早辍学进城打工，开始了我的追梦之旅。

20多年来，我遇上了国家改革开放和经济社会发展的最好时期，为了实现自己的梦想，我不懈努力，积极进取，在各级党组织和政府的关怀下，先后被评为"河北百名风尚人物""邯郸市青年五四奖章""北京青年五四奖章"，荣获"河北省发展劳务经济带头人"称号，后来在组织的培养下光荣地加入中国共产党，先后被评为"河北省优秀共产党员"和"邯郸市优秀共产党员"，后来当选为"河北省第十二届人民代表大会代表""中国共青团第十七届全国代表大会代表"和"全国优秀农民工代表"。

今天我能够成为全国8900多万党员中的一名代表，并且非常荣幸地成为河北省代表团中的一员，一同出席党的十九大盛会，让我无比地骄傲和自豪。

我是一个地地道道的农民，一名普普通通的一线的建筑工人，今天能荣幸地步入北京人民大会堂，来到我们祖国最高级别的会场，与党和国家的最高领导人和全国各行业的党代表共同参与盛会，共同擘画实现中华民族伟大复兴中国梦的宏伟蓝图，这也是我一生中最大的荣耀。

我抑制住激动的心情，把目光投向人民大会堂万人大礼堂的穹顶。

这是全世界都可以通过影视画面极为熟悉了的景象：礼堂穹隆顶上的500盏"满天星灯"金光闪耀，象征着我们祖国辉煌灿烂的前景。

那一瞬间，耀眼的灯光不由得让我回想起20年前初来北京打工时，夜宿桥洞，找不到工作，曾几次陷入困境，近乎绝望地仰望天空，所见的那满天繁星。

其实这是我第二次来到人民大会堂，记得第一次来的时候还是在2013年6月，当时我作为"中国共青团第十七届全国代表大会代表"，在这里参加了纪念中国共青团成立90周年大会，认真听取了国家领导人的重要讲话。

作为一名建筑工作者，每次从外面路过庄严的人民大会堂，都会激起我对老一辈建设者们的敬意。

人民大会堂于1958年动工兴建。那时候，为了向1959年新中国成立10周年大庆献礼，北京开启了热火朝天的"十大建筑"建设工程，人民大会堂工程就是其中之一。当年的建筑工人们夜以继日，干劲十足，仅仅用了10个月的时间就完成了人民大会堂的建设，也正是因此，在当时的建设大军中涌现出了一批劳动模范，我们党和国家原领导人之一、全国政协原主席李瑞环同志就是其中的优秀代表，也是我们建筑工人的楷模。

那时的李瑞环同志还是北京第三建筑公司"木工青年突击队"的队长。北京三建公司现在属于"北京建工集团"。而我们现在的施工队伍从无到有，从小到大，长期以来正是在北京三建公司的关怀和培养下，才一

点一点地成长起来。

北京建工和三建公司的领导们也经常对我们讲述以李瑞环同志为代表的老一代建筑工人的先进事迹，让我们备受鼓舞。2007年北京建工集团为我的施工队伍授予了"青年突击队"称号并授予队旗；同年，又把我的施工队伍评为"五星级优秀施工队"，渐渐地我们的施工队和北京建工的文化融为一体，所以与新中国北京十大建筑的建设者们有着一定的渊源。

人民大会堂在建设过程中，木工专业一开始还是沿用我国传统木工技艺，其中有一个重要的环节叫"放大样"，是指木工在遇到相对复杂的工序时，需要先在地上铺一块很大的木板，请老木工师傅把物体的图纸小样等比例放大画到木板上，木工们再依据样式放大比例施工。但是这个环节即占场地又误时间，且只有经验丰富的木工老师傅才能掌握。然而即使这样烦琐，在当时也还是很多木工师傅非常向往的工艺技术。可是，李瑞环同志却在考虑以后木工干活儿过程中如何能够省掉这个环节，节省时间不用放大样。

为此，李瑞环同志多方请教。听说当时的一位工程师告诉他，如果掌握了三角、几何、代数这些高中以上的数学知识，就有可能通过推算而不用放大样制作物件了。李瑞环同志听了心里有了压力，但并没有放弃。1958年，他进入北京建工业余学院工业与民用建筑专业学习。白天，他在工地干活；晚上，就骑着自行车去很远的学校上课。

正在人民大会堂如火如荼地施工建设之际，工程指挥部交给木工青年突击队一项重活、急活：8天内制作一段200米长的屋顶外沿模板。身为突击队队长，李瑞环同志知道已经没有时间去找大片空地放大样了，于是他凭着已掌握的数学知识和一股钻研劲头，搞出了一套木工简易计算法，一举甩掉了放大样的环节，按期完成了制作任务。从此，木工行里那句"放样活计高不可攀，不放大样除非鲁班"的口头禅没人再念它了，李瑞环同志却因搞出木工简易计算法，甩掉放大样工序，而被誉为"青年鲁班"。李瑞环同志的好学上进、创新钻研的精神，一直以来都是建工三建公司的奋斗楷模。他曾经说过："给地球留下痕迹最多的就是咱们建筑工人。"建工三建公司这些年一直传承着先辈们的光荣传统，秉承着"建德立业，工于品质"的优良作风！

还有一位传奇人物，一直以来都是我们学习的榜样，他曾经被称为"平民市长"，他就是建工三建老领导张百发同志。1951年，张百发走进北京第三建筑公司，做起了钢筋学徒工。1954年4月28日，由张百发和11名青年人组成并以他的名字命名的北京市第一支钢筋工青年突击队——张百发青年突击队宣告成立。作为突击队队长的张百发，这年不过19岁。在张百发同志的带领下，"张百发青年突击队"在13年的时间里，先后参加北京工人体育馆、人民大会堂、中央高级党校、北京大学、清华大学等70多个工地的新建和扩建工程，还参加生产钢筋混凝土构件，共完成2500多项任务。

张百发钢筋工青年突击队刚成立的第一天，张百发主动承担了挖下水道的任务。第一天他们就突破了每人每天2.5立方米的定额，每人平均挖土方7立方米，挖到4米深时，出现了流沙，塌方很严重，扬土就更费劲。队员们双手磨出了血泡，但谁也没有停止工作，终于顺利地完成了任务。不久后，他们又接受了挖臭水沟的任务。为了用实际行动向"五·一"献礼，他们创

造了每人日挖13立方米土方的记录，最后平均超额250%完成了任务。

1958年12月19日，张百发青年突击队调到人民大会堂建设项目。他们和另一支青年突击队，两个钢筋工班组，200个"多面手"和108名参加义务劳动的干部组成张百发钢筋工连。他们的第一个任务就是要在10天内绑扎完人大常委会办公楼工程的680吨基础钢筋，赶上整个人民大会堂工程进度。680吨钢筋这个数字，相当于他们1957年一年半完成的工作量。经过9个昼夜奋战，终于胜利地完成了这项任务，创造了建队以来的丰产纪录，兑现了他们向1959年元旦献礼的承诺。

风风雨雨几十年过去。当年风风火火的青年突击队长，一个普通的建筑工人，后来成长为北京市常务副市长和国家奥运场馆建设的功臣。

正是这些老一辈们的无私奉献精神，一直鼓舞着我们不断砥砺前行。我也坚持以李瑞环、张百发同志为奋斗榜样，白天在工地干活，晚上上各种业校、夜校，通过各种资质考试，考取了电工证、工长证、项目经理证、高级工程师证等。在我的影响和带动下，我们团队中的技术骨干人员也都相继考取了各个专业的资质证书，这使得我们的队伍在成长过程中更加充实，更具竞争力。后来我们也陆续承接了更多的国家大型重点工程，甚至还承接了国家体育场"鸟巢"的电气工程。

在我们的团队发展和成长过程中，我们承接的项目越来越多，跨越了多个专业领域。这中间也离不开每一个企业对我们的扶持和培养，如北京建工、中建八局等等。中建八局的全称为中国建筑第八工程局有限公司，是世界500强企业——中国建筑股份有限公司的全资子公司，其前身为国家建工部直属企业，始建于1952年，1966年奉中央军委和国务院命令整编为基建工程兵部队，1983年9月集体改编为现企业，2007年12月整体改制为中国建筑第八工程局有限公司，总部现位于上海市，2019年在上海百强企业中排名第8。中建八局有"铁军精神"为基石的企业文化，有质量和技术领先同行的良好品牌形象。为了提高我们队伍整体水平，锻炼过硬的综合素质，我们一直以中建八局、北京建工为榜样，不断学习，不断努力。

其实每个人都有自己的梦想，但我认为梦想不仅仅是一句口号，而是从你有了梦想开始，一步一步付之行动，不论经历多少困难都不放弃，直至实现的那一段过程。而付出时间和精力是必然的，也是基于这种现实，我从一出门开始就很少回家。起初盘算着先挣点钱让母亲和家人享福的初衷并没有实现，因为一旦投入工作总是难以抽身，以至于母亲病倒时我没有及时地回到她身边，虽然在她老人家临终前匆匆忙忙见了最后一面，当时母亲因得了脑溢血说不出话来，甚至连一句叮嘱都没有留下，这也是我此生最大的遗憾吧。

突然间，大会现场掌声响起……

雄壮高亢的国歌声唱彻会场。

总书记代表第十八届中央委员会向大会做了题为《决胜全面建成小康社会 夺取新时代中国特色社会主义伟大胜利》的报告。

我收回绵延的思绪，开始认真聆听大会报告……

目 录
CONTENT

第一章
我的家乡

—— 我的家乡坐落在河北省
邯郸市馆陶县的一个小
村庄，村子不大住着
100多户人家。乡亲们
日出而作，日落而息。

| 第一节．千年文化古都

我的家乡坐落在河北邯郸馆陶县的一个小村庄，村子不大住着100多户人家。乡亲们日出而作，日落而息。常言道："一方水土养一方人"。世世代代生活在这里的人，会因这里的地域环境以及历史背景的演进，形成具有自身特色的地域文化和风土人情。我和我的家人，以及我身边大多数的工友们，世世代代生长在这片土地上，对这片故土有着浓厚的情感。

这里不但农田广阔，气候顺和，民风淳朴，还有着源远流长的历史文化。无论邯郸还是馆陶，都有着悠久的历史和灿烂的文化。

邯郸是我国东周战国时期"七雄"之一赵国的都城。而"邯郸"作为地名，史料记载出现得还要早些，而且三千多年来一直沿用未改，这在我国地名文化史上也是罕见的。

邯郸的得名，有一种说法是这样的："邯郸"二字在战国以前写作"甘丹"，有学者认为，太阳升起出地平线叫作"甘"，太阳落山入地平线叫作"丹"，邯郸即日出日落的地方。

我觉得这种说法很形象，几千年前，没有高屋大宇，邯郸地坐一片平畴沃野，东面目力所及，直达天地尽头，人们每天最早迎来的是呆呆升出地平线的红日；一天过后，西面远眺，虽有低矮浅山，但目送红日回归地平线下，也当无问题。

广阔的华北大平原，充分展露了它包容日月，无遮无藏，豁朗慷慨的性格！

邯郸的历史底蕴深厚，人文文化方面的一个最大特色是它的成语故事。直至今天，我们日常仍在使用的成语，其中相当一部分直接出于邯郸，与邯郸有关的成语典故就更多了，专家统计达1500多条。这些成语故事，为我国的语言表达生动、准确、传神、富含哲理作出了厥功至伟的贡献。2005年，中国文联和中国民间文艺家协会为邯郸举行命名授牌仪式，授予邯郸"中国成语典故之都"。作为故乡人，对一些成语故事，老师教，大人讲，我们小孩子也非常爱听。我自小就耳熟能详的成语故事也不少，比如大家熟知的胡服骑射、完璧归赵、负荆请罪等等。

再说说我们馆陶县。我们馆陶县西去邯郸市75公里，与山东交界，所在称冀鲁大地，同样是英气承续，文运相延，沃野千里，农桑为业的一方热土。

馆陶县域东界，自南向北有40多公里的卫运河从境内流过，北上出境至山东临清汇入京杭大运河，卫运河的东岸即山东地面。这样，运河文化，又为我的家乡注入了更丰富的文化内涵。

馆陶的得名稍晚于邯郸，因赵王在"陶丘侧置馆"，故有了"馆陶"

地名。馆陶于西汉初置县，至今2200多年过去，县名一如初始，从未改过，这和邯郸一样，也为我国地名文化所罕见。因曾被封为汉文帝刘恒的女儿长公主的封地，进而又称馆陶公主。还有唐朝时期比较著名的谏臣魏征也是馆陶县人。

千百年过去了，家乡的水土人文造就了我们那里一方百姓诚实、正义、本分、勤劳的性格。

我的家乡农田广阔，自然条件顺和，人民也吃苦耐劳，可是，在我亲身经历的大多时间里，我的家乡却是贫困的，这说明光有农业，土里刨食，虽然能稳住基本衣食生存，但是光靠着农耕劳作很难实现脱贫致富。

所喜的是，经过40年的改革开放，我们县做大传统农业，引进现代工业，创新发展第三产业，于2019年摘掉了贫困县的帽子。今天的馆陶，被称为"中国蛋鸡之乡"，有着全国单体最大的禽蛋交易市场，鸡蛋远销全国各地。

馆陶县还是"中国黑陶艺术之乡"，黑陶是馆陶人的一张可以夸示于世界的名片。4500年前的新石器时代龙山文化，以黑陶为典型代表，黑陶是陶器中的极品。前面说过，馆陶得名赵王在"陶丘侧置馆"，所谓"陶丘"，就是黑陶之所出，赵王专为黑陶在陶丘设置馆驿。今天的黑陶艺术，经过馆陶人的继承和创新，品种已多达1000多个。

从2014年开始，馆陶县开始了"美丽乡村"建设，以粮画小镇和教育小镇为试点，现已建成了粮画小镇、教育小镇、漆画小镇、杂粮小镇、黄瓜小镇、羊洋花木小镇、黄梨小镇等15个美丽乡村，其中有9个对外开放为美丽乡村旅游产品。

这里我多介绍几句粮画和我们馆陶的黄瓜。粮画即粮食画，用谷物豆类等粮食粘贴制成工艺画，也算是为粮食文化和艺术创作增添了新内容。粮画吸取了国画、浮雕、装饰等艺术特色，可制作出山水、人物、民俗、书法等四大系列产品。粮食生产富余，用来作画了，也从一个侧面反映出当地人们的物质和精神文化生活。粮画小镇家家户户制作粮食画，镇上的粮艺文化中心集加工制作、展示交流、观光体验为一体，产品畅销，村民都依靠手工业富了起来，2015年，粮画小镇成为"中国十大最美乡村"之一。

馆陶的黄瓜很出名，种植始于汉唐时期。有一则故事讲道：唐高祖李渊时候，一年的初春，馆陶百姓为这个季节没有新鲜果品给皇上纳贡而犯愁。这时有个姓魏的农民说，可以把自己在小暖窖里种的黄瓜献给皇上尝鲜。各地的贡品送到长安后，李渊赐他的儿女们品尝，并问他们哪个地方的东西好吃。王孙公子们对那些他们已经吃惯了的东西不以为然，唯独对馆陶的黄瓜赞不绝口。李渊的十七女馆陶公主见大家夸赞她的封地送来的贡物，非常高兴，忙为李渊选上一根鲜嫩的黄瓜呈上，李渊尝后也直说好吃。此后，馆陶每年都把黄瓜作为贡品送到长安，馆陶公主还带着人专门到馆陶学习黄瓜种植，把黄瓜种植技术带进了皇宫。唐代诗人王建有《宫前早春》诗，讲皇宫种黄瓜的事："酒幔高楼一百家，宫前杨柳寺前花。内园分得温汤水，二月中旬已进瓜。"今天，黄瓜小镇翟庄村内，经纪人聚集，黄瓜销售早过亿元，村民收入人均年过4万元。此外，黄瓜小镇以

黄瓜为主题开发延伸项目，有与黄瓜有关的学校、博物馆、酒坊、食府、美容院等等。

我的家乡馆陶，正继续以昂扬的精神面貌，为建设宜居、宜业、宜游的生态旅游健康强县而奋斗。

| 第二节. 儿时的记忆

在改革开放初期，农村的生活条件普遍相对比较落后，对很多外界事物也比较闭塞，再加上每年粮食产量偏低，生活水平一直处在温饱线上，很多时候都是饥一顿，饱一顿。那时候老人们经常挂在嘴边的一句话就是："新三年，旧三年，缝缝补补又三年"。从我记事儿的时候进出村子只有一条土路，坑洼不平，尤其在下雨的时候，满是泥泞。家家户户还都是泥草房，经常是外面下大雨，屋里下小雨，没办法就只好把家里的坛坛罐罐拿出来摆得到处都是。平日里孩子要是赶上个头疼脑热的，都是母亲煮上一碗热姜水，喝完盖上被子发发汗，就挺过去了……

对于20世纪70年代出生的人印象比较深刻，在那个年代一只脚跨在传统里，一只脚跨在改革开放进程里，我们这一代是在党的雨露下成长的一代人，承受过时代的磨砺，也见证了时代进步的过程。无论顺畅还是曲折，我们还是一路走了过来。

那时候农村的生活都是贫穷而单调的，毫无生机的村庄，破旧低矮的房屋里住着一家人，为了生存而奔波劳作。一年到头的折腾，也依旧解决不了一家人的温饱问题。即使在过年的时候，孩子也捞不着一件新衣服穿，都是小的孩子穿大孩子的旧衣服，有时候破旧的衣裤上还有父母煤油灯下一针一线缝上的补丁。在我的记忆里，那时候农村还没有电灯，点的是煤油灯，煤油灯是用煤油做燃料的灯盏，煤油灯很简陋，家家户户都有，把灯芯放在钢笔水瓶里，点燃灯芯，火苗就忽闪忽闪地亮起，朦朦胧胧的光线下，房间显得异常的神秘。每逢夜晚星星点点的煤油灯亮起，就有聊天的老人、缝缝补补的母亲、玩耍的孩子都围在这盏灯火下。没有电视机，只有广播和收音机，广播的声音基本是在中午或者是下午响起，播的不是生产队的事情，就是报纸摘要和一些脍炙人口的歌曲。那时候最期盼的就是看电影了，但等很久大队里才给放一次。电影是露天电影，要到傍晚时在街上拉一张投影布，每个人自己带凳子去占位置，没有凳子就站着或者蹲着看，有的孩子为了看得清楚干脆就爬到树上，目不转睛看得津津有味。每部电影都是非常精彩的，每次大家看得意犹未尽的时候，电影就结束了。我还记得经常放的电影有《少林寺》《地道战》什么的。后来几年村里渐渐有了黑白电视机，是那种12寸屏幕的，而且还是木头框的电视机，经常是几家人挤到一起看电视，因为那个年代还没有有线电视，就用一根木杆挂着一个铝制锅盖、铝篦子或铝电线，用来接收信号，收不到的时候，就人为地转一下。那时候印象比较深刻的电视剧有《霍元甲》《上海滩》《西游记》等，一直到后来家喻户晓的《渴望》，那些影视剧到现在还记忆犹新。当然，现在的生活条件好了，家家户户都有了网络，随时可以点播，每个商场都会有大型的3D影院，而且随时想看就可以去看。

对于年少时的我们，那时候印象最深的可能就是小人书了，小小的，带图，有字，书都是互相借或者交换着看，每本书都经过无数孩子的手，所以每本书都陈旧了，有的书封面都不见了，有的掉了几页，有的脏兮兮的只留下一截了。书虽然已经破烂不堪，但我们都如获至宝地蹲着看，坐在墙角看，爱不释手。儿时的记忆里，最欢愉的时刻就是每逢放学后几个小伙伴你追我赶，穿过田间小路。两边一望无际绿油油的麦田，一阵微风吹过犹如激起层层波浪，清风拂面，一缕草香悄然飘过。路边野花开的五颜六色，蝴蝶轻盈飞舞。枝头的喜鹊每天都在那里等着我们。家里的小黄狗总是好似知道我们回来啦，远远地就撒欢跑过来，忽前忽后地跟着我们。那是多么天真烂漫、无忧无虑的年纪！

我们家祖孙三代一共是八口人，都是地地道道的农民。虽然那时的生活条件比较艰苦，日子倒也过得安稳和睦。我的奶奶是个灵巧睿智的人，总是很有耐心地变着法把粗粮做得有滋有味。夜里我们几个孩子总是围着奶奶给我们讲故事，每次听着听着，就趴在奶奶的膝盖上睡着了。爷爷去世得早，那个时候我小，不记事。但是爷爷有一个兄弟，算是二爷爷，我们就一直喊他爷爷，爷爷是个老实人，慈眉善目，和蔼可亲。平日里只知道干活而且干活特别细，却从来不善于表达，所以很多家里的事情都是奶奶拿主意。爷爷在年轻时有一门打铁的手艺很了得，打铁锹、打镰刀等农具，还有锅碗瓢盆切菜刀啥的，都做得有模有样。有时候家里使不完就拿出去卖，附近几个村子都夸爷爷打的农具好使，所以总是供不应求，经常

有人专门来找爷爷定做。

那个时候家里平时是吃不起肉的，除非是到了过年的时候才吃上一顿。母亲会从街上买回来几斤猪肉，我们能吃上一顿肉少菜多馅的过年饺子，已经心满意足。剩下一点肉，奶奶把它炖熟炖烂，弄得咸咸的便于储藏，加上冬季天冷，这点肉能放上一段时间，等日后家里来了亲戚就切一点下来，配点白菜炖着吃。其实当时我们家也养着猪和羊，但那是为了卖钱供我们几个上学，家里可舍不得吃。即使家里的鸡下的蛋也是拿到集市上去卖钱补贴家用。养猪养羊却吃不上肉，这就更让我们小孩子馋肉馋得慌。记得有一次，村里一个大爷家的一条大黄狗不知什么原因死了，他就收拾一下炖成了一锅狗肉，把村里的几个小孩子都叫到他家去吃，那个味道至今还难忘。

在我们家我与母亲的感情是最深的，母亲把一生最美的年华都奉献给了这个家，给了儿女，她一生勤俭、任劳任怨，辛苦了一辈子没享过什么福。都说"谁知寸草心，报得三春晖"。这世上，又有谁能报答得了母亲这份恩情。

那个时候父亲在馆陶县棉纺厂工作，主要就是把收回来的棉花进行棉籽分离，再把分离好的棉花进行打包。我那个时候经常会在父亲上班的时候坐在自行车后边，跟着父亲到工作的地方玩儿。我还记得父亲工作的时候会带着厚厚的口罩儿，而我就在一边的棉花垛上跳上跳下，偶尔也会跟父亲的工友叔叔们玩儿。

因为父亲每天早出晚归很少在家，家里的大事小情都是母亲亲力亲为。母亲性格和蔼、友善，从来不与别人争执。即使我们几个兄妹偶尔犯了错，她总是很有耐心地教导我们，给我们讲一些做人做事的道理。

母亲一生勤劳，生活俭朴，靠着一双长满老茧的双手，把我们兄妹几个拉扯大。不论家务还是农活，到处都是她忙碌的身影。特别是冬天，别人基本上就是休息，但是母亲连晚上都不浪费。多少次我半夜醒来，总能朦朦胧胧地看见母亲在昏暗的小煤油灯下，伴随着吭哧吭哧的声响在织布机前织布。冬季里没有农活儿的时候，母亲会叫来几个邻居大娘、婶婶一块帮忙纺线，看着几个人互相配合，转来转去重复一个动作。而我那个时候总是会在几条棉线之间跳来跳去，乐此不疲，经常还会把棉线弄断，母亲就撵我出去玩，外面玩一会我又继续跑进来接着捣乱。

"慈母手中线，游子身上衣"。我们家大大小小穿的衣服，床上铺的盖的，都是母亲自己织布自己裁剪出来的；我们家大大小小穿的布鞋，也都是母亲千针万线层层密密纳出鞋底做出来的。有时候为了能给母亲省点时间出来多干些地里的活，上了年岁的奶奶经常给母亲搭把手做做饭什么的，奶奶去世后，做饭的事也压在母亲肩上了。

我总是能在母亲身上看到一种包容和博爱的高贵品格。她从来不指责和埋怨别人，更不会疾言厉色。乡里乡亲都知道母亲随和可亲、乐善好施的性格，尤其是对别人家的事从不说长道短。村里人也从来没有听到过她斥责孩子，更别说打骂了，总之她能容下别人的一切。邻居听说母亲做鞋做得好，会经常向母亲请教，母亲总是能热心帮忙，有时甚至把自己做好了的衣物直接送给乡里乡亲。她乐观向上的心态总能让我们的心怀开朗，

在后来的生活和工作中，母亲这种品格也一直在影响着我。

在生活中母亲是个性格坚韧的人，她最舍不得在自己身上花一分钱。有一次干活淋了雨发高烧，家人把她送到卫生所。可母亲一听要花钱，硬是从卫生所跑回来了，吊针也不打，连几粒药片都没开就回来了。幸好她在家半休半干地过了两天，也没见有什么大事，那次生病就这么拖过去了。

记得有一次正值麦收时节，母亲在地里收麦子，因为劳累过度一下子晕倒在了地头上，还好当时有几个在大树下歇凉聊天的乡亲跑去地里，七手八脚把母亲抬到村卫生院。大夫给我母亲又是测脉搏，又是掐人中，接着用凉毛巾在我母亲额头上敷。母亲终于慢慢醒了过来，就说自己是老毛病犯了，休息休息就没事了，就是不肯去镇上的医院，坚持着要回家。我搀扶着她，看着母亲疲惫的身躯，瞬间让我湿了眼眶。"娘，要不让我背着您吧！"母亲不让，说我这么小的身子哪背得动。但我坚持要试试，也就同意了。我背着母亲摇摇晃晃地走了一段，最后在母亲的坚持下还是扶着她走回了家。

因为终年操劳，疾病缠身，我出去的几年后母亲因病过世了。回忆往昔，感慨万千，忆起和母亲生活的场景，心突然就触痛了。至今时常怀念逝去的母亲，怀念老家的生活，每每回忆一次，鼻子就酸酸的，眼眶涩涩的，眼泪情不自禁就这样落下来了。这些年，因为工作的原因，也只是偶尔回次家乡，穿过那条小路，路过那片麦田，但眼前的一切早已物是人非。

| 第三节. 童年的梦

童年对每个人来说都是美好的，总是充满着无穷的回忆和向往。我的童年和所有的孩子一样，应该说是快乐的，虽然我的家境比较穷困，但我觉得我的童年生活算是苦中有乐。由于那个年代重男轻女的观念还很强，在我刚出生的时候，一家人就把我视作掌上明珠，后来听奶奶告诉我，我满月的那天，母亲特意为我大摆了一场。也是农村的一种习俗吧。说是摆满月，其实也就是把亲戚朋友、左邻右舍的叫过来吃顿饭，为了面子，家里还把仅有的两只羊卖掉了。也就是在这个满月酒席上，我奶奶高兴地告诉乡邻们和亲戚们她给我取的名字：谭双剑，奶奶为了我能健康地成长，用老家话说就是好养活，又给我起了个乳名"张锁儿"。

一转眼我就能满地跑了，在我两岁那年有了妹妹双燕。为了不耽误庄稼地里的农活，奶奶照看着妹妹，母亲开始带着我下地干活。母亲在地里劳作，我就自己在地头上玩，抓抓蝴蝶，追追小鸟，弄的一身泥巴。有时逮了蚂蚱、蝈蝈等小昆虫，就把它们关进奶奶为我编制的秸秆笼子里，带

回家和妹妹一起逗着玩。充满了泥土气息和草木芳香的原野大地，就是我无忧无虑成长的温床。

后来妹妹也大了，能下地跑了，奶奶渐渐年岁大了也带不动她了，看妹妹的任务就落在了我的肩上，每天饭后就由我带着她在村里玩。后来又有了两个弟弟，也都是大的带小的这样带起来的。每次他们在外面受了欺负，淘气犯错都是我去出头，事后父亲责备的时候，我总是把事情都揽过来。在弟弟妹妹眼中对我这个大哥还是非常依赖和信任的，兄妹几个感情很深，后来都大了，各自成家立业后也是如此。

在那个年代，村里孩子的娱乐活动并不多，我却总有办法带着小伙伴们寻找乐趣，什么上房掏鸟窝，下河摸鱼，没有不敢去的。我在村里的孩子们中个子是长得瘦小的，但是我力气不小，跟同龄的孩子比起来，不论打架摔跤，其他孩子总摔不过我，有一次我还把村里一个孩子的胳膊弄脱臼了，到村卫生所大夫那里复了位，吊了几天绷带。母亲到卫生所付了医药费，还向那孩子的爹妈道了歉，跟我讲了一番道理之后并没有太过责备我。

我还记得玩得最淘气的事，就是那次带着一群同村的孩子打坷垃仗。其实就是分成两伙儿，互相用土块扔对方，砸到后虽然有点疼但是伤不了人。土块一打到身上就散了，碎了。但是干净的衣裳就脏了，一身土再加上出汗，个个都跟个泥人似的。傍晚回家后，好多家长都找上门来，母亲一直跟人家说好话，现在想想那时候没少让母亲操心。后来大点了，就慢慢懂事多了。我小时候就喜欢替别人打抱不平，有时候看见别的小朋友被欺负了就会替人家出头，时间长了，村里的小伙伴们都愿意跟着我玩。即使在家里，弟弟妹妹惹了祸我都会把事情揽过来，虽然每次父亲会把我教育一番，但是在弟弟妹妹眼里，我是个敢于担当的哥哥。

随着一天天长大，家里的农活也能帮上手了，有时我和小伙伴们还把干农活也当作乐趣。当地里的玉米刚刚长到半人多高的时候，地里的草也长起来了，为了保证作物的生长，就必须除草，那时候农药使用的还很少，所以家家只能拿着锄头沿着地陇锄。除草一定要赶在晴天的时候，因为天热的时候草更容易死。母亲在太阳底下总是晒得汗流浃背，非常的受罪。周末的时候我也会去地里帮忙干活儿，我那个时候还拿不稳锄头，经常容易伤到玉米秧子，所以我就直接用手去拔草。等地里的草除得差不多的时候，就该给庄稼施肥了。

那时候化肥的种类并不多，一般都是二胺、尿素什么的，母亲把化肥从袋里倒到小桶里，沿着地陇一把一把地施到玉米秧的根部，我也学着母亲的样子一把一把地往前走着，化肥抓到手上特别得烧。主要是玉米的叶子，像刀子一样割在身上，一条一条的，侵着汗水特别得疼。到了上午快要往回走的时候，也不会空着手回去，路过田间地头的时候再割些草背回去喂牛。

平时每天放学后，我也会和小伙伴们约好一起割草。今天割你家的地，明天割我家的地，割下来的草摆在地垄上，比赛看谁割得快割得多，码放得整齐。这样既侍弄了庄稼地，又割回了草，非常的快乐，一举多得。等割完了一茬另一茬草就又长起来了。那个时候村里杨树特别多，我

们就捡杨树叶子，拿回家喂羊吃。我比较喜欢铡草，但是那铡草的铡刀又大又重，而且比较危险。家里不让我动，我就黏着爷爷，爷爷只好依着我将草束续得很小，因为铡刀的刀槽缝隙很大，铡的不稳就容易铡到手，所以爷爷每次也会把草续的很长。但我也压得费劲，于是就跳起来借着身子的力量往下压刀。

我读的小学学校就在我们村里，那时候学校的教学条件简陋，全校一共就两个老师。我记得刚上小学的时候，教我们的班主任是李老师，看着大概四十岁左右，既教我们语文，也教数学。他有一个习惯很让我好奇，就是他的头顶一年四季戴着一顶蓝色解放帽，多热的天都没见他摘下来过。冬天天冷，也没见他换过棉帽，仍然是那顶解放帽。后来有一次下了课，赶巧儿一只麻雀落到他的帽檐上，老师随手一拍，把帽子掉了地上，同学们才发现老师原来谢顶，都躲在一边哈哈大笑起来，老师赶紧把帽子捡起来扣在头上。

从上学第一天起，我就被老师指定为班长，当起了班干部，而且从一年级到五年级我都是班长。用老师的话说，我成绩虽然一般，但组织能力还可以。在我的记忆里，那时候最快乐的事就是开学发新书了。每学期开学时，李老师就骑个自行车去镇上领我们的新课本，我们就在学校里等啊等，盼啊盼，盼着李老师快点驮着新书回来。一见李老师的身影出现在村口，我们就满心欢喜地冲着李老师迎了过去，一直跟进教室里，一脸的期待。上小学时，还有一件很快乐的事发生在晚自习时候。那时我们村里还没有正式供电，晚自习就在小油灯下进行。我们的小油灯基本是自己做的，用一个空墨水瓶，在瓶口的中间钻一个眼儿，再用自行车的气嘴儿插在中间，即能保证瓶盖不被烧化，又能调节火苗大小。然后把棉花用手搓成捻子，再从细筒的一头穿出来，另一头留在盛有柴油的瓶底里，从细筒里穿出来的这头就能点着成火苗照亮，一个小油灯就做成了。

我的童年就是这样快乐地度过，当然也偶尔会帮母亲做一些力所能及的农活和家务。我还经常捡破烂卖废品，比如地里用过的大棚塑料布、用完的农药瓶，自家地里的捡，人家地里不要的我也捡。村里的一些瓶瓶罐罐、破铜烂铁，只要能回收的，我都捡了卖废品。每次卖个几毛钱我都会很有成就感地交给母亲。

如果记忆是一棵树，煤油灯就是那盛开的花，那些艰苦的岁月已经逐渐淡忘，回头看看，至少曾经有过那么多简单的美好。世界变化太大，人生感悟太多，我的童年生活虽然清苦，却也过得幸福快乐。

↑ 童年时的谭双剑

第二章

青涩的少年

—— 12岁那年我提前一年到乡里上学，愉快的小学生活也随之结束了。中学离家大概有五六里路，像我们离家远的学生一般都是会选择寄宿在学校。

| 第一节. 艰难的抉择

时间一晃过得真快，因为那个时候我们的小学还是五年制，但是村里小学因为师资比较匮乏，小学就没有设立五年级，所以在我读完四年级的时候，就得去乡里接着读五年级了。当时的五年级跟中学是在同一所学校，所以读完五年级接着就可以直接上初中了。

12岁那年我提前一年到乡里上学，愉快的小学生活也随之结束了。中学离家大概有五六里路，像我们离家远的学生一般都是会选择寄宿在学校。

开学前的暑假里，村里的新生个个热情洋溢、有说有笑。有的是因为能学到更多新的知识而感到高兴，有的可能是为了能交到更多朋友而开心，也有的庆幸逃避了父母的管束等等吧。按说，刚刚步入新的学校，到了一个全新的学习环境，的确是件愉悦的事，但我当时并没有表现得那么兴奋。那时候我虽然不大，可我想得比较多，心思比较重。因为我开始上中学了，学习费用明摆着要增加了，那样的话家里的负担又重了，而母亲要更加辛劳，干更多的活儿。再说我长这么大也是头一回离开家门儿，住到学校以后肯定会想家的。再说那时候在家里我也能算上半个劳动力了，有时间也能帮母亲干些地里的农活儿，还能帮她做些家务什么的，照看一下妹妹和弟弟，帮家里减轻一些负担。所以这一离家，家里的很多事儿就让我放心不下。

当然，都说知识改变命运，这个道理我多少还是明白一些。常言道"两耳不闻窗外事，一心只读圣贤书"，能够在宽敞明亮的教室里一边踏实地学习文化知识，一边聆听老师的谆谆教诲，确实是一件非常幸福的事。但是当时我一考虑家里的生活条件，父母每天的辛勤劳作，确实静不下心来去学习。那时候我就一心想着怎样能为家里减轻点儿负担出一份力，尽可能省下钱来留给弟弟妹妹们读书。

我怕母亲伤心，这些想法我一直都没有跟母亲提起过。毕竟让我好好读书学习文化知识，是母亲最大的心愿，为此父母也都付出了很多艰辛，含辛茹苦把我养大就是希望我能有个出息。要是知道我不想念书了，母亲心里一定非常失望和难过，所以这个想法当时就暂且搁置了。现在回想起来，我那个时候比起同龄的孩子确实是考虑得多。

到了收麦子的时候，学校也会放假，我就回到家里帮着家里收麦子。那个时候收麦子完全都是靠手工用镰刀割，不像现在都是联合收割机。每到了收麦前夕，爷爷会把家里的几把镰刀找出来，每一把都用磨石磨得异常锋利，以便于干起活来会省点儿力气。但是镰刀磨得太快也容易伤人。有一次，我就割着割着搂空了一下，镰刀直接割到了自己的小腿前面，瞬间割出了一条长长的口子，鲜血直流。爷爷急忙用毛巾给我系住伤口，赶

忙去卫生所包扎，后来缝了好几针，到现在我小腿上还有一道疤，时隔多年已经不那么明显了。

到了收麦的时节，我们都是全家齐上阵，且各有分工。提前两天要先准备好捆麦子的草腰子，就是把棉花秆上的皮拨下来，用水泡一下，然后用手搓成绳子。这种绳子非常结实，捆住麦子一般都不会开，而且还能够反复使用。

我跟着母亲在前面割，爷爷跟在后边捆。为了一天下来能多出些活儿，中午我们都是带着饭在地里吃。其实也没什么好吃的，一般也就是带着馍馍和腌制的咸黄瓜条儿，因为收麦比较累，母亲会腌点咸鸡蛋煮几个带着，午饭时候每人一个。那时候我比较能吃又正是长个子的时候，所以母亲每次都把她的鸡蛋塞给我吃，而且还总是说自己不喜欢吃鸡蛋，吃了胃不舒服。其实我心里明白是母亲自己舍不得吃，想故意留给我吃，才找的理由。虽然收麦子的时候比较辛苦，但是一家人每天在一起忙碌着的时候，却是我最充实、最幸福的时刻。

麦子割完以后，我们会把麦子收到一起码起来，然后找一块比较平坦的地，爷爷牵着牛拉着石磙砘场，一圈接着一圈直到把场地压平。赶上天气好的时候我们再把麦子摊在场地上，用石磙碾压，等到上面一层压得差不多了再翻过来接着压，等麦粒都下来了，然后我们把麦秆垛起来，就像一个个蒙古包一样。那可是小孩子的乐园，村子里的孩子们都会每天爬上去玩耍，我小时候也经常去麦秆垛上玩儿，经常把麦子垛弄得很乱，村里儿的大人就跑过来轰我们。那时候家家烧火做饭的时候会用麦秆做引火用，也有一些造纸的厂子用大车来我们村里把麦秆儿收回去，做造纸的原材料。

麦秆收完以后底下就都是麦子了。但是光这样还不行，接下来还要扬场，其实就是扬麦子。母亲带着我把麦子归置起来，然后把一侧清扫出一块空地。赶在有风的时候，用木锨敛起麦子往天上扔，借着风吹过来，空的麦壳会飘到一边，实的麦粒会再落下来。就是这样重复不停地扬着，直到把所有的麦子都扬一遍，再把麦子装袋运回家里，码起来，放置一段时间后干得差不多了，再放进麦囤里储藏，而扬出来的麦壳就留起来冬天喂牲口。

到了收秋时节，我们学校也有收秋的假期，地里的农作物玉米、棉花、大豆、小豆也都到了收获的季节，我想借着假期尽量再多帮家里干些活。我多干一点，母亲就能少受一点累。收玉米的过程跟收麦子差不多，都是靠手工收，一家人早早起来吃过早饭，每人扛着镐头（板蹶子）到地里，每隔着5—6陇一个人，排开倒掷到地的另一头。然后再一块掰棒子，把掰下来的玉米棒子都扔成堆儿，最后爷爷赶着牛车拉回家，垛在家的院子里。

河北的农耕跟南方有点像，每年种两茬儿地，收完玉米接着就要种小麦，地也不闲着，所以土壤就没什么养分了，就是我们俗话说的没劲儿了。这个时候就要给地里施肥补充土壤的成分，好让农作物长得好一些。那个时候家家都很穷，大部分人家舍不得买化肥，就往地里拉农家肥，其实就是大粪、猪粪啥的，那时候可不舍得往外扔，拉到地里可是好东西。

不但庄家长得好，而且种出来的农作物健康无害。

那时候我们家也是一样，我每天跟着爷爷赶着驴车，往地里拉粪。到了地里面，每隔个几十米就卸一堆儿，等把一块儿地拉够了，我就跟爷爷每人一段儿，开始往地里扬。可能很多人问，那该多味儿啊？其实那个时候在农村就是很平常的事儿，当时并没什么。

等把地里的粪拉完了，下一步就该浇地了。因为北方地区比较干旱，常年缺水，地表上基本没什么水，如果不下雨，就得人工浇地，不然新种的小麦发不了芽。所以没有办法，村里就在地旁打水井，然后用水泵抽取地下水浇地。因为水井一共没有几个，每家每户就轮着浇地，但是要出一个人看着水泵，那时候没有开关保护器，所以担心时间过长过热，把水泵烧坏了，毕竟村里买台水泵不容易，所以要有人看着闸。因为水井比较小，浇一块儿地就得一晚上，所以为了看闸，就得带着行李，在水泵旁边搭一个地铺，秋天的蚊子和苍蝇特别多，咬一口特别厉害。因为爷爷年纪大了，担心他熬一晚上身体受不了，父亲第二天又要上班，所以只能我来看着了。那个时候没有手机，也没有灯，就是干靠着，漆黑一片，就靠着一个手电，为了省点电还不敢总开着。到了半夜真是什么动物的声音都有，而且那个时候孤坟也多，所以多少也有些害怕，我就尽量去想别的事儿分分心。

地里面的白菜、萝卜、土豆、地瓜到了秋天就长得差不多了，为了能在冬天吃上新鲜的菜，家家户户都会挖一个地窖，用来储藏各种蔬菜，因为地下的环境潮湿，能保证蔬菜的水分，让蔬菜保持新鲜；再一个就是能在冬季里防冻。在战争年代，很多人家也会挖地窖，那个时候的地窖主要是为了鬼子进村儿的时候用来躲藏。

我们家的地窖就是我跟着爷爷一起挖的。说起这挖地窖还是很有讲究的，首先一定要找一块硬土层的地方，不然下雨的时候很容易塌陷。再就是一定要挖够深度，如果不挖过防冻层，到了冬天里面的蔬菜就会上冻，也就没法吃了。

爷爷选好了一块儿地后，我就跟着爷爷开始挖起来，大概也就是3米见方，两米深左右的一个深坑，挖好之后，用几根粗一点的木头担在上面，然后再横着木头铺满几层玉米秆，最后在上面盖上一层土，轻轻地夯一遍，从坑的角上留出一个能上下人的洞口，里面提前放好一个木梯，这样这个地窖就算挖好了。地窖挖好了，我跟着爷爷还要把挖出来的土拉到地里去，这在农村里来说，也算是个不小的"工程"了。

地窖挖好了之后，母亲就把地里面收回来的萝卜、白菜什么的摘一遍，然后到了落霜的时候，母亲和爷爷再把各种菜储藏到地窖里。

那边刚刚忙乎完，这边地里的棉花也进入采摘期。这一年的棉花长得特别好，一株株花朵饱满，柔软无瑕，站在地头朝棉田望去，白花花一片，在阳光的照射下耀人眼目。仿佛天上的白云落在地上，软绵绵的连成一片，美不胜收……

看着母亲的汗水湿透了脊背，汗珠不停地滴在地上，只盼着天能凉快一些母亲能少遭点罪。但是母亲的心情很好，脸上绽开如棉花般的笑容。今年的年景还不错，收成比较理想。或许她在心里盘算过无数遍了，收下

的棉花卖多少，留多少，谁的身上该做新棉袄了；今年的棉籽可以少卖一点，多留下点儿榨油，平时总也舍不得吃油，孩子们都正是长身体的时候，已经好久没沾油腥了。那时候的我总是能体会到母亲的心思。

母亲是个有性格的人，干起农活来麻溜利索，手下的动作就像机器一样，节奏分明，而且还很有力道，系在腰间的包袱不一会儿就被她摘的棉花装满了。她一趟趟走向大花包，把包袱里的棉花倒进去，又很快返回来继续她那一套娴熟的动作。就在我们几个孩子连花包的一半都还没装到的时候，母亲就已摘满了整整一大花包棉花。我看着母亲扎上花包，一手提着扎口，一手托着花包的下部往背上翻，就在要把花包背到地头去的时候，突然间，母亲一头栽倒在地里。我一看不好，准是母亲的老毛病又犯了，我立即冲了过去。当时母亲昏迷着不省人事，我急得带出哭腔大喊"娘晕倒了，快来人啊！"妹妹和弟弟都慌了神儿，一时不能帮我做什么，爷爷闻声急忙赶了过来，叫着几个在附近地里干活的乡亲，手忙脚乱地把母亲抬回村子里的卫生所，在大夫的救治下，大概有一个钟头工夫，母亲缓缓地醒了过来，她看见我和妹妹、弟弟一字排开站在她面前，嘴角露出笑意，问的第一句话是"地里的棉花都收回来了吗？你们几个吃饭了吗？"还没等弟弟妹妹回话，母亲坐起来就要下地回家。

经过这次事情之后，奶奶坚持要母亲到县医院做一次身体检查，看看到底是什么病因。母亲仍然是舍不得花钱，坚持说自己没有大碍，歇歇就好。奶奶没听她的，晚上就跟我父亲说，第二天一定要带我母亲去县医院。我不记得当时县医院是怎么检查的，或者确诊没确诊，反正是留我母亲在医院住了一个星期，每天输液，吃药，测量血压。我每天都会去医院看望母亲，母亲一见着我就问家里的事儿和地里的活，看着母亲那急切的样子，在医院是一分钟都待不住。

　　过了一个星期之后，母亲身体渐渐恢复了，回到家里，得知家里为她住院付医药费，卖掉了几百斤的棉花，当时就心疼得不行。要知道那白花花的棉田，一直是母亲对生活的希望。而我，那一刻起已经在纠结着还要不要去上中学。

第二节. 难忘的中学时代

"你好同学，请问这是二班吗？"

"你好！我叫XXX，我家是安桃园的。"

开学那天，校园里很是热闹，十里八村的新生汇聚到一起，正在分班，彼此互相打着招呼。新生报到那天是母亲陪着我去的。我推着家里那辆破旧的大二八自行车，驮着我的被窝卷，母亲手提着我的装有馍馍和咸菜疙瘩的篮子，一边走着一边叮嘱，在学校要听老师的话。

前两天，母亲在集市上讨价还价，花了十几块钱，为我买了一件T恤衫和一条裤子，我就穿着这身新衣服开始了我的中学生活。这也是我第一次脱去母亲为我做的土布裤褂，穿上街上买的新衣裳，心情还是美滋滋的。只是我的穿着看上去似乎与镇上的孩子显得格格不入，显得有点土气，可我并不在意。

学校的条件虽然简陋，但开学这天还是非常热闹的。"热烈欢迎新同学""插上理想的翅膀，扬起青春的风帆"等大红横幅格外醒目；操场上彩旗迎风招展；大喇叭里，亲切甜美的女声播送着欢迎新同学的演讲，时而又播送着节奏明快昂扬的青春励志歌曲；低年级高年级的同学们来来往往，人人身上洋溢着青春的活力。

母亲带着我找到报到处，排队交书本费、学杂费什么的，好一阵忙乱。交费时，母亲打开已在手心里攥出了汗的钱卷儿，十块的、五块的、一块的，一张张数着。我心里清楚，那是母亲每天省吃俭用挤出来的学费，就是因为供我读书，一家人大半年连一顿肉都舍不得吃。想到这里我心里非常难受。这时候站在我们身后的是一个细高个的男生，白白净净的，梳着分头，穿着体面，看那样是个家庭条件不错的学生。他见我母亲一张张数着那又旧又脏打着卷儿的钱，脸上露出不屑的表情。我看在眼里，心里很不是滋味儿，当时就想揍他一顿。老师似乎也觉察到了我的表情，便带着微笑，拍拍我的肩膀说："好好学习，没事，去班里报到吧。"后来我知道了，那个男生是我的同班同学，叫王强，后来我们俩还有着一段不浅的缘分。

母亲带着我来到学生宿舍。宿舍里是砖砌的一溜大炕，同学们就睡这样的大通铺。同学们就把带来的草栅子铺在炕上，后来我体会了，这类草栅子里面生的跳蚤，能把人咬得满身疙瘩。母亲帮我找好了一个铺位，打开被窝，铺上草栅子。我当时就在一边想，刚才那位白净小男生能住得惯这样条件简陋的宿舍吗？

母亲帮我放好饭食篮子，又和我一起提着一袋从家里拎来的小米，到食堂去换饭票。

　　我们在校的伙食，吃的都是从自己家里带来的馍馍，那个时候因为大伙家里都比较穷，所以也没有什么菜可带的，大部分都是带着自己家里腌制的咸菜，但是因为太咸吃的久了就会上火，嗓子疼。奶奶为了能让咸菜好吃些，就会把咸菜疙瘩泡过之后再煮熟，然后切成片慢慢晒干，等再吃的时候就跟吃牛肉一样很有嚼头，到了开学的时候奶奶会把晒好的咸菜装在罐头瓶子里头给我带着。

　　每天一日三餐我都是吃着馍馍就着奶奶做的咸菜疙瘩。也有家里条件好点的同学，可以带点炒菜，甚至再好点的就可以在老师的食堂里吃。当时我们学校考虑饮食安全，就规定天热时学生们两天回家取一次馍馍和菜，天冷时每三天回家取一次（那个时候学校每周实行单休制，每周休息一天）。学生食堂在吃饭时都会为学生熬制一大锅小米粥，我们用小米换成的饭票，就是在吃饭时再凭饭票打小米粥用的。

　　把学校里的一切都安顿好了后，母亲也该回去了。临走的时候她把家里的自行车留给我了，以便于我回家和返校的时候用。我把母亲送到学校的大门口，母亲便催我赶紧回去，我目送她朝家的方向走去，看着母亲步履蹒跚，拖着疲惫的身体，那一刻我红了眼眶。这才刚来学校，怎么就想家了。

| 第三节. 穷人的孩子早当家

　　虽然每天坐在宽敞明亮的教室里，心却早就飞回家里去了。老师的话哪里还听得进去？！脑子里满满都是对母亲的思念，想着母亲在地里一边弓着身子收割庄稼，一边用衣袖抹去脸上汗水的样子，父亲骑着自行车穿梭于城镇和村子的小路；想着爷爷把割下来的庄稼扎成大捆，弯腰驼背往家里背的身影，奶奶踮着小脚拄着棍子，颤颤巍巍在锅台边的忙碌；妹妹在田间跟着一群小伙伴儿们嬉戏玩耍；两个幼小的弟弟每天跟在大人身后跑来跑去。我真的很想家，虽然能隔几天也回去一趟，却总是意犹未尽就匆匆返校，那个时候最期盼的就是周末好能回家一次。

　　我的学习成绩一直上不来令老师很担忧，虽然被老师叫到办公室谈过几次话，但效果不佳，丝毫没有起色。后来老师干脆也不怎么说了，我还是继续当我的班长，时不时地配合老师组织班上的一些活动，或者学校里有什么搬搬扛扛的活儿我也会抢着干，发挥自己的一点特长。

　　转眼间到了期末，寒假来临。心想终于可以摆脱校园里的束缚，踏踏实实回家了，那个时候每天和家人在一起是最幸福的事。趁着假期我尽量多帮家里干点活，为家人分担一些家务，每天就是剥剥棉花，搓搓玉米粒，偶尔也会拾点废品换点零用钱贴补一下家用……

时间过得真快，开学如期而至。等回到班里时发现有几个同学没来，听说因为不同原因都辍学了。我刚出了教室，一个平时跟我关系不错的学弟叫安兴旺，跑过来跟我说他们班上也有一个同学去了北京一个工地当小工，听说挣得还不少，一个月下来差不多有60多块钱呢。我这个小学弟矮我一年级，因为老家离我们村儿很近，平时经常一起回去，所以关系非常好。

我一听就激动了，"什么，60块钱？"我吃惊地看着他。这得我捡多少废品，卖多少甘蔗才能赚得到！我也想去！

我心下羡慕这个同学能有这个机会，我要是也能去就好了。随后我让安兴旺帮我再打听打听细节，看看外面还有招工的没。

没几天，安兴旺跑来告诉我学校外面不远的地方，有一间农用物资公司的仓库，那里经常会在傍晚时分停有大卡车装卸化肥，因装车卸车的人手不多，老板会临时雇人扛活，每扛一袋给5分钱，能干的一次可以挣到三四块钱呢。问我要不要去试试。

我心想三四块钱？也不少了，而且不就是装个车吗，出力气就行了，没什么难的。咱一个农村孩子别的没有，就有一身的力气使不完。说来也巧了，外面装卸化肥的时间正好在学校晚饭前后，时间刚刚好。那个时间难免有学生出出进进过校门，门卫看管不严，溜出去干活很容易。于是，我就每天出去看着那间农资仓库门前有没有停车。工夫不负有心人，果然有一辆大卡车停在那里，三四个人正往下卸着化肥。我心中一喜，立即走上前去找到了老板。

老板正和押车的师傅一边说着话，一边相互递着烟。

"老板，让我帮你卸车吧，工钱您看着给点就行。"我装出一副很老练的样子。

那老板打量我一阵瞧我又瘦又小，就没当回事，转过头又接着和卸车人说话。

"我有力气，在家里一袋麦子（45公斤左右）能扛好几百米呢。"我坚持向老板要活。

老板终于转过头来，对我说："小孩子，别捣乱！快回去念书吧。"

我坚持着，"要不这样，我给你扛两袋试试，你看我能行不行，要是不行我就走，行你就雇我。"

老板一听哈哈大笑，说："小伙子，有志气。"

就这样，我干上了卸化肥的活。那次，我扛了15袋，老板凑了个整，给了我八毛钱，夸我很能干。

我也挺高兴，但没忘了叮上老板一句："以后还有活，不管是卸车还是装车，都得叫我干啊！"

"行！"老板爽快地答应了。

那是我第一次打工，那一刻，我感觉特有成就感，这回终于可以靠自己赚钱了。后来，我又多次在这家农资公司的仓库里扛过活。

话说回来，如果搁到现在，我是不提倡这种思想观念的，也是碍于当时的家庭条件确实苦，没办法的办法。其实还是好好读书学习、掌握文化知识才是改变命运的唯一途径。

为了贴补家用，赶在甘蔗上市的时候，我会利用周末或者寒假期间，到附近乡镇村庄赶集上会卖甘蔗。那时候都是爷爷提前一天下午到地里把甘蔗砍好，掐头去根儿，然后用草腰子捆好，拉回家里。第二天一大早，爷爷早早起来，用化肥袋子，把甘蔗的一头包起来兜住底，再用绳子扎紧，分别绑在自行车的两侧，这样在路上颠簸的时候甘蔗就不会往下掉了。

早上母亲也是早早起来给我做好饭。因为要骑着自行车走很远的路，中午不回来。母亲会特意打一个鸡蛋炒上两个馍馍，补充体力。我早上吃一部分，剩下的装起来给我带着当午饭。那个时候只有过年时才能吃上这个，现在再也吃不到那个味道了。

吃过早饭我便推着自行车，顺着赶集上会的方向沿街叫卖。那个时候甘蔗大量上市，所以只能到了集市会上才会卖掉一些，价格也非常便宜，但是比起村里的收购价格还是略高一些，基本上也就是几毛钱一根，其实一趟下来也卖不了多少，有时会剩下一些。我记得最少的一次我一共就卖了几毛钱。后来渐渐地我也有了一些经验，临近散会散集的时候，我会把剩下来的甘蔗，拿去一些别的摊位上跟他们换一些别的东西，有时候会换一些果子（油条）、柿子，或者一些家里用得着的东西。这样就等于变相地卖了，回去的时候也不用再费力驮回去了。

还有我记得那个时候集市上有一家卖豆腐脑的，几毛钱一碗。那个年代的豆腐脑工艺跟现在的做法不太一样，装豆腐脑的桶里会有一半的汤，上面再撒一层香菜，味道闻起来非常浓郁，还特别的香。到了中午的时候，赶上甘蔗卖得好，我会要一碗配着馒头吃。因为那个时候还是半大小子，比较能吃，一碗不够吃，但是又舍不得花钱再要，好在那个时候吃豆腐脑可以加汤，我就再跟老板加汤，通常最多能免费给加三次，而我一般都会加四五次，后来老板跟我说，"小伙子，别再加了，卖你这一碗豆腐脑，还不够汤钱呢！你老这样我就收钱了啊"。

因为当时家里特别穷，买不起新的自行车，平时上下学的时候，我都是驮着妹妹，共用一辆自行车。可能是年限有点久了，自行车车胎经常慢撒气，早上刚打足了气，到了学校放两天就没气了。当时学校附近有收费打气的，一次五分钱，为了省点钱，我经常推着车子回到家里打。上初二那年冬天格外的冷，妹妹生了一场病，之前就因为营养跟不上严重缺钙，经常抽筋、无力，这次也是同样的症状住进了医院。我听到消息后，冒着风雪推着自行车赶回家里，母亲怕耽误我学习，还把我批评教育一顿。我看到躺在床上骨瘦如柴的妹妹心情沉重，心疼得不行。这几年家里为了供我读书，本就穷苦的家庭，还要省吃俭用。平时粗茶淡饭大人还勉强，孩子正是长身体的时候，营养跟不上自然就体弱多病。身子长不好，就耽搁一辈子。那一刻我就下定了决心，不想再念书了，我要靠自己努力来改变家庭的困境。可我又犯愁怎么跟母亲说才能同意，母亲在庄稼地里摸爬了大半辈子，深知没有文化的苦，把一家希望寄托在我身上，希望我能通过

读书走出去，我又不想伤了她老人家的心。

寒假如期到来，我觉得闲着时间太可惜，于是想到去卖冰糖葫芦挣点钱，也能补贴一点家用。在我们村头有一个老大爷家专门做冰糖葫芦，除了自己卖也对外批发一些，所以每天都有不少人去他那里批发冰糖葫芦，然后去零卖。

这天一早，我推上自行车，早早来到了村头儿大爷家。

"叔，您看我身上也没带多少钱，先少批我几串可以吗？"起先老板不愿意，后来经不住我软磨硬泡地套近乎，最后老板还是给我批发了10串。为了卖相好看一些，我还在老板那里挑了好一会儿。

我蹬上自行车，信心满满地开始走街串巷，到处叫卖。

那年的冬天格外冷，呼吸间都能看见哈气。西北风从耳边飕飕刮过，冻得耳朵又红又痛。戴着母亲做的手套，握着冰冷的车把，就这样走一走，停一停，一路无人问津，没有开张。

走了两个村子，不知不觉就骑到了乡镇附近。心想着上县城卖卖试试，我来到一家商场门前的广场上，支起自行车，又开始吆喝起来。

"冰糖葫芦……"

转眼到了晌午，早上从家里出来还一口水没喝，肚子早就饿了。我找了个避风的角落，掏出捂在棉袄里早就冻得硬邦邦的两个馍馍，啃了起来。看着路旁卖的热气腾腾的豆腐脑，很是诱人，真想来一碗。再看看车头上插着还没有卖出去的糖葫芦，多少有点灰心。想想算了，馍馍啃了一半就吃不下了。

没过一会儿，真有人走过来买我的糖葫芦了，总算开张了。就这样一串，两串……眼看着一会工夫就卖掉了五六串。

"小兄弟，我见你站了半天了，这么冷的天，喝碗热面汤吧。"旁边一个面食摊老板叫着我，

"不用了，谢谢大叔。"

"没事，小兄弟，不要你钱，喝吧。"

我双手接过老板的面汤，先捂了捂手，边吹着热气儿，嘘嘘地喝了起来。

感觉瞬间暖和多了，谢过老板后，我们有一句没一句地闲聊着，时间过得也快多了。

卖完了最后一串，天色已经不早了，我怕家人惦记，就蹬着二八自行车往家里赶……

春节那天晚上一家人热热闹闹地吃了一顿肉少菜多的饺子，依着老家的习俗，母亲会挑几个硬币包在饺子里，谁吃到了寓意着明年的好运。母亲也是像往常一样给我和弟弟妹妹都包好了压岁钱，每人一个小红纸包，每个小红纸包里一张没有褶皱的1角钱纸票。而我，这也是生来头一次给母亲包了一个红包，里面是我零零碎碎挣来的三十几元钱。我似乎从昏暗的灯光里，看见母亲的眼角闪过一丝泪花……

| 第四节. 给姑妈家帮忙

　　我们家那个时候从村里分到了三块宅基地，我们兄弟三个每人一块，每块宅基地大概有4分地的面积吧。说是宅基地其实就是一块荒地，地势低洼，每逢雨季的时候，就会形成一个大水坑。因为我是家里的老大，得先准备盖房以备成家，当时弟弟们还小，所以家里决定先把我的那块宅基地垫起来。

　　转过年到了春暖花开的时候，我就跟着爷爷两个人赶着驴车，开始拉土垫地基。当时取土的地方离我们家特别远，是一处干涸的河坑，因为村里很多家常年在那里拉土，时间一久就被挖出来一个大土坑。我和爷爷端着铁锹一锹一锹地把车装满，因为驴车比较小，一车也装不了多少，大概不到1方土的样子，等车装好了我赶着驴车往回拉。我让爷爷在土坑那边等我，但是爷爷总是不放心我一个人赶车，所以每次都会跟着我回来，一起把土卸完，再跟着回去装车，两头来回跑。其实那个时候爷爷岁数已经很大了，我还是非常心疼他的。我跟爷爷俩经常会忙到晚上很晚，累了我跟爷爷就坐在土堆上休息一会，跟爷爷聊会天。

有时候聊着聊着脑子里就会浮现出小时候的一些情景，早些年大概在我7岁的时候，这个地方还是村里搭台唱戏的地方，每天到了这个时间戏就开始了。那时候我特喜欢看戏，基本上每天都会去。因为戏台搭得比较高，我就搬个板凳趴在戏台边上看，非常入迷，任谁来叫我也不走，一直到晚上散场才肯回去，后来渐渐地我也会跟着哼上两句。

时间一晃，就是十几年过去了，热闹的戏台早已不在，留下的就剩下这块儿坑洼不平的宅基地了。后来我跟着爷爷又陆续地把两个弟弟的宅基地的地基也垫了起来。忙过那阵儿后，我就想着该出去找个活儿打个工赚点钱了，毕竟家里马上要盖房子了，等着用钱。

相比我们家来说，姑妈家的生活条件当时可以说在镇上算是比较好的了，因为姑妈家那个时候就开始做起了农药生意，当时生意非常不错，所以人手难免有些紧张。那时候我也是个大小伙子了，一身的力气。姑妈没事来到我家跟母亲说她那边活忙人手不够用，外人又信不过，就想着让我过去帮帮忙，工钱照常给。后来在母亲的建议下，我顺理成章地到了姑妈家帮忙。

因为头一次接触这个行业，开始多少有些生疏，也只是做一些比如装车卸货的工作。好在自己毕竟是农村里长大的，对各种农药多少认识一些，所以渐渐地对农药的种类不再陌生了。从小姑妈就比较待见我，知道我从小就懂事又勤快，熟悉了一段时间之后，姑妈就开始安排我开车送货。从那时开始，每天天不亮我就爬起来开始装车，自己一个人开着姑妈家老式的"时风"三马车挨家挨户给农户们送农药，送完农药顺便把钱收回来，每天把周

边的几个村转一遍回来，差不多天色也黑了。日子久了，这附近十里八村的乡亲们渐渐也都认识了我，大老远就跟我打招呼。因为每天在外面跑，风吹日晒的，那时候皮肤特别的黑，而且饭量也大，特别能吃。

可能是我做事踏实认真，送货从来都准确又及时，而且保质保量，名声很好。很多新的农户慕名而来，主动联系到我来买农药，为此我也给姑妈家增添了好多新的生意，姑妈很是满意，经常在母亲面前夸奖我。

有一次，我跟平时一样去邻村的一家农户送农药，我按照数量都卸完了货，正准备结账收钱，这时买药的老乡显得一脸的紧张，吞吞吐吐地说，因为家里前段时间出了点事，现在手头上实在是没有现钱，但是地里的庄稼一天又不能耽误，恳求我能不能缓几天给钱。可是姑妈早就跟我交代过，不论谁家一概不能赊账，因为要钱很麻烦，况且又是小本生意所以不想惹麻烦。我也是犹豫了一会儿，见老乡一脸的真诚，再一想救人救急嘛，况且种过地的人都知道，庄稼如果不按时打药，就影响一年的收成。我当即答应了老乡，可以缓几天给钱。老乡非常感动地握住我的手连声道谢。其实钱能不能要的回来，当时我也没有十足把握，当时那种情况也是一时心软。

回去的路上我还在想这事怎么跟姑妈解释呢，因为自己擅作主张，把农药赊给了一家不认识的人，算下来也有不少钱。没办法，这事也只能实话实说了。回到店里姑妈见我收回来的钱数不对，我就一五一十地跟姑妈说了一遍，最后补充了一句，如果那家人赖账就从我的工钱里面扣吧。谁知姑妈并没有怎么太深说我，就是叮嘱了我几句，下次不要被人家骗就好，以后再有这种情况回来跟她商量一下。没过几天我路过那个老乡家的时候，大老远就被老乡喊住了，一边急急忙忙地从怀兜里掏出来钱塞到我手里，一边嘴上不停地道谢，后来还帮我在他们村拉过来不少买药的客户。那个时候我就深深体会到，做人厚道、心地善良就会有好报，所以说这个世界上还是好人多，回去后我把钱如数交给了姑妈。

渐渐地，我对业务也非常熟了，姑妈见我工作踏实肯干，人也机灵，就开始把更多的活计交给我做，比如进货、收账、销售什么的，我也都能得心应手地把每一件事做好。就这样，一晃就是一年多过去了，干得还算顺利，思路也宽了，也结识了很多朋友。但是那个时候我的心就很大，不想安于现状。我始终没有放弃走出去的想法，总想着有机会还得出去闯闯，毕竟在镇上不会有什么大的发展。临近年根的时候，我跟姑妈提出来要走的事，姑妈当时还不是很理解，以为我是不是嫌工钱太少，或者工作太累，说都可以商量，一再挽留我。其实这些原因都不是，最主要的原因是我有我的梦想，就是去外面的世界看一看。其实当时不仅是姑妈，很多身边的人也不理解，干得好好的，以后没准自己也能当个小老板啥的。后来经我一再坚持，毕竟人各有志，姑妈还是同意了我的想法。回到家我又跟母亲商量了一下，母亲也没有反对，还拿出纸笔给我写了一个地址，是母亲的一个姑表亲，在邯郸做生意，母亲让我到了邯郸可以先去找他。其实要论起来也不算远，应该是姨姥那边的关系。第二天一早，我收拾好行李，坐上了去邯郸的汽车。

| 第五节. 进城打工

虽然邯郸离我们老家并不算太远，也就两个多小时的路程，但平时很少有机会去。只知道比我们县城要大得多，我印象里的邯郸也就是听母亲提过几次，再就是小学的书本上那篇"完璧归赵"的典故印象比较深刻，知道邯郸也是一座历史文化古城。

到了邯郸差不多中午时分，我按照地址找到了亲戚家。这里是一个食杂店，在日月城和赵都商场对面的和平市场里面，店里的老板姓王，论起辈分来我应该叫他三姨夫。来之前母亲就跟我说过，三姨夫这些年在邯郸经营很多生意，都做得不错，这家食杂店就是其中一个，平时主要卖一些小吃，比如馍馍、麻花儿、果子、点心什么的。我刚一到这，三姨夫便很热情地接待了我，还跟我聊起了家常，问家里是否一切都好，我都礼貌地一一回应着。吃过午饭，三姨夫跟我说食杂店这边眼下不缺人手，倒是馍馍铺那边活比较忙，而且还有地方住。但就是馍馍铺的活挺辛苦的，还要起早贪黑，担心我年纪小熬不住，不行这两天再帮我看看别的活计。我拍着胸脯跟三姨夫说，您放心吧，我能吃苦不怕累，啥活我都能干。三姨夫很是满意，紧接着他跟店铺里的师傅交代了一下，给我安排一下活儿跟住的地方。

因为之前没有干过这行，起初很多活都插不上手，所以我就从零零散散的一些杂活做起。每天天还没亮，大概三四点钟我就得爬起来，打水，烧火。因为那个时候，煤气价格也非常贵还没有普遍使用，一般都是烧柴做饭，所以每天我要早早地先把几个锅里放满水，再把水都烧开。等时间差不多了，师傅们会起来做馍馍，我再把做好的馍馍一个一个摆放到蒸笼里面。按照师傅交代的时间，一边接着烧火，一边看着蒸笼的时间。馍馍蒸好以后，我再一个一个拾出来放到保温箱子里面，盖上麻布，会有专门的师傅去送。早晨起来忙完一阵子师傅休息的时候，我就收拾厨房的卫生，每天都会把灶台跟蒸笼擦得雪亮。等都收拾得差不多了，我再到后边院子里劈柴，那时候烧的东西很杂，有工地上拆回来的废模板，也有破旧的家具，就是上面有很多钉子，经常会扎到手，再就是一些长长短短的木头啥的，劈起来很费力。劈好了以后，我把柴靠着墙根整齐地码放起来，备着下次再用。

店里每隔几天会定期到面粉，一车大概有百十多袋，都是我负责卸车，然后再扛到库房码起来，一侧肩膀上磨破了皮，我就换另一侧接着抗，根本没有时间歇息。

店铺里每天忙得热火朝天，我印象最深的就是每次打开蒸笼的那一瞬间，一股麦香味扑鼻而来，就连不饿的人闻了都会想吃两个。也就一眨眼

的工夫，整整的一大屉馍馍被抢购一空，每天的生意都非常的好。当时我还有些纳闷，这馍馍在我们老家再正常不过了，并不新鲜，为何到了城里这么受待见。我很是不解地问着大师傅，听他说，城里的人平时上班时间紧，又嫌麻烦，所以很少自己在家蒸馍馍，再说提前蒸好的话放硬了又不好吃了，所以基本上都是会到市场买现成的回去。大师傅还说，别看这个馍馍铺不大，一年下来不少赚的。

就这样日复一日，我坚持把每一件事都精心做好，店里的活我基本熟悉得差不多了，渐渐地一些比如和面、做馍馍的活我也开始插手做了。师傅们都对我的印象特别好，总是在三姨夫面前夸我能干。没过多长时间，三姨夫开始让我负责送馍馍，说起来这也算独立的一项工作了。之前都是一个老师傅负责送，因为年岁大了，三轮车蹬起来有些吃力。我一看这活我擅长啊，咱之前在家就送过农药，对我来说送馍馍这活相对就简单多了，其实等我接过手来，才知道没那么容易。

因为店里人手不够，之前手上的活还是要干，不能耽误，所以我每天起得更早了。

我像往常一样把蒸好的馍馍拾到保温箱里面，点好数后，开始按照地址一边送，一边沿街叫卖。每天早中晚三趟，每趟出去都要蹬着三轮车走上十几公里，回来后三轮车都是尘土，我每天会把三轮车仔细擦一遍。刚开始的那几天经常犯困打哈欠，尤其是晚上回来一躺下，大腿根疼，后来时间长了也就习惯了。

到了晚上，师傅们都下班回去休息了，我就准备和面、发面。我把几个大盆准备好，把面粉取出来倒在里面，按照师傅交代的用水比例和，那个时候还没有和面机，都是手工，一次就要和几袋子的面，两只胳膊跟手腕经常又红又肿，第二天骑车的时候都不敢扶手把。尤其是每天都沾水，再让风一吹，手上裂的都是口子，旧的还没有愈合，新的口子又裂开了。

那个时候最愁的就是赶上下雨，不管多大的雨，都要保证在规定的时间把馍馍送到，不然饭点过了，人家没有主食吃，就影响生意了。所以只能是顶着大雨，使劲地蹬，雨水打在脸上都睁不开眼。尽管穿着雨衣，全身早就湿透了，一边蹬一边冷得直打哆嗦。这还不算，尤其是冬天的时候，西北风刮到脸上像刀子割的一般疼，风夹着雪往脖子里灌。路上特别的滑，车子经常会侧翻，我担心把馍馍撒出来，就把放馍馍的箱子用绳子捆起来。有一次，一个转弯车子打滑，车子把我甩出去老远，两只手掌都磨破了。

时间一久，我对周边的路况环境自然也都熟悉了。附近很多小区、市场的大爷、大娘们都认识了我，慢慢地也不用像一开始那样叫卖了，基本上都是几个小区和街道走一圈回来，也就卖得差不多了。三姨夫对我的表现很是满意，经常夸我适合做生意，说我不但能干，人也机灵，后来让我直接去他店铺的摊位上负责卖货和收款。

在我送馍馍那段日子里，我还遇到过几个身体残疾，没儿没女的孤寡老人，平时没有收入，每次总是一个两个的买，都是靠着大伙儿救济生活，我看着可怜，后来干脆就不要他们的钱了，每次临出门时候我会提前把馍馍给他们准备好，路过的时候，给他们送过去，有时候也会带点菜和

水果。不忙的时候也会过去陪他们聊个天啥的。后来去北京工作了，我心里还放心不下他们，所以每次回家的时候，我都会顺路过去看看他们，后来听说被政府送到当地的养老院了。

　　其实我不是很习惯那种混天度日的工作，总觉得将来不会有什么出息。我反而更向往外面大城市的环境，更喜欢到外面去闯荡，所以我干了差不多半年左右的时候，总觉得这样下去还不是我最想要的生活，于是我又有了新的打算。那年春节我回到老家，我把挣的工钱交给母亲手里，顺便把自己的想法跟母亲也说了。对我的想法母亲一直都是支持的，她总是相信我什么事都能做好。在征得母亲同意后，我又开始了新的征程。

第三章

北漂之路

初来北京这城市，最先感到的是这座城市的宏伟与厚重。北京的夜景真的很漂亮，星夜璀璨，映射着北京城的典雅与庄重。

| 第一节. 深夜的北京

　　这次就像上一次出门一样，我提前开始收拾行李。母亲把家里最好的一条棉被拿出来让我带上，又挑了几件衣服，卷成一个卷往化肥编织袋里一塞，找一根尼龙绳在口上打个结。我把喝水的搪瓷缸挂在胸前，手上提着母亲给煮好的20个鸡蛋，还有80多元零零散散的路费。借着春风拂面的清晨，背着行囊踏上了我的北漂之路。我先乘公共汽车到了邯郸，辗转来到邯郸火车站，火车票买的还算顺利，但是进站上车就比较费劲了，检过票后到了站台里早已是人山人海。那个时候出门打工的人也很多，但是车次却非常少，每天只有这一班到北京的火车。所以车一进站，所有人都往车门口拥，堵得死死的根本就挤不上去，好在那个年代的绿皮车车窗是可以打开的，我就从车窗爬进去，过道里人挤人，挪不动步，索性我就靠着行李卷就地躺在座位底下。

　　过了一会儿火车徐徐开动了起来，车窗外的一切匆匆而过，虽然对未来既憧憬又有些迷茫，但我从未却步。我一直坚信只要坚持梦想，然后为之努力，脚踏实地，总会收获自己想要的一切。我把头靠在车厢上，望向对面的窗外。想着想着，不知不觉睡了过去，迷迷糊糊中记不得时间过了多久，只听列车员喊着："都让一让，把脚收一下。"因为车厢里的人比较多，所以列车员的声音非常大。只见她推着餐车沿着过道开始叫卖盒饭，一荤一素10块钱一份儿。当时确实是有点饿了，但是碍于价钱太贵舍不得买，就摸出母亲给带的鸡蛋吃了起来，因为蛋黄太干噎得咽不下去，吃了一个就不想吃了。心想着到了北京再说吧。大概一个多小时卖盒饭的餐车又折返回来了，这次只要5块钱一盒。我见价格便宜了，便要了一份儿，交过钱接过盒饭才发现，里面的肉菜、鸡腿啥的都拿出去了，只剩一份素菜了。当时也是非常饿，就直接大口地吃了起来。

吃过饭我又迷了一会儿，就听见列车员大声地喊着："大伙儿都精神精神吧，到北京站了。"

初来北京这城市，最先感到的是这座城市的宏伟与厚重。北京的夜景真的很漂亮，星夜璀璨，映射着北京城的典雅与庄重。这座文明古城每时每刻都散发着悠久的历史味道，古色古香无处不展现着它的文化底蕴引人沉醉。夜色沉沉，万籁俱寂，皎洁明月下的北京城，灯火通明，井然有序，显示着作为一个首都的庄严与肃穆。

因为是深夜到站，首先我得先找个地方安顿下来，休息一下。但我又一时不知道去哪，没有亲戚朋友，又是头一次来。这让我一时不知所措，略作迟疑，我朝着车站候车室走去，打算到候车室里看看，如果可以，就先在候车室找个角落待上一晚，等天一亮再做打算。可是事与愿违，这里

的工作人员对我的身份进行一番询问后，告诉我这里不允许留宿。倒是一帮围上来拉客的人紧追不舍地追问着我，格外热情，问我要不要打车、住店。低廉的价钱让我有些心动。

"住店在哪儿啊，多少钱一晚上？"我随便问了一句。

那帮人听我搭腔了，觉得有戏，顺手向一座灯火半亮半黑的大楼一指，"就是那儿，很近，便宜。"然后不由分说，就把我往他们停车的地方搂。

我半推半就地随他到了上车的地方，也没再多想了，就上到一辆中巴里，找靠后的座位坐了下来。

很快，车就上满了人，坐的坐，站的站，把中巴车里挤得满满当当。

我总感觉他们不像好人，这时我留了个心眼，在别人不注意的时候把身上的四十几元钱掏出来，拿出两张10元的捏在手上，其余的塞进了脚下的袜子里面藏了起来。

车开了很长时间还没到旅店，有几个人似乎有些不耐烦了，催问着这么久还没有到。

司机不耐烦地答道："你以为这是在你们家吗，车可以随便开？这儿是北京，车不能乱走，有禁行，得绕着道走。"其实走到一半的时候我就隐约感觉到有些不对劲，因为我也觉得这车一直在兜圈，但没有作声，打算观望一会再说。

过了好一会儿，中巴车行驶到了一栋楼房旁边停了下来，司机带着大伙来到一个地下室。里面出来的人先是收集我们的身份证，收齐后拿在手上，就问每个人身上都有多少钱，甚至对不回答的人就干脆自己上手翻裤兜。

我在一旁问道："来的时候不是说好了10块钱吗？"

"10块地没有了，现在只剩下100块钱的房间了。"

"啊？我没有那么多钱，你们说10块我才来的。"我跟了一句。

他说："照顾你吧，小伙子，打个折，算50块钱一晚。"

"50块我都没有，我就10块钱。"说着，我把手上捏着的10块钱给他看。他刚才在我衣兜里翻来着，没有翻出钱来。

"10块钱就想住宿？想得美。"

我一看这八成是遇上骗子了，得想办法赶紧离开这里。正扛起被窝卷要出门时，又被他叫住了：

"5块钱车费交了再说，开车白拉你到这儿来吗？"说着几个人围了过来。

我见他们人多势众，没办法只能硬着头皮把钱给了他们，不过庆幸自己留了一手，没有都被搜走。有几个老乡不服气在后面跟他们讲理，后来被那帮人围起来打了一顿。我这人正义感很强，到哪里都爱管闲事，我立马折返了回去，喊道："住手，再打我就报警了啊！"估计他们也不想惹麻烦，冲我们骂了几句，开车走了。我把那两个老乡扶了起来，问有没有事，要不要去医院。老乡一边道谢，一边说没事。

走出了地下室，我背着行李卷在漆黑的街道上四处游荡着，走着走着走到一处街边的公园，微弱的路灯下有一条长条凳显得分外醒目，是个休

息的好地方。因为折腾了大半夜早已是饥肠辘辘，我打开背包拿出馍馍和咸菜疙瘩，狼吞虎咽地吃了起来，等吃得差不多了，我打开被子铺在长条凳上躺了上去，想着再熬过几个小时天也就亮了。午夜过后的天空，星星格外明亮，一闪一闪，如同一盏盏灯火，照亮着我，似乎也照亮着明天...

折腾一天，真的太累了，没一会儿我就睡了过去……

我梦见母亲围着灶台做饭，弟弟妹妹跑来跑去，催着要吃饭……

清晨的第一缕阳光打在我的脸上，一股暖意涌了上来。枝头的鸟儿叽叽喳喳，路上的自行车铃声响了起来，仿佛叫我该起床了。

新的一天就这样开始了，这是我到北京后的第一个早晨。我迅速卷起被子，塞进编织袋准备离去。四顾一圈后，对，今天我必须得找到工作。

| 第二节. 举步维艰

　　说实话，因为自己不但没啥文化，更没有什么特长技术，对于找工作的目标也是非常迷茫的。我沿着马路漫无目的地走着，看着眼前车水马龙，连过马路都显得紧张。我见对面开着一排小餐馆儿，想到那里去碰碰运气，看看有没有贴出招人的告示。

　　走着走着我就看到了一家小饭馆，应该是刚做完早餐生意，两个服务员在收拾摆在门外的餐桌餐椅。

　　我走上前，向一个服务员询问这里还要不要雇人，服务员只顾着手里的活计，根本没听见我的话。我走上两级阶梯，来到餐馆里面，只见一个老板模样的人，带着一脸的怒气好像正在训斥店里的员工。

　　我小声问道："老板，您这里还要雇人吗？"

　　"雇人？当我这里是养人吃饭的地方吗？"老板火气冲冲，"告诉你们，干不好就给我滚蛋，别以为我没你们不行。这世上三条腿的蛤蟆不好找，两条腿的人可有的是，这不，又来一个！"

　　我一听这话，嚯，虽然不是说给我听的，可把我也捎带上了。得了，这家是没戏了，话说回来，这样的老板一看也不是什么善茬，我还是再看看别的家吧。

　　我接连又问过几家餐馆，都不雇人，难道真是前面那个老板说的那样，是人多活儿少吗？而且我也纳闷，这些餐馆老板怎么都那么气不顺啊，要么不搭理你，要么拿眼把你一横，硬邦邦吐出三个字："不要人！"让你再没有多说一句话的余地。比如我打算降低点条件，也曾对一个老板说："工钱可以少点，包吃住进行……""走吧走吧走吧……"我话还没说完，他就直接让我走开，看上去一副很不耐烦的样子。

　　再往前面走，我见有一家看起来有些规模非常气派的餐厅。门口有服务员迎门，里面地面光亮得能照出人影来，一个闪亮的吊灯挂在餐厅大堂中央。餐桌很多，服务员也不少，服务员都穿着统一的工作服。

　　我也没管那么多，径直走到餐厅里面。心想，这里环境好素质高，应该有机会。餐厅经理很快就迎上来问我有什么事，她穿着与其他服务员略有区别的服装。我说，我想问问这里要不要雇佣工人。

　　她很客气地告诉我，这里是客人就餐的地方，面试的话需要到"人力资源部"去了解一下。说着，她把我带到了所谓的人力资源部。

　　现在回想起来，我那时的形象和文化程度，压根就不适合在这种地方工作。虽然我没背着我那被窝卷，但我的穿着也仍然透着土气。十六七岁的年纪看着也嫌小，个子也瘦小。尽管这样，人力资源部的人还是很礼貌地接待了我。

"请问你是什么文凭？"接待我的人问我。

"文凭？什么是文凭？"说实话，我那时真的不知道文凭是什么，甚至连"文凭"两个字都是头一次听说。

"哦，简单地说就是文化程度如何？"那人又问道。

"中学，还没毕业。"我赶紧接答，又补上一句："念到初二。"

"是技术学校吗？"

"什么是技术学校？"没听说过啊。

"就是学专门技术的学校，比如说学餐饮服务。"

"不是，我念的是初中。"

"这样吧，"那人从他桌案旁拿起一本菜谱递给我，"你把这上面的菜名念给我听听好吗？"

我接过菜谱一看，真漂亮啊，上面全是一盘一盘五颜六色、油光水亮的菜式。可我念得实在不顺，磕磕巴巴，最丢人的是，竟然把"韭菜"念成了"非菜"。

最后，那人告诉我，我不适合在他们这里工作，还建议我回家再念两年书，把初中读完。经过这回我算知道了，没有文凭和专业技术，在找工作时是多么难。

后来我还找过洗车的活儿。自认为自己能吃苦，不怕脏，不怕累，这活应该总能干得来。可是，小一点的洗车摊，人家大的小的不是一家人就是亲戚，哪里需要我这个外人来干？大一点的洗车行又不只是洗车，还带汽车维修保养的，我一不懂技术，二没多少文化的乡下人，人家都不愿意

要，怕我弄不好刮坏了客户的车。

后来我又找过做保安的活儿。当时也不知道那工作叫"保安"，走到一个大厦的大门口，看见汽车出出进进，还有个横杆一抬一落，就走过去问那坐在亭子里的人："你们这里还要雇看大门的人不？"

"小伙子，""我们这不叫看大门的，叫保安，看见没？穿着这身衣服呢。"他不无自豪地朝自己的胳臂指了指，我一看，那上面还真写着"保安"两个字。

我当时觉得这个工作真不错啊，有制服可以穿，名字也神气，就顺口问了句："那还招人吗？"

他说："这两天正要招人呢，你进去问问吧。"说着告诉我进去找物业公司。我心想，也不知他是在拿我开涮呢，还是真如他说的有那么回事儿。

我进到大厦里面，边走边问，绕了两圈，好不容易总算是找到了物业公司，进去说要找保安的工作。

"在那屋。"里面的工作人员告诉我。我心中一喜，看来还真有其事。但是我内心的欣喜很快就被一瓢冷水浇灭了，因为要先交200块钱押金。我连吃饭的钱都快没了，哪还有钱交押金呢，何况是200元。当然，即使能交上押金，做保安的其他条件我够不够也是个未知数，反正连门槛都没迈进去，屋里是什么样也就懒得管它了，起身我便离开了。

最后，我连看公共厕所的活儿都问过了。我见北京的公共厕所很干净，盖得像小洋房似的，就问这里要不要找人干活，最后也是无果而终。

在北京找个工作咋就这么难啊，这些天转下来四处碰壁，当时的我真的有些泄气了。

突然我想到了我可以捡废品，这活儿我在老家时经常做，也算是有经验的，随时就能上手，一个编织袋，一根竹竿就算工具了，早就听说在大城市捡垃圾都能赚钱，眼下只希望能填饱肚子再说。

第三节. 捡废品 睡桥洞

这些天的四处奔波，也算没有白辛苦，至少让我熟悉了周边的环境。在我留宿过的公园附近有一座立交桥，桥下环境不错，既能避风遮雨，而且还比较隐蔽。当时我就想要是晚上睡在这里，可比在公园长椅要好得多。随即我便把行李都搬了过去，简单布置了一下，就这样算是有了个临时的住所。

在城里捡废品还是和在农村有一定的区别。农村里的那些废品都不定在哪儿扔着，田间地头，房前院后，街边路面，都有随手扔下的，看见了伸手捡起来就是；而城里的生活垃圾、废品什么的都被装在垃圾袋里，扔在垃圾桶里，所以得上里边去翻找。

这天天刚亮，我就提着个空袋子走到了一个小区门口，一个垃圾桶一个垃圾桶地去翻。刚把身子探过去，一股腐臭的气味就扑面而来。其实大部分也就是生活垃圾，能卖钱的也就是几个矿泉水瓶子、易拉罐什么的。尽管小心翼翼地翻着，有时候还是难免被碎玻璃划破了手，口子划得很深出了不少血。我就按我们乡下人的做法，抓一把泥土糊在伤口上止血。

下午，我把捡到的废塑料瓶子、废铁丝等，一起拿到不远处的一个废品收购站去卖。这个废品收购站不算太大，但也有个五六百平方米的样子，院子里面破纸箱子、塑料瓶、破铜烂铁废钢材等堆得满满当当。老板是个河南人，说话时比较热情也很和气。还没等拣看我拿来的东西，一见我的手指受了伤，就先忙着要给我处理伤口。帮我涂了药水，又用纱布条帮我包好，然后把我背来的废品分类过了一下称，按照斤两把钱算给了我。还别说，城里的废品收购价格还是挺高的，卖的虽然不多，这几天吃饭不成问题了。临走的时候，老板还特意把剩下的药水送给了我，说这些东西都应该是一个拾荒的人必备的，以后翻捡废品时候要注意。说真的，本来一连几天找工作都不顺利，情绪有些低落。老板的几句话仿佛一缕阳光照进我的心里，让我感受到了人情的暖意。也许是外乡人之间的同情吧，却让我心怀感激。

眼下既然没有合适的工作，索性我先干一段时间再说。有一次我非常幸运地拾到一个被人扔掉的小半导体收音机，试着打开后断断续续的还有点声音，估计是接触不好。第二天我在废品收购站的河南老板那里借了螺丝刀，尝试着修理了一下。还不错，能收到几个波段的广播。此后，这个小半导体收音机，就成了孤独的我在异乡的陪伴，让我在寂静的夜晚，少了很多烦闷与寂寞。

一晃又是几天过去了，虽然工作还是没有找到，但是吃饭基本上没什么问题了。但是长期这样下去终究不是个办法，得想想法子再增加点收入才行。听同行的人介绍说城区郊外有一个大垃圾场，那边废品多，兴许能多拾些值钱的东西。我顺着人家跟我说的路线，一路摸索过来，到了那一看确实有个大型垃圾场。正如他们说的那样，垃圾堆得跟山一样，时不时地还有几辆大翻斗车开来倾倒垃圾。我想这倒是个好地方，至少不用挨着小区跑了，随即我便仔细地翻找起来。正当我在垃圾场里捡得起劲时，不知什么时候，有五六个小伙子围在了我周围。

"嘿，把东西都给我放下，谁让你上这儿来捡的？"一个大一点的孩子手拿一根木棍，指着我说。他看上去和我年岁相仿，个头也差不多。

再一看，旁边的几个孩子一个个头发凌乱，面孔肮脏，衣服破破烂烂的，应该也是拾荒的孩子，人手拿着木棍跟在大一点的孩子身旁。

"怎么，这里不让捡吗？"我不解地问。

"可以捡，但是你不能捡，这里是我们的地盘。"那个小头头大声叫嚣着。

"谁规定的这里是你们的地盘？"当时我就不服了。

"嘿！怎么着，你还要叫板是吗？"话音刚落，那个小头头举起棍子就向我挥了过来。

我下意识地抬起胳膊一挡，瞬间觉得胳膊痛得一阵发麻。我正打算还手，想起母亲出门前的叮嘱，还是算了。我也不想跟他们继续争执，准备转身离开。

"等会儿，捡的东西不能拿走！"小头头跟了过来，同时把手伸过来要掏我的衣兜："在这儿捡东西卖的钱也得留下。"

我当时确实还捡了点东西，算算也能卖上几块钱，衣兜里也揣着之前卖回来的几块钱，虽然是在别处捡废品卖的钱，但我知道，这会儿明摆着跟他们没道理可讲，但这几块吃饭的钱绝不能被他们拿去。于是，我猛地把他往旁边一推，拔腿就跑。

他们见我跑掉了，并没有执意追过来。倒是我，一心只顾了跑脱，慌不择路，跑出了老远也没有停下，结果"砰"的一声，撞在了一辆正开来的小轿车上，当时我像被人用大力推了一把，摔出去大概两米开外，一连翻了几圈，重重地撞在路边马路牙子上。

随着一声急促的刹车声，小轿车停在我面前。车轮差点就压到我的大腿上了。我向后一躲，赶紧站了起来，虽然浑身疼得厉害。

这是一辆黑色的轿车，看上去挺高级的。我隔着风挡玻璃，看见司机脸都吓白了，跟傻了似的，坐在驾驶位上一动不动，估计连下车都忘了。还是车后排的右侧车门先打开了，从车上下来一位五六十岁左右的长者，披着一件黑呢子大衣，留着花白的背头，鼻梁上架着一副精致的银丝眼镜，看他这气质，八成是个领导啥的。

见我已经站了起来，这位长者抬起我的胳膊，在我身上一阵查看，问道："怎么样小伙子，没事吧？伤着哪儿了没有？"

司机这时也缓过劲来，下车直问我要不要上医院看看。

"没事没事，"我忙说，"怪我光顾着跑没看路，撞着你们了，对不起啊！"

见我反给他们道歉，长者和司机相互看一眼，笑了起来。"我们还是

带你去医院检查检查吧。"司机说。

"不用不用，哪儿都没咋着，检查个啥！"其实当时觉得身上哪都疼，但我知道应该没有伤着，毕竟农村干活出来的我，跌跌撞撞这么大都是家常便饭，也就没拿着当回事，我拍拍身上的土，就准备离开。

"等一下，"那位长者从上衣内兜里掏出钱夹，从里面拿出几张百元大钞和一张卡片，递给我说："这是500块钱，要是有什么不舒服的，你自己先去医院看病，然后给我打电话，我姓王，这是我的名片。"

"不行不行，这可使不得，我不能要您的钱，是我自己不看路瞎跑，撞了你们。既然没事了，白白地我要你们的钱干什么？"他的名片我不仅没接，连看都没看一眼。我心想虽然咱没文化，缺钱也不假，但也明白君子爱财取之有道的道理。不是咱的说啥都不能要。

见我坚持不接，"那这样吧，"长者又说，"现在已经是午饭时间了，我们一起就近吃个便饭，也再观察观察你的情况，怎么样？"

他一边问我，一边就对司机示意，说去哪哪哪我也没听全。说实话，连追带赶地跑了一个上午，肚子确实是有点饿了，所以我也就没再推辞，随着他们上了小轿车。车子一路开到了一家酒楼停了下来，下车后司机带着我走进了酒楼的一间包厢。看样子他们经常来这里，早已是轻车熟路，路过的几个服务员都会跟他们打招呼，一口一个"王总"。但对我来说，这可是我生来第一次进到高档酒楼里，司机点了四个菜，都是我从未见过更甭提吃过的美味。尤其是离开家到现在，在外面饥一顿饱一顿的风餐露宿，已经很久没吃过一顿像样的热乎饭了，所以我也没顾那么多，上去就狼吞虎咽地吃了起来。

　　过程中那位长者时不时会问我一些家长里短，哪的人啊，来北京准备做什么啊，为什么一个人出来什么的。我说着说着，就想起我的家人来了，要是这些饭菜拿回家给我的家人们尝一尝多好啊，哪怕是看一眼呢。想着想着，我的泪水就涌了上来，在眼眶里打转，强忍着不落下来。

　　吃完饭，他们见我的身体没事儿，便也放心了。于是我们简单道了个别，便各自散去，真是人生相逢，来去匆匆。

　　那个长者在先前给我名片时，说过他姓王，我当时没太在意。在刚才吃饭的过程中，我听司机说这位长者其实是一家公司的总经理，在北京很有人脉。后来我也没有想到，这位王总竟成了我命运中的贵人，在后来的工作中给我提供了很多宝贵的发展机会。

| 第四节. 交了朋友

　　既然工作一时半会找不到合适的，索性也就顺其自然，等遇到合适的机会再说。一个人如果长期处在一种环境，那么必然就经常会接触到这个圈子里的人，所以时间一久，我也认识了不少拾荒圈子里的很多同行小伙伴。虽然我们这些人都来自不同的地方，操着不同的口音，但是殊途同归，目标基本差不多，无非都想着出来闯一闯，赚点儿钱。小孩子之间见面容易相熟，加上又都是外乡人，彼此间显得格外同情。在家靠父母，出门靠朋友。经过了那次在垃圾场遭人欺负的经历，也让我觉得需要几个相互帮衬的朋友，彼此间也好有个照应。

　　渐渐地我们也有了一个小团队。我这人走到哪，就有一点，就是比较有凝聚力和感染力。小时候在村子里就这样，到了这里就又自觉不自觉地显露出来。经过一段时间的相处，大家都对我比较信任和依赖，渐渐地我也就成了我们这帮拾荒小伙伴们的"主心骨"，凡事他们都喜欢找我商量拿主意。

有一天晚上，我邀请几个小兄弟们，到我的桥洞里聚聚，商量一下找工作的事，毕竟大伙长期这样下去也不是个事儿。事先我还准备了两瓶老北京二锅头，又在小餐馆里要了几样便宜的凉菜和几个馍馍。我们在桥洞下开始推杯换盏，说着自己的愿望。他们对我也十分尊敬，一口一个"剑哥"地称呼我。从小时候一直聊到出门，大家伙儿一边吹嘘着自己的梦想，一会又倾诉着自己的不易和艰辛。在那个年代和那种环境下，大家聚在一起抱团取暖所以很容易交心。

说着说着，我就聊到了那次在垃圾场遭受欺负差点挨打的事。几个小兄弟们听完，都愤愤不平，说哪能让咱哥受这欺负，非要帮我争回这个面子不行。我说没必要，都是在外面闯荡的孩子，都不容易，算了。但是拧不过他们，执意要去，于是，第二天我被他们连拉带拽地到了那个垃圾场。

我们一边说说笑笑，一边捡着废品。没过一会儿工夫，上次那帮孩子们又出现了。他们来了大概有十来个人，带头的还是上次那个稍大点的孩子。

他们应该是先看到了我们是有备而来的，并没有像上一次那么飞扬跋扈，只说了句："你怎么又来了？"

我说道："这里这么大，你们反正也捡不过来，还不如大家一块捡，也都有口饭吃。"但是这样一来明显是要使他们的利益受损了，对方还是那句"不行！"当时也不记得是哪边先喊了一声"打！"顿时双方就斯打到了一起。

　　说来真是可笑，还没有一分钟的工夫，我那帮斗志昂扬的小兄弟，打着打着就不见人了。再看对方的人差不多也是这样，不知怎么就都溜没了踪影，就剩下了我和那个大孩子还僵持在那里。我们对视了一眼，互相松开了对方，便找了个地方坐了下来。其实压根儿就没有打起来，但是气确实消了很多，索性我俩就聊了起来。

　　原来，大孩子姓庞，是甘肃人，比我大一岁。因为家里很穷，在黄土坡上种着十几亩阶梯状的山地田，完全靠天吃饭，收成极少。他的母亲去世得早，没过多久，家里又不清不楚地住进来一个女人，他爸爸让他管这个女人叫妈，他不叫，惹得他爸不高兴。这个女人也不喜欢他，常常对他呵斥责骂，还在他爸跟前数落他的不是。他在家里也有弟弟妹妹，但是说起弟妹，他好像没流露出多少情感。

　　听他说，他连小学都没毕业，就不上学了。一开始在家乡周边闲荡，荡着荡着，越荡离家越远，爬火车蹭汽车，居然在两年前来到了北京。据他说，他到北京后也想着打一份工，但始终没能干上一种像样的工作，也知道自己没有耐性，索性还是当流浪汉落得自由自在，于是才走到今天的地步，带着几个从农村出来的孩子，靠着这个垃圾场为生。

　　也许是因为同病相怜，也算是不打不相识吧，就这样我们也算是成了朋友，后来我们经常在一起捡废品，相处得也不错。有一天晚上，他叫上我说要去个地方，说是有好事，我也是没多想就答应了他，但我估计也没什么好事，最多就是一起喝酒。

　　天黑之后，我跟着他来到了一片小区，在一栋楼前，他说要我躲在暗处放哨，自己则拿着一根小钢锯条，蹑手蹑脚走向楼前停着的几辆自行车，瞄准一辆稍微新一点的，就开始锯那辆车的车锁。我一看这不是盗窃嘛？这可不行。从小到大我就没干过偷鸡摸狗的事。再说，临出门前，母亲还再三叮嘱不能做违法的事情。我正打算上前阻止，可这家伙看起来还真是内行，三下两下就把自行车锁给弄断了，然后轻轻把车推了过来，要载上我骑车离开。我不同意他的做法，劝他赶紧送回去还来得及，就在我们争执过程中，也不知道从什么地方突然冒出来几个人，打着手电，把我俩围了起来，不容分说，直接送到了当地派出所。

后来才知道，这个小区里的住户，因为常常遭遇自行车被偷的苦恼，已经自发组织起了一个巡逻队，每天晚上都有几个自愿值夜的人在小区里巡查。那天晚上我们刚进小区，就被他们注意上了，在我们没有行动的时候，他们也不惊动我们，就在暗处盯着。正当我这兄弟骑上车子要离开的时候，他们的几只手电一齐打亮，我那兄弟只有乖乖地束手就擒，人赃并获，顺便把我也一块带走了。

我们被扭送到了附近的派出所，派出所的民警把我和我那位"朋友"隔离开来，分别讯问做笔录。我原原本本一五一十向警察说明了当晚事情的经过，整个过程从一开始我就确实不知道我的"朋友"究竟要我跟他一起做什么，直到他锯自行车锁那会儿，我才明白是要偷自行车，我当时确实是极力劝阻过的。

后来经过警察的调查，证实了我说的都是实情，把我批评教育一番，天一亮就把我放了。而我那位"朋友"，因为早已是这个派出所警察的

67

"熟人"了，这次没有被放出来。

那天我返回到我的桥洞思索了半天，不由得想到了母亲的叮嘱。如果长此以往，一旦交友不慎，难免误入歧途，到时候悔之已晚。再说拾荒本就不是什么正当行业，什么也学不到不说，也接触不到什么好的机会。当初做这个也是为了实现自己的目标，暂时填饱肚子而已，并不是我来北京的初衷。打那一刻起，我决定不干这个了，还是得踏踏实实地找一份工作才行。我摸了摸口袋，最近这段时间也攒了一点吃饭钱，熬到找到工作应该没问题了。

说干就干，天一亮我把东西简单收拾了一下，简单吃了口饭，开始继续找工作。

第四章

走上建筑工地

—— 这是我第一次走进正在施工建
设的高楼，里面的很多墙面地
面都有裸露在外的钢筋，窗户
也还没安装，空洞洞的。

| 第一节. 与建筑结缘

这些天我除了继续坚持找活儿，基本也没干别的。靠着前阵子捡废品积攒的一点儿生活费维持着，虽然一刻没有停歇，但工作的事儿还是一无所获。我就像站在人生的十字路口，没了方向，不知何去何从。也曾经萌生过放弃的念头，想着实在不行大不了就回老家去，按照父亲的想法，老家找个工作也不失为一种办法。但回头一想就这样回去了，多少也太没面子了，枉费我这段时间吃的苦；再说当初信誓旦旦地对家人说，不闯出个样来绝不回去。也许当初是我想得太过简单了，外面的世界，不是想象得那么容易。我的内心反反复复非常纠结。

我继续每天在几条街上转悠，饿了买个馍馍，啥菜也没有。渴了在人家的自来水龙头下捧两口，晚上拖着疲惫的双腿回到桥洞。第二天换一块地方，继续寻觅。心里盘算着，如果这两天还是找不到合适的工作，就打算回去了，身上的钱不多了，再继续下去吃饭都成问题了，也顾不上面子了。

一天下午，我经过一个建筑工地门口，门口站在几个戴着安全帽的人。怀着试试看的想法，上前问了一句。其中一个工人听我口音像是老乡，就热情地带着我去找他们的施工队长。

施工队长将我上下打量一番，问我以前在工地干过没有，我说没有。

施工队长又问我有什么技术，比如会不会木工、电工、电焊工、管道工、架子工、钢筋工、砌筑工……一连说了一串，可我只能是无奈地摇着头。

"你什么技术都不会，恐怕不行。"施工队长直接就把我给否定了。

我仍抱着一线希望，想再争取一下，可是人家挥了挥手，转身离开了。我失望地从这个工地走了出来，无精打采地回去了。

第二天我又找到了一个正在施工的工地。各种大型机械正在施工，设备种类繁多，机械的轰鸣声交错，显得现场非常的忙碌。几个工人戴着安全帽在一旁有序地指挥着，一股羡慕之情油然而生。当时心想，如果我也是其中的一员该多好啊。

我正看得起劲儿，正想着走进去近距离看看，却被看门的大爷拦住了。大爷冲我指了指"施工现场，闲人免进"的牌子，又冲我挥挥手示意让我离开。

我仍不死心，走上前跟大爷说想问问这里招不招工人。没等大爷回答，一个头戴黄色安全帽，身穿迷彩服的工人，迎面走了过来。

我接着问："大哥，这个工地还招不招工人啊？"

他上下打量了我一番后，笑呵呵说道："工人嘛，招是要招的，可是

你会干什么啊？"

"不会干我可以学啊，何况我有劲，舍得卖力气呢。"

"你能把这些沙子扛到14楼去吗？"他一边说着，一边指了指旁边堆放的一堆沙袋和高楼。

我打量了一下那一袋袋装满了沙子的编织袋，估计有十几袋，又仰头看了看那栋他说的高楼，确实有些犯怵。但心想，毕竟也是一次机会，不能错过，就咬了咬牙说道："行！"

"那好，你把这些沙子扛到14楼施工现场去，我就跟老板说招你到我们施工队来。"他言之凿凿地向我许诺。

我心中一喜，没多耽搁，扛起一袋沙子就朝楼上走。

这是我第一次走进正在施工建设的高楼，里面的很多墙面地面都有裸露在外的钢筋，窗户也还没安装，空洞洞的。楼层的楼梯没有扶手，有的地方还是用模板搭接起来的，几个临时照明的灯泡裹满了灰尘，在昏暗的楼内发着微弱的光亮。

要是换作现在，不要说背着沙袋爬十几层楼，就是手上什么也不拿爬14层楼，也会累得气喘吁吁两腿发软。更别说背着几十斤重的沙子爬14层楼，而且连续不停地爬了十几趟。

我坚持着用尽最后的力气，晃晃悠悠快要站不稳的时候，把最后一袋沙子扛到了14楼。

等我颤抖着双腿来到刚才的地方，那个戴黄帽的工人早已没了踪影。我坐下来等了有一会儿，依然不见人回来，就向几个路过的工人打听，把刚才的经过说了一遍，最后，还是一个工人告诉我说这里招人是不需要先干活的。

我感觉我可能是被骗了，白白地帮人干了半天苦活。当时又累又气，又觉得委屈，一个人在那里呆呆地站了半天，还是揉了揉眼睛，垂头丧气地离开了工地。

今天真的累坏了，拖着疲惫的身子，步履蹒跚地回到桥洞想打开被子躺下歇一歇，转眼一看被子竟然不见了！

我想起最近这段时间，桥洞里又陆陆续续住进来几个流浪的外乡人，有大人也有孩子；有的住上一晚，第二天不见回来，可能是又流浪到别处去了。我的被子很可能就是让这里面的人给顺走了。

这回算是到了山穷水尽的绝境了。没有被子，怎么熬过这寒冷的漫漫长夜？兜里只剩下了一枚5毛钱硬币，过了明天上哪里吃饭？当时的心情简直沉到了谷底。

早春的北京，到了夜晚依然寒冷冻人，我躺在桥洞下冰冷坚硬的水泥地面上，哪里睡得着！捡来几张散落的破报纸盖在身上，根本不起什么作用。我把身子蜷成一团，双臂抱着膝盖，冻得瑟瑟发抖。我怀念起家里母亲亲手做的被褥，躺在上面软绵绵的，不知有多温暖。我站起身，搓着手掌，跺着脚，又把身上的衣服裹得紧紧的，抱着膝盖，背靠桥洞的水泥墙壁坐着，盼望黎明早些到来。

我望向桥洞外的晴朗夜空，夜空中繁星满天。想着这样的景象在我家的土坯院子里也常能见到，可那时在家里从没想到过今天受冻挨饿的滋

味。想想家里再穷，也能避风遮雨，粗茶淡饭也能填饱肚子。为什么自己偏偏要来到北京这个与我毫不相干的城市？每天走在街上，看见那一栋栋高楼和星星一样多的窗口，可那里没有一寸空间属于我；每天与无数的人擦肩而过，可这些人谁都和我没有交集，更别说关心和帮助。原本想靠自己的努力，凭自己的勤奋在这个城市里打个工挣点钱，让家人的生活过得好些，可偏偏做起来却是那么的艰难。

说实话，我并不后悔，路是自己选的，但是如果这里真的待不下去，也就只能回老家了。可在我的内心深处，总有那么一丝抗拒，不想这么轻易地放弃。如果这次回去，也许就真的一辈子窝在老家了。

回家还是留下来继续闯荡，让我整整纠结了一夜。第二天天一亮，我没打算回家，而是继续走上了街头。

不知不觉就走到了北京动物园，正好看到一辆360路公共汽车进站。时过20多年，这趟车深深地印记在我心里，让我至今难忘。

这趟车是从动物园开往北京香山的。见车一靠站，我就上了车。心想，兜里还有一枚5毛钱硬币，就拿它坐了车吧，看能坐到哪儿，一切听天由命吧。

上车后，我把5毛硬币递给售票员，说这5毛钱能坐到哪儿算哪儿。售票员见我的行为有些古怪，却也没多说什么，撕给我一张票，车就开了。

车上的人很多，我一步一步往车的后面移动着，越往后面站着的人越多。因为我好久没有换洗衣服了，所以当时身上特别脏，我就小心躲着人群，生怕自己弄脏了别人衣服。即使中间下去些人空出来几个座位，我也没有坐上去，还是慢慢移到车厢的角落，把行李卷放在地上坐在行李上面。

车越开越往郊外，高楼没那么多了，人群没那么稠了，视线也越来越开阔了。我心想，这也好，在城里没有机会，说不定离开城市到郊区会有机会呢。

车上的乘客越坐越少，终于到只剩两三个人的时候，售票员对我说："小伙子到站了，该下车了。"

我下了车，有意看了一下站牌，这一站的站名叫厢红旗，"厢红旗"这个地名让我印象非常深刻。下了车就是村子，我在村子里边溜达边看。没多久就看到一户村民在盖房，有推车运沙子的，有砌墙的，有那么三四个人在忙前忙后。

我知道这里村民盖房子，可能也和我们老家一样，大多不是自己动手盖，而是包给"盖房班"去做。施工队长就是盖房班的老板，根据工程大小组班拉队伍。那么，这户村民盖房，就是一个小工程，跟我们老家的房子可能有些区别的就是电路安装工艺不太一样，我们老家基本上都是做明活，而北京这边虽然是盖几间民房也会采用预埋管的方式穿线。简单地说，这里也算是一个小工地吧。我找到施工队长，打算问他这里还要不要雇人干活。

"师傅您这还要人吗？不给工钱都可以，管吃管住就行。"还没等对方表态，我就急忙端出了自己的"底牌"，这也是被逼到了穷途末路，不讲价钱，不开条件，只要能留下我，有口饭吃，有地方住就行。

施工队长问道："之前有没有干过啊？这活又苦又累能坚持住吗？"

我心里明白他是担心我岁数太小吃不了这个苦。我连忙跟人家说，我从小在家就干农活长大的，有一身的力气，不怕吃苦。

施工队长见我耿直憨厚，就很爽快地同意了，而且除了吃住还有点工资，我当时高兴的不停地跟人家道谢。

我这算是有了容身之处了，心里也感觉踏实多了。自打来北京后寻寻觅觅了好几个月没有着落，如今在我几乎面临绝境的时候，不承想会在厢红旗这个地方落了脚。我又诚诚恳恳地谢过人家后，又向施工队长保证，自己一定会好好干，不会让他失望，以报答这来之不易的"一饭之恩"。

| 第二节. 拜师学艺

　　从那天开始，我被施工队长安排给瓦工大师傅当起了小工，给我条件待遇是有吃有住，每天还能给我发六七块钱的工钱。这对当时的我来说，这么好的待遇，已经非常知足了，所以不论什么活儿我都格外卖力。

　　因为不懂技术又没什么手艺，所以每天就是用小推车推砖头，推沙子，搬水泥，拌灰，运料，虽然没什么技术含量，但是很要求反应和速度，必须得保证供得上瓦工师傅干活有料用。我很珍惜这来之不易的工作，所以干得格外勤快卖力，生怕给大工师傅和施工队长瞧不上眼让我走人。看到砖头快用完了，我早早就把砖头推过去放在师傅凑手的地方；看到灰料用得差不多了，我又赶紧拉来沙子、搬来水泥，和好一大堆灰料，一点点运到师傅手边。总之是撂下这样干那样，撂下那样干这样，眼里始终有活，一刻也不闲着，工地上的几个师傅都夸我勤快，施工队长也对我非常认可。

　　平日里干活的时候，我对大师傅们的手艺就非常羡慕。所以我一边做

着小工，在不忙的时候偶尔我也会注意师傅们干活的过程，渐渐地熟悉了这里的环境以后，我觉得自己也应该学会一门技术，将来也好有个能吃饭的本领，总不能这样一直给人家当小工，如果学了一门技术还可以长期稳定地留在北京的建筑工地上。

在建筑工地上所有的工种中，我对电工这个工种比较感兴趣。其实我们这个工地上有一个电工师傅，50多岁了，这里的电气活儿都是他一个人上手，连个帮他打下手的小工都没有。我看他干的活挺有意思，自己在纸上画画写写，就是这栋房子的电路图；电线都从埋在墙体里的管子里穿，从墙体里通到房屋各处，不像我们农村老家，电线都拉在明处，横三竖四、左牵右挂的。更有趣的是，在这边一按开关，灯亮了；可是到那边一按开关，又能把这边的灯关上。还有什么电闸电路回路开关等等，都有讲究。还在房顶上安避雷针，更是我觉得神秘的地方。

每天下了班，我就自己照着电工师傅的样子，自己在纸上也画了起来，渐渐地我就有了拜师学艺的念头。为了能让老师傅同意教我，我就时长主动地给他搭把手，递一递电线，替他上上梯子，给他递递工具什么的，表现得十分勤快。我经常跟老师傅说，您年纪大了，有些什么活能用得着我的，您就叫我干吧，尤其是您上下梯子，腿脚不太方便的话就让我上，您在下边看着我做就行。时间久了，我们也就渐渐熟悉了起来。见我比较会"来事"，老师傅非常看好我。

起初，我还不敢明着说想跟他学电工，担心施工队长和其他师傅以为我不安心分内的工作，还挑活，很可能连小工都不让我干了。后来，我见施工队长和几个师傅都对我印象不错，就找了个合适的机会，跟电工师傅说，师傅，要不您教我学电工吧，我很喜欢这个专业，您要是愿意教我，我一定跟您好好学。

"你还得给他们和灰，有时间学吗？"电工师傅一边干活，一边问我说。

我说："我保证不耽误和灰和倒料，我每次多和点预备着，保证随时有的用，我插这个空子跟您学。"

"有这空子你歇会儿多好。"电工师傅又说。

我说："我年轻有的是力气，不累，不用歇；再说，学东西比歇着好。"

电工师傅本来就对我印象不错，觉得我有眼力见儿，干活主动又勤快，而且与人友善，于是就很爽快地答应了教我。见师傅肯教我，我喜出望外一连给师傅深深地鞠了几个躬，老师傅满意地笑了。

因为有着现场的便利条件，所以有机会一边跟着师傅学习一边实践，我从最基础的开槽、埋管、穿线开始入手；师傅再跟我讲解干这些活的细节和电工知识原理。我越学越感兴趣，所以从来不觉得累。后来师傅还教我怎样看图纸，开始的时候看着图纸跟看地图一样，眼花缭乱，墙顶地还分不清，也不会看图例。但是我就是有一种不服输的劲儿，等现场工人都下班了，我就带着图纸，去现场一个轴线一个位置地对，渐渐地就摸索到了看图的窍门。为了跟师傅能够学好专业的电工技术，我下班后还专门跑去夜市的地摊上买了一本《电工基础知识》的旧书，一有闲暇时间就看

书，看不明白就去问师傅，到了晚上回来我再做笔记，把白天学到的知识记录下来，渐渐地我开始了解和掌握了一些电工方面的基础知识，很多电工专业的活儿也慢慢地能上手了。

时间过得很快，转眼间两个月过去了。这个工地的活儿也到了后期收尾的阶段。平日里聊天听到师傅们打算着，等这里的活儿一完，就都要回家去歇一阵子。说起那个时候进城打工的农民工，很多人都是干完一趟活儿挣点钱就回家走了，等到又想挣点钱的时候再出来。我们这些人里，只有我是要留在北京接着找活干的。但是我当时还真是没有合适的去处，就在我犹豫不决的时候，师傅跟我说如果真的不想回去，可以帮我介绍一个工地过去。我当时一听有机会留下来，兴奋得两天晚上没睡着觉。接下来的日子里，我们紧锣密鼓地把收尾工作都干得差不多了，最后顺利地通过了房主的验收。我跟师傅还有后面的几个工友一起简单地聚了一次，第二天领了工钱，互相做了简单道别后，大伙便各奔东西了。

除了留下一点生活费，我把一张50元钞票装到一个牛皮纸信封里面，找了一个附近的邮局给家里邮了回去。那个时候没有快递，更不知道什么银行转账，通常从外面往老家寄钱都是通过邮局，寄出去以后，再用外面的公用电话给村上打过去说一声。而钱到了老家的村子里，一般会被送到村里的大队，村长再用广播通知谁家来领。那是我来到北京后赚到的第一笔工钱，虽然不多，但是很有成就感。

通过师傅的介绍，我找到了他说的这个新工地，比厢红旗工地的确要大很多，是一栋五六层的住宅楼。工地现场也非常正规，里面挂着各种标语、标识牌，机械、围挡一应俱全，而且还有生活区管吃管住。

到了新工地我依然保持着吃苦耐劳的作风，什么活儿我都是冲在前头，时间一久，我在工友间留下了较好的印象，跟大家相处得很愉快，彼此间都非常关照。我一直没有放弃要成为一名电工的愿望。在之前上个工地的时候，因为规模小机会相对也少，电工方面的活简单而且有限，自己所能接触到的，也仅仅是初知一点小皮毛而已。而眼下这个工地却不一样了，有五六层高的住宅楼。里面电路系统比起上一个工地要复杂和专业很多，有成套的专业设计院出的正式蓝图。这对我来说是个绝好的机会，我想趁这个机会多学一些这方面的专业知识，能够更深入地了解到专业的电工技术，所以我更珍惜这次来之不易的机会。

通常建筑行业的电工，主要分为安装电工和维修电工。安装电工以配管、做线槽、线缆敷设为主要工作，维修电工主要解决设备电路或者电气故障。安装电工干的时间长了，懂的东西多了，可以做维修电工；维修电工的知识水平要求高些，不然解决不了故障，但维修电工不一定能做安装电工。在建筑工程中，电工方面的工作，施工时要有强电、弱电施工图；竣工后，要提供电气工程竣工图，最后由甲方组织各部门再针对不同系统进行相关验收。

在这个工地上，有一个很专业的电工师傅引起了我的注意。他姓吴，是四川人，看上去也是50多岁年纪，头发灰白，中等身材。无论工作或休息，吴师傅都穿着一身蓝色的工作服。而年轻一点的工人，下班后大都是换上了自己的衣服。吴师傅的那双手给我留下的印象最强烈，粗糙嶙峋，

骨节明显，显得像有铁钳般的力量似的。我曾亲眼看见他仅用手指，就能把两根直径4毫米的8号铁丝拧成了一根铁绳。吴师傅面容平和，但眼睛很有神，唯一一点就是平时很少说话，我总觉得他有什么心事。

听工友们说，吴师傅是位老电工，干了快半辈子了，安装电工和维修电工的活路样样精通。吴师傅的老伴过世得早，一个人把儿女带大，一直到各自成家。当初也是考虑为了孩子，所以自打老伴过世后一直未娶，这些年都是一个人过来的。用他的话说，一个人在建筑工地上，简简单单地做个电工倒也图个充实自在。听说吴师傅并不是个吝啬技术的人，曾经手底下也带过两个徒弟，但那俩徒弟好像学得并不用心，又吃不了苦，后来也就不知去向了。

经过一段时间的相处，我与吴师傅彼此之间也渐渐熟悉了起来，所以一直想找个机会，把自己想学徒的想法跟吴师傅聊聊。我觉得，我们之间虽然没有过多的交往，但他平时对我的印象还不错，平日里我拿着电工书向他请教一两个问题，他每次都能很耐心地告诉我。但拜师这种事还是要敢上适当的时机才好说。

一天，我看见吴师傅一人扛着两捆电线往施工现场走，这两捆电线加在一起，重量也得七八十斤呢。正好我刚倒完线管和线槽回来，手上一时没什么事，就赶紧抢上前，把吴师傅肩上的两捆电线接过来扛在了自己肩上。

一边走着我一边向吴师傅表达了想跟他学电工的愿望："吴师傅，让我跟您学电工吧？我一直很喜欢这个专业。"

"哦，你想学电工啊？你要是真想学，我可以教你。"

"太好了，吴师傅，您放心，我绝对是真心想学。"

"嗯，我也看得出来，你是个做事情很认真的人，我相信你能学会。"

就这样，我算是正式学徒了。还是和我在厢红旗工地时一样，干我自己的活时，我把供大工师傅使用的线管和线槽多备好一些，够他们用上一阵儿，然后我就到吴师傅跟前听他使唤，帮他干一些打下手的活或看他干活，然后又去干我自己的活，这样两边忙活。

其实，吴师傅手下管着好几个大工小工，剔槽的剔槽，做管的做管，穿线的穿线，但他们似乎都没有意识到跟吴师傅干活是个很难得的学习机会，没有谁有意地向吴师傅学东西。也许是他们已身处在这一行里边了，并不以为有什么了不起的，没有吴师傅，他们也照样干吧。倒是刚到工地上的我，学习的劲头却很足。

后来，我和吴师傅的关系就像叔侄一样，慢慢我也改口叫"吴叔"了。我们除了上工的时间不是常在一起，其余时间几乎形影不离。在生活上我还时常地帮他打打水，洗洗衣服，像对自己的长辈一样照顾他。吴叔也非常愿意和我聊天，我也经常跟吴叔聊起我的家乡，我的亲人，还有我这两年在外面的一些经历，包括怎么来的北京，总之我们无话不谈。吴叔对我小小年纪就有这样的经历非常同情，所以教我电工技术的时候总是毫无保留，再加上我勤奋好学，渐渐地我的技术水平也有了很大的进步。

| 第三节．安全无小事

  对于那个年代的工地来说，施工现场安全管理意识相对淡泊，很多施工队伍对现场安全生产疏于管理和防范，导致现场安全隐患较多，尤其是到了傍晚时候，临近工人下班，对于在高温酷暑中紧张工作了一天的人，开始放任地让自己的疲态显露出来。而且天色也越来越暗，人们的视线也慢慢模糊。越是在这个时候，因为工人着急下班，安全意识就越容易松懈，安全隐患也就凸显出来。所以没过多久，我所在的工地上就接连发生了几起安全事故，给我了深刻的教训，让我一生难忘。这在我后来的施工过程中也是着重注意的地方。

  那时候我有一个平日里关系不错的工友，他是一名架子工，和我在同一个宿舍住。这天临近收工下班，他便解开安全带，收拾好了工具准备起身下来。他一只脚踩在架子上，另一只脚踩在楼体的窗户沿上，可能是因为起身太猛，天气又热造成眩晕，脚上没站稳，瞬间从顶楼摔了下来。

  虽然当时施工现场有外架安全网，但因为时间太久加上风吹日晒，现场管理不到位，安全网已经老化，并未及时更换，根本承受不住一个成年人坠下来的重量。当时就在一层干活的我，只听一阵杂乱的断裂声，紧接着一个人重重地摔在地面上，瞬间鲜血喷溅。赶过来的工友们围在那里吓得目瞪口呆，几个带班的管理人员抓紧联系救护车，现场乱成一团。

人当时就不行了，一个年轻、鲜活的生命就这样没了。昨天还在一起有说有笑，畅想着未来，今天的床铺上已是人去空空。整整一个晚上，全宿舍的人没有一人说话，我更是一夜未眠。

后来听说项目上与逝者家属达成了赔偿协议，具体细节也没去打听。这人都不在了，给再多的钱又有什么意义！当时我就想，有一天如果我自己带队伍，必须抓好安全防护工作。

听说这几天项目部的领导把各种流程处理好了，为了保证进度，施工现场开始复工，一切照常进行，各个班组跟往日里一样如火如荼地抢赶着工期。

有一天中午，材料到了现场，我被安排到一层卸车，刚下了楼梯走到一层，一根黑铁管从楼上掉了下来，我应声抬头一望，线管偏巧戳到我额头侧面，当时鲜血直流，把一旁的工友吓坏了，我说没事不要慌，我能处理好。我一边用手捂着伤口，一只手骑着自行车到了诊所，医生给我缝了几针，上了些药，用纱布包扎了几圈。医生说再有1厘米就可能戳到眼睛上了，那可就危险了。虽然缝了针，但还是建议我回去休息两天。我走出诊所，没有回宿舍，而是直接又回到了工地上，工友们都劝我回去休息，我还是坚持着继续上班。那个时候赚钱不容易，舍不得休息，总觉得休息

就是等于花钱一样。

还有一回我们正干着活，突然电梯不动了，下面的材料送不上去，上面的人也下不来。

施工队长怒气冲冲地找到吴叔，劈头盖脸一顿埋怨。吴叔没作声，爬到电梯上，开始排查问题，初步分析是电梯控制箱里面的问题，于是又跑到配电室拉下电源总闸，再返回电梯打开线包做检查维修。

谁知，一向小心仔细的吴叔，可能是因为刚才被施工队长一阵急吼，自己也乱了方寸，把配电室的电源总闸拉下后，却忘了把写有"维修"字样的牌子挂上去，就慌慌忙忙离开跑去了电梯那边。

吴叔在电梯里打开控制箱，经过一番测线排查，发现了电梯故障的原因。吴叔便拆掉有故障的线路，拿出已预先备好了的新线准备替换。后来按吴叔描述的情形是，就在他全神贯注地安装新线包时，突然一下，一股强大的电流冲透他全身，从手指间直到脚指头，人也被瞬间弹倒在地，两眼发直，浑身颤抖，连头发都要竖起来了，嘴唇哆嗦着说不出话来。

我后来想起，就在吴叔在电梯那边维修线路的同时，我恰巧路过配电室。对电工工作比较好奇的我，下意识地往配电室里的闸箱瞄了一眼，见电源总闸是合上的。这本来也没什么，我走过几步突然想起这个时间吴叔不是正在检修电梯吗？再一看那块写有"维修"字样的牌子怎么在一边搁着呢？

我越想越不安，八成是有人私自合闸送电，我担心发生事故，于是没有犹豫，果断拉下电源总闸，挂上维修牌，飞一般地向电梯那边跑去。

大老远就见到电梯里面躺着人，我一看坏了，出事了！跑过去一看，只见吴叔瘫倒在地，两眼直瞪瞪看着我，但看得出人还清醒，只是不说话，工具包已飞出老远。我不由分说，背起吴叔就要去医院。走到工地围挡门口时，吴叔缓过来点了，轻声地说不要紧，不用去医院了，没多大事，他以前经常触电，休息休息就好了。

我明白吴叔的心思，知道跑一趟医院太麻烦，主要是不舍得去医院花钱，我拗不过他，就把吴叔背回宿舍，扶到床上休息，在被电击灼伤的地方涂了些紫药水，倒了一杯热水让他慢慢喝下，见没什么大碍，我连忙赶回工地，去配电室拿下维修牌，合上电闸，又向施工队长说明了情况。庆幸是我路过配电室，把总闸拉了，不然后果不堪设想，遇到高压电击如果不断电是甩不开的。

自从学上电工以后，我就一直对配电室这个地方充满着好奇。作为一个主体建筑的电气核心枢纽，究竟是怎样一个原理？

说到学习电气技术，需要循序渐进，有扎实的基础才行。但对于我这个不是科班出身，半路学徒的人来说，还差得太远，毕竟我所学的都是在一线生产过程中摸索出来的。

在实践和实际操作中，一定要有专业师傅或者工程师在场指导，否则很容易发生安全事故，非同小可。

不忙的时候，我经常一个人溜进配电室琢磨这些设备。这是一个300多平方米的房间，屋顶上所有的设施、四周的墙壁用的都是绝缘材料。地面上也铺着厚厚的橡胶绝缘层，靠近墙边的地方，立着一排高大的白色配

电柜。配电柜上，红、黄、绿一组一组的信号灯不停地闪动。信号灯下是排列整齐的控制开关，最边上是一个大的断路器，就是所谓的总开关，外门上写着几个醒目的红色大字："有电危险"。这里就是整个工程的心脏了，工程完工后，整个大楼的供电也通过这里来完成。

有一次我站到了总闸的地方，往门里面看去，也没觉得有什么，并不显得复杂，就是几根酒杯口粗的铜缆，连接着一把大闸刀。我打开门盖，掏出特意带来的试电笔，测起了电压，看看电压有多少，是不是书里说的高压电。一试，电笔传出的信号告诉我，是220伏的电压。还真是呀，这里还真的是高压电。那么，380伏的高压电又是怎样变成了220伏的民用电的呢？我想弄出个究竟，拿着试电笔边测边看，完全忽略了自己正身处高压电的边缘。一不小心，我的试电笔把两根分开的电线连到了一起，就听"砰"的一声巨响，闪出一个大火团，火花四溅，一道浓烟顿时弥漫了整个配电室。同时，我也被强大的气流推到了身后的墙根，浓烟熏得我睁不开双眼，呛得我喘不过气来，吓得我赶紧跑出了配电室。

外面正在干活的工友们同时遭遇了意外情况，轰轰隆隆的混凝土搅拌机本以它一贯的匀速运转，突然就没了动静，让正在操作机器的小伙子一怔，忙按下搅拌机的按钮关了机，检查了半天也没发现问题。正在向楼顶调动钢筋的塔吊突然就停下来，使半吨多重的钢筋晃晃悠悠地悬在了空中，吓得在地面指挥塔吊的工人拔腿就跑，以为塔吊出了故障。运送工人的电梯也咣当一声停住了，工人们上不着天下不着地，一个个吓得脸色煞白，用力地抓住电梯扶手，一动也不敢动。正在焊接钢筋网的工人被手上

— 88

的电焊把突然就没了反应弄得莫名其妙，把电焊把调过来调过去摆弄了半天，才知道是停电了。

此时，吴叔也正在切割机上忙乎。切割机正工作着，突然没了动静，吴叔以为又是这边220伏电闸的保险丝烧断了。施工工地上，到处都在用电，用电量大，机器设备在使用中烧坏保险丝的情况时常发生，人们都习以为常了。平时，技艺娴熟的吴叔，根本不用切断电源就能更换电闸保险丝，一分钟搞定。吴叔像往常一样，从兜里掏出一根8号铁丝粗细的保险丝，来到电闸边，打开电闸盒子，拧下电闸下盖，一看，保险丝好好的，并没有烧坏呀，难道是停电了？也不大可能啊，这么大个工地用电，一般不会说停电就停电，需要停电的话，常例都会提前下通知的，否则，在施工过程中突然停电，会造成一系列的连带问题。

偌大的工地，刚刚还一片喧腾，现在忽然就一片沉寂了。工人们都跑到吴叔那里询问情况。吴叔也一脸茫然，不知怎么回事。这时，我连滚带爬地从配电室里跑了出来，头发被火花烧得一片一片发白，眉毛也焦了，整个脸被熏得跟包公一样。

围在吴叔身边的工友似乎看出了原委，一齐朝配电室跑去。到配电室一看，只见总闸的门盖被强大的电流烧得变了形，门里的电路仍有零星的火花向外喷射，整个配电室烟气弥漫，东西被烧煳的焦臭味呛人口鼻。吴叔见此情形，便明白了是怎么回事，为了防止二次事故发生，吴叔立即拉下了一级配电柜的总闸。

赶过来的工友们愤怒了，围上来你一句他一句地责骂我，更有冲动的年轻工友对我动手动脚，似乎不揍我一顿不能解气。是啊，我闯下的这个大祸不仅仅是影响了他们的正常工作，更有可能的是给他们造成危险或伤害，给工地带来的损失也会间接牵连到他们，所以他们的心情我非常理解。

吴叔拦在我身前，极力向工友们说好话，倒不是袒护我闯下的祸事，而是安抚工友们冷静下来，待工地方面秉公处理。我见吴叔一直替我挡着于心不忍，大声说道："我一人做事一人当，我愿意接受任何处罚。"

项目部的主要领导把我单独叫到办公室，先是向我了解了整个事件的过程，我一五一十跟领导说了一遍，接着又战战兢兢地主动跟领导认了个错。领导并没有深说我，反而关心起我有没有伤到，以后一定要注意安全。同时让我提前有个心理准备，毕竟出了这么大的事儿，项目部总要向公司有个交代。我当即跟领导表示愿意接受一切处罚。

为此项目部的领导专门开了一次会，处罚决定很快就下来了，因为这次事故给工地造成的直接经济损失大概两万左右，由我个人承担一半，剩下的由项目部承担，但是我不能再继续在工地上干了。

虽然我说过"一人做事一人当，甘愿承担事故全部责任"，可是，这个处罚决定却让我难以承受，不要说经济损失的一半，就是一半的一半，我都拿不出来。但这事也怨不得别人，本就是我惹的祸，除了坦然面对，别无他法。这次的事故教训，足以让我刻骨铭心，不仅仅是罚了多少钱的问题，而是不论到哪里工作，一定要遵守规章制度，必须约束好自己。

眼下摆在面前最实际的问题，就是赔偿项目损失。算下来足足一万块呢，如果不按时赔付，就直接走司法程序起诉我，到时候连家里都要受连累。我之所以出来打工就是为了减轻家里的负担，如果因为这件事连累了家庭，我无法原谅自己。再说我长这么大就没见过这么多钱，更别提拿出来了。如果留下我继续干活，可以用我的工钱作抵扣，但又不让我在这儿干了，怎么办好呢？

当时的我真的是一筹莫展，一连几天没吃没喝，想着怎么解决这件事。

| 第四节. 换了新工地

　　这天眼看到中午饭点时间，可我哪还有心思去吃饭，当时脑子里乱成一团，我就独自一人顺着毛坯楼梯往上走。走着走着，我在一个空洞的窗口旁靠墙站了下来。猛然意识到，这里已是楼顶了，正巧这就是我那位年轻的架子工工友失足坠落的地方。我把头偏向窗口朝地面看了一眼，十几米之下走动的人影非常模糊。就因为向窗外这一瞥，使我突然觉得一阵恶心翻到嗓子眼，一阵眩晕袭上脑门，我往后一仰，神志不清地倒在地下，就觉得天旋地转的。

　　吃中午饭时，吴叔因为没看见我的身影，匆匆扒完几口饭，撂下饭碗就到处找我，找了一圈没见到人。吴叔又叫上几个工友，就在楼里顺着楼梯一层一层往上找，看到了刚爬起来靠墙坐在地上的我。后来我才知道，我当时是犯了恐高症，可能是由于极度焦虑和忧虑引起的，毕竟这次事故给我带来前所未有的压力。

　　显然最近不能再上工干活了，但一时没有地方去，暂时就没有搬走，每天就是惶惶度日。有一天，见吴叔吃了早饭后没有上班，急匆匆出了工地，身上还背着他那白色的帆布电工包。自那天吴叔带人在楼顶上找到我以后，就多次安慰我，要我不要着急，我该赔偿的钱他会借给我的。我想着想着，吴叔会不会是出去帮我筹钱去了？不行，我得去阻止他，这事我绝对不能连累他。到了中午下班的时候，也没见吴叔回来，我打算出去找找他，当我走出工地大门，还没走多远，就见吴叔下了公交车正往工地这边走过来。

果然，吴叔取了钱，要为我垫付事故赔偿款。这么大一笔钱可是吴叔攒下来的"养老钱"，一次都取了出来。吴叔跟我说："小谭，这么长时间了，我一直把你当自己的孩子看待，眼下摊上这事，你吴叔不能看着不管。以后吸取教训，不能再闯祸了。"

看着吴叔手里的钱，加上这番话，我的眼泪再也忍不住了，掩饰不住地哭了出来。

拿着吴叔的钱把罚款交了，回到宿舍收拾好行李，离开了工地。走的时候我谁也没有说，只是给吴叔留下了几行歪歪扭扭的字迹。我说："吴叔，真心感激您这段时间真诚地教我学电工技术。您在我遇到大困难的时候所给予我的帮助让我终生难忘，您辛辛苦苦挣来的一万块血汗钱我一定会如数还给您，在我内心一直把您当作我的亲人，以后无论走到哪里都会记得回来看您。"其实我留下这个字条的初衷，除了表达谢意和不舍，主要也算间接地给吴叔留下我欠他一万块钱的借据。

我背着我在厢红旗时新买的铺盖卷，再次走上了街头，至于去哪里，

当时脑袋里也是一片空白。

后来听工友说，吴叔下了班儿回到宿舍，看到了我留给他的信，非常不放心我。其实，他这一阵一直在帮我找活。凭他在建筑这一行干了几十年，认识的工友、施工队长确实不少。

后来我才知道，前阵子通州一个工地的施工队长来这里办事，吴叔恰好与他认识，就打算把我介绍给他，并特意说我是他的徒弟，电工活做得不错。这个施工队长对吴师傅的技术是了解的，听吴叔说介绍一个自己的徒弟给他，很痛快就答应了。只是吴叔还没把这个消息告诉我，原打算过两天抽空子请个假，亲自带我去通州那个工地，不想我连个招呼都没跟他打，留下一封信就自己走了。

吴叔知道我在北京无亲无故，又无处落脚，他就沿着街寻我，希望能在街上碰到我。街上人不多，四处张望只顾着找我，没留神就和几个刚从舞厅出来的男男女女撞到了一起。几个年轻男女打扮得怪模怪样，喝了酒，有两个还东倒西歪的。撞到了老人，他们不但不道歉，反而对吴叔骂脏话。吴叔刚想解释，一个醉汉一拳打在吴叔脸上，把吴叔打倒在地，嘴唇都肿起来，还流了血，几个男女扬长而去。这事也是事后听吴说说起我才知道。

吴叔想到我以前跟他聊起过来北京住桥洞的经历，又想到就在工地附近不算太远的地方有一座立交桥，一大早吴叔就在桥洞里找到了我。我睡得正香的时候，似乎觉得有人轻轻推我，我睁开眼睛蒙眬看见是吴叔，仍以为是在做梦。就像久别重逢一样，我和吴叔坐在桥洞下聊了大半天。我见吴叔的嘴唇肿着，得知他昨晚为找我而挨打的事，心中更加不是滋味。

"走，别再多说了，我带你去一个新工地，那边都联系好了。"我高兴得不知如何是好，立即卷起被窝卷，就跟吴叔出发了。

吴叔知道我这些天没吃饱过，先带我到路边一个卖早点摊上，点了不少吃的让我饱餐了一顿。然后，我随吴叔乘上公共汽车，又经过两次换乘，到了位于通州的一个建筑工地。

这个工地较荒僻，离市里有40多里地，在一个新的开发区内，周围还是大片的农田。吴叔带着我，找到他认识的那个施工队长。施工队长胖胖的，大大的脑袋上顶着一顶明显见小的安全帽，体形粗壮，裤腰带系到了圆鼓鼓凸起来的肚子以下。施工队长见了我没多说什么，叫来一个工友，让他先把我带去工地宿舍安置铺位和行李。

生活区内临时搭建的工人宿舍非常简陋，后墙上不大的窗户连玻璃都没有，钉了几块窄木板，光线从木板的缝隙间射进屋内。吊在房顶上的是一个裸灯泡，蒙了厚厚的灰尘，发着昏暗的光亮。房间约有15平方米左右，两边用架子管贴墙搭的几套上下铺，已有了铺主的床位上被褥凌乱。房屋中间摆着一个小四方桌，就是工友们吃饭和休闲的地方了。带我过来的工友指了指上层的一个空床位，示意我就睡在那儿。

通常一项建筑工程，从上到下，基本上分为建设单位（业主）、施工单位（总承包）、分包单位（劳务分包或者专业分包）。非体制内的劳务承包方，并且由自己组织劳动力承包工程的就是包施工队长了，从某种意义上说，包施工队长就是包活的老板，建筑工人靠施工队长发工钱。我现

在要跟着干活的这个胖施工队长，承包的就是通州这个工地的电气工程，而我正式当上电工，也就是从这个工地开始的。

在工地宿舍安顿完毕后，我又回到施工队长这里。吴叔还在和施工队长随意地聊着，见我回来，吴叔即要返回他的工地了。我送吴叔到工地大门口。

"听说大伙平时对这个施工队长有些意见，估计可能是脾气不太好。不过现在也没办法，没别的地方可去，你先在这儿干着，自己多注意点，平时多学学技术，好好干，因为都很熟了所以工钱没问题。"临别时，吴叔还不忘对我一番叮嘱，我应声地点了点头。

┃第五节. 历练与成长

　　因为胖施工队长对吴叔很了解，也非常信任他，而我又是吴叔介绍来的，是吴叔的徒弟，自然是"强将手下无弱兵"，所以，我一到这个工地，胖施工队长就要把我派到大工的岗位上。

　　所谓的大工就是有着专业技术的成手工人，同时还能带着小工干活，最重要的是工资收入要略高一点，毕竟是靠手艺吃饭的；小工就是跟着大工打打下手，听师傅使唤。胖施工队长这个安排，让我感到很突然。自打干上建筑这行，在前面两个工地上一直都是当小工。虽然跟着电工师傅尤其是后来跟着吴叔学了些电工活，但毕竟是还没真正上过手，最多比小工稍微强一点，要是做大工现在还真没有把握。

　　但我又很想试一试，看看这段时间自己所学到底怎么样。怎么说这也是一次机会，反正早晚都要迈出这步，总不能一直干小工吧，而且吴叔也是把我当作电工介绍过来的。于是，我就跟胖施工队长说，我刚到这个新工地，可以先跟着别的师傅熟悉几天环境，然后您再给我派活。其实我是

想趁着这几天再把技术增进一些，施工队长也没说别的便同意了。

很快我就和工友们熟悉起来，跟大伙融入一起。主要还是因为我这人勤快，又爱干净。就说宿舍的卫生，我没来之前基本没人打扫，开水瓶也基本上总是空着。我来以后，宿舍就变干净了，工友们也随时有热水喝了。北京的夏季气候闷热容易出汗，被褥总嫌湿乎乎黏糊糊的，我会在早上上工前把工友们的被褥都拿出去晾晒，下午收工后又帮他们把被褥收回来，有时甚至帮他们把褥子铺好，被子叠好，所以我的人缘特别好。

没过多久，我顺理成章地干上了专业电工活，我上手很快，当然别人不知道，还以为我原本就会干。其实都是我在平时用心地看别人怎么干，偷学偷记，幸亏有之前跟吴叔学过的基础，加上这些天偷着学了不少。有时别人穿线穿完了，我会在事后拿着图纸去现场核对，别人收工走了，我借故留下来自己在现场对图纸。

上天很公平，不会辜负每一个努力的人。所以付出就会有回报，这段时间的努力总算没有白费，渐渐地我完全可以熟练地看完整套图纸。只要正规工地上尤其是大工地上的施工图纸基本上都是蓝图，设计院出来的，有图章，特别专业。以前跟吴叔学电工时，因为毕竟时间不长，还没进入到这一块，所以看图纸很觉困难。如今手上有了技术，以后就不愁找活干了，这要感谢吴叔，也要感谢自己不懈的坚持。

这天，胖施工队长安排我到15楼的一个配电箱把电路修一下。我带上工具上了15楼，走到配电箱跟前。配电箱不大，在靠窗户的角落里。我把箱门打开，开始检修线路。检修时无意之中向窗外看了一眼，这一看不打紧，突然就觉得一阵恶心眩晕，眼发花腿发软，一屁股坐在了配电箱地下的架管上。在架管上坐了一阵，觉得慢慢恢复了平静，我才勉强干完了手上的活，让下面的工友因此多等了一会儿，耽误了活。

在上一个工地的顶楼上犯过一次，就是那个年轻的架子工工友坠楼的地方。当时还不知道自己是患了恐高症，但这次又来一下，八成就是恐高症了。恐高症对于一个干建筑的人是致命的，我决心克服它。而战胜恐惧的最好办法，就是面对它。于是，我坚持每天一次在高楼窗前看外面地面，从几分钟渐渐增加到半小时，差不多坚持了一个多月，症状果然渐渐消失了。后来每次在高楼的窗前干活，就轻松多了。

一天晚上，大家正在加班，突然间就断电了，整个工地上一片漆黑。估计是配电柜的问题，可工地上专业的维修电工正好这几天请假回家了，胖施工队长急得团团转，收工待第二天再说吧，又怕耽误了工期。当时我打算毛遂自荐，心想这也是一个锻炼自己的机会，看自己能不能处理好这个情况，于是就自告奋勇，向胖施工队长提出要去配电室看看，胖施工队长将信将疑地点了点头。

我带上工具来到配电室，跟着我的还有一个叫小军的工友，是个说话结结巴巴的南方人，平时最喜欢打打闹闹开玩笑，性格比较开朗。因为我之前有过一次事故的教训，这次可不能再乱来，我按照操作流程，先把配电柜的总闸拉了下来，又回到发生故障的配电柜前打开柜门，小军在我身后替我打手电筒照明。我十分小心地反复查看，终于发现一根连接外线的电缆，因一根火线的外皮破损，连接到了柜子下边铁架上，发生了接地，

而且接触的地方很隐蔽，一般不仔细看不会发现。只要找到原因就好办了，我很快接好线缆，不过半个小时，工地恢复了施工。胖施工队长见我回来，很满意地拍拍我的肩膀。

日子就这样每天规律地重复着，一段时间下来在这个工地上，我也交了几个很交心的朋友。除了小军，还有老李、有财等几个人，后来我自己包工程了，他们也都成了我施工队里的骨干，无论他们在哪里，任何时候，只要我有了活儿，一招呼他们，他们一般都会到我这里来。

老李是个山西人，睡在我的下铺。他30多岁，一米七的个头，留个小平头，脸色黝黑，平时和谁都不爱说话，看起来一副非常冷漠不太好相处的样子。本来我和老李也没什么特别交集，有天晚上，我在他上铺躺着看刚买回来的电工书籍。因为看得比较入神，不小心把一杯水碰翻，水就往下淋到了老李的头上。早就睡着的老李遭此一淋，就大叫起来："干什么呢！"直接就坐了起来。因为我平时和工友们的关系都挺好，和老李也没啥过节，他见是我不小心，而且连声向他道歉，也就没说什么又躺下了。

一会儿工夫老李起来上厕所，回来见我还不睡，伸手一把把我正看着的书抢了过去。原来，他以为我看的是什么不健康的书籍，入了迷，这时候了还不睡觉，结果见我看的是电工书，书里一张照片掉落下来，那是我满月时母亲抱着我照的。瞬间老李的态度变了很多，顺手把书还给了我，还说别看太晚了，不然明天起不来。

这天午休的时候，老李主动过来找我聊天，好奇地问我那天照片上的是什么人，我和老李便聊起了各自的家庭。原来，老李也是一个苦命的人。他早先在老家务农，过着日出而作日落而息的农家日子。媳妇儿年轻又贤惠，两口子有一个不到一周岁的男孩。那年冬天，孩子突然发起高烧，咳嗽不停，后来烧的昏迷不醒。老李抱着孩子，带着媳妇，跑了30多里山路到县医院。经过医生的诊断确定孩子得了肺炎而且病情严重，需要立即住院救治，但是得先交5000元医药费，这对老李来说就是个天文数字。经过十几天的东拼西凑，总算凑够了数，便急忙带着钱赶回医院，经过救治孩子总算是治愈康复了。

孩子虽然是治好了，但是却拉了一身饥荒，为了还债和养着一家老小，老李一个人背着行李到外面打工赚钱。

后来老李就经常找我说说心里话，时间久了，我们成了无话不谈的好友。虽然他大我十四五岁，也算是我的忘年之交吧。

还有一个跟我关系不错的工友叫有财，比我小一岁，没念过几天书，每天吊儿郎当的，可干起活来还是挺利索的。就是这个有财饭量特别大，每次打饭，拿上三个大白馍馍还嫌不够，还要再盛上一大碗米饭。我一直很纳闷，就特别注意了他两次。原来，他有个极坏的毛病，就是有点洁癖，每个馍馍只吃里面，不喜欢吃外面手碰到的地方，经常趁人不注意的时候就把剩下的小半个馍馍扔到没人的地方。我一看这可不行，哪能这么浪费粮食！我把被他扔掉的馍馍捡回来，把有财叫到一个没人的地方，推心置腹地开导了半天。看样子应该是听进去了，反正打那以后就再没有浪费粮食了。后来有财也成了我们队伍中的技术骨干。

有一天上工前，胖施工队长给我们做班前讲话。他穿着平时最喜欢的

那件红色T恤，脚上一双黄色皮凉鞋。他讲起话来没完没了，老调重弹，无非是工期紧，现场注意安全，需要加班加点，如果大家不卖力干，不能按时交工，甲方不但不会按时付给他工钱，而且还会罚款，到时候我们拿不到工钱可别怨他。又说工人们干活不努力，他当工人那会儿如何如何能吃苦等等。工人们对他的训话一点都不感兴趣，几排队伍站得歪七扭八，一点精神都没有，就盼着时间过得快一点，早点结束这个例会。其实当时我还是觉得施工队长的话也不全无道理，于是，掏出随身揣的小本子和铅笔，把部分开会内容记了下来。

讲完后，大伙准备去干活了。胖施工队长叫住了我，拍了拍我肩膀，说我有前途，他看好我，要我好好干。也许是因为刚才他训话时就我的态度比较端正吧。

工期一切照常进行着，眼看着马上进入到了一个很关键的施工节点，就是电缆敷设，我们在工地上都习惯叫放电缆。说到这放电缆可是一件很费力且有危险性的活儿。开始时在几米深的坑里站几个人，楼梯里、楼上面也都站几个人，大家一字排开，在班组长的口令下同时用力，才能把电缆拽弄到指定的位置上。

随着班组长一声令下，工友们同时发力，共同扛起了上千斤的电缆。因为电缆是铜的而且非常的粗，手很难抓得住，非常容易脱手。而且当时我们人比较少，电缆又是从电缆轴上一圈一圈放下来的，绷着劲，稍微一泄力就会把人带个跟头。

就在大家齐心协力扛起电缆的时候，因连续加班身体劳累的有财，脚下不稳一头栽倒在地，电缆重重地压在了他身上，后面的人跟电缆都跟了上来，很容易发生踩踏和砸伤。这时就我离有财最近，我几步冲到有财身旁，弯腰弓腿，双手用力抱住电缆，叫大家停了下来，这才护住了有财没有被伤到。

由于每天加班加点地赶工期，终于在元旦前做完了大部分工程。大家伙也期盼着拿到自己一年的辛苦钱。在那个年代的工地上还做不到月结月清，都是每个月预支一次生活费，给点零花钱，剩下的工钱都是年底一次结清，所以活一完大伙也就有了盼头，都盼着早一天拿到自己的工钱。然而，这个时候大家却发现我们的施工队长不见了，整个工地上上下下都找了个遍，也不见他的身影。大家都慌起神儿来，要是施工队长跑了，这一年的血汗钱可就打水漂了。

如果真的是这样，对我来说，这可不是我一个人拿不到工钱的事，身边这么多工友，抛家舍亲在外面辛辛苦苦打了一年的工，谁的家里不是一大家子人等着钱过日子呢？不行，必须得找到他人。

我平时注意到施工队长喜欢出入娱乐场所，心想不妨到那里去看看。这天晚上，我一个人守候在他时常出入的一家舞厅门口的角落里，等了几个小时，也没看到人影。一连几天都是这样无果而终。开始有些失落，难不成真的要面对现实了？可是为了大家伙的血汗钱，我还得继续蹲守。直到一个星期后的一个晚上十点多钟，几辆出租车在舞厅门口停了下来，从车上下来几个西装革履的老板，每人还带着一个打扮很妖艳的女人。我仔细一瞧，那些下车的人里面，其中就有一人正是胖施工队长，真是皇天不

负有心人，总算让我蹲到了。

确认他走进舞厅后，我赶紧跑回工地，叫上十几个工友赶了回来，等他出来的时候，大伙一块儿上去把胖施工队长堵在了舞厅门口。听他的意思是工程款要的不是太顺利，手头上钱也紧张。巴拉巴拉地说了一大堆理由，我们根本就没信他的话。前两天我就去项目部打听过，项目领导说工程款早就让他领走了。所以说什么也不能再让他消失了，他见最后没办法，只能硬着头皮答应我们明天一早就回工地给大家发工钱。

第二天胖施工队长果然没有食言，带着钱回到了工地上如数给大家发了下去，拿到了工钱的工友个个兴高采烈，早早地就陆陆续续回家过年去了。连我也在做着回家的准备，这出来也快一整年了，想家更想母亲啊。何况之前经历了那么多磨难，真想回家跟家人倒倒苦水。我开始计划着买票，置办点北京特产什么的，带回老家让家人都尝尝。

我靠在床上正盘算着回家的事呢，这时候施工队长把我叫过去谈话，听他意思是想我留下来值班。因为过年期间放假，工人都回家了，现场得有个人值班留守，因为工地上还放着不少机械设备，好多都是进口的，价值不菲，没有个人看守肯定会丢的，施工队长说找别人也不放心，觉得我比较踏实可靠于是找到了我。其实当时我真的也想回家看看，但是人家开了口又不好拒绝，再说了，过完年还打算继续在这干呢。仔细一想，既然如此，我便答应下来。

胖施工队长给我买了一箱方便面和一些饮料放到宿舍。从出门到现在已经一整年了，这个春节就这样在工地上过了。不过倒也不算孤单，别的工种和队伍也都有留人值班，而且工地上还养了一条大狗。其实春节值班期间倒也没什么事，无非就是在白天和晚上把工地巡查两圈，到处转转，再到库房检查一下。这天上午，我托工地上另一支队伍留守值班的工友，临时帮忙照看一下，我去了一趟银行和邮局，给家里寄了点钱跟年货，自己留出来一部分，打算慢慢存着，等够数了以后要还给吴叔。在包裹里面我夹了一封写给家人的信，把这边的情况跟父母说了一下。

大年三十，瑞雪天降，岁更交子之时，新的一年来到了。我在小蜂窝煤炉上烧了一锅水，煮了一袋速冻水饺，就算是把年过了。远处鞭炮声响成一片，走出门外，雪仍在下着。我迎着扑面的雪花在工地上走着，空气中的烟火味儿到处弥漫，到处显现着年的景象。望着远处的灯火，心想那定是一家人正在团圆地聚在一起看春节晚会，不由地想起家人团聚的情景，突然间一股思乡之情涌上心头，眼泪不知何时从眼角滑到脸颊。这一刻真的非常想家，想念我的母亲。

初五刚过，工友们陆陆续续回来了，还有我们的施工队长。看见大家都回来了，我非常高兴，因为他们回来我就可以回去了，本来计划的就是正月回老家。

施工队长刚一到就带我转了一圈现场，现场的所有设备和工具、材料一样都没有少，对我的工作很满意，于是把工友们叫到了一块开了个小会，作为他的新年的"开场白"。他首先表扬了我，说我公而忘私，过年都没回家，在工地留守，并当众奖励了我300块钱，又宣布今后提升我做"带班儿"。现场带班儿的位置比大工高些，仅次于工长，管着好几个大工和小工，顾名思义，就是给他们派活，然后盯着现场的安全、质量和进度。本来还计划着这几天就买车票回去，眼下队长提我做了带班儿，我反而不好意思开口提回家的事儿，再说这对我来说也是一次机会，我要是走了机会肯定就错过了，所以我想了又想，还是决定留下来好好把握这次机会。

我记得有一个小工友是新来的，看样子还不到16岁。有一天在楼层里面施工，中间回去拿材料的时候，一只脚踩到预留洞口里面，幸好洞口比较小，身子卡住一半没有掉下去，当时就吓得叫了起来。我赶忙跑过去，把他拉了上来。等到了晚上，这个小工友情绪低落，估计是白天的事把他给吓着了，这会儿又怕又想家，饭也没有吃几口，趴在床上蒙着被子哭了起来。我把饭都给他端了过来，劝他再吃点，年纪轻轻正长身体的时候，不吃饭怎么行。我坐在他床边把我的一些经历跟他聊了起来，接着对他鼓励了一番。从那以后一连几天，我亲自带着他干活，让他渐渐适应了这里的环境，后来差不多我到哪他都跟着我，说跟我在一块有安全感。

通州这个工地的活儿终于完工了。工程款结算的应该也很顺利，因为施工队长刚刚又买了一辆新车，我们跟着胖施工队长一起转往下一处新工地。他开着新买的车走在前面带路，我们工人乘着几辆货车，拉着机具、床铺和行李跟在他后面。

一路上，我站在卡车后面车厢上，迎着寒风，第一次心情轻快地观赏着北京的街道和市容。以前也有过几次在北京乘公共汽车的经历，可那时的心境根本没心情好好看看北京。货车与一幢幢高楼建筑擦身而过时，我当时就想，以后再有新的建筑，一定会有我们参与其中。

转眼工夫货车到了新的工地，在一片起伏山峦的半山腰上。十几辆混凝土罐车正在往基坑浇筑混凝土，各种大型机械进进出出，一切都在紧张有序地进行。

我们的车开到一个院里，停在工地宿舍门口，胖施工队长招呼大家下车，分派宿舍。工友们卸车、架床、安床板一通忙乎。这个工地的宿舍条件还是比较正规的，几排彩钢房并列着，在院子中央还有一排洗漱池，水龙头下有几个工人正在洗衣服、择菜，有说有笑，时不时跑来几个孩童在一旁打闹，很有家的氛围。

刚安顿完行李，拉机具设备的货车也到了工地，施工队长招呼大家去卸车，把车上的机具都卸到库房里，而且还要把不同的设备分别放置。在卸一件比较重的设备时，一个工友没抓稳，脱了手，狠狠地砸在了他的脚上。工友一声惨叫，他的球鞋脚面已被一片鲜血染得殷红。

我一看砸得这么重，估计已经骨折了，我想赶紧打电话叫救护车。可那时候不像现在，人人都有手机，那时只有极少的有条件的人才会手持一个"大哥大"。我跑到有电话的项目经理办公室，可是门锁着，好一会儿也没找到人。我只好背起受伤的工友，去找我们的施工队长，希望能用他的车把受伤工友送到医院。谁知他借故说自己一会儿有急事没时间去，不让我们上他的车，估计是担心工友脚上流出的血弄脏了他的新车。

我看他的意思是不想管这事，我只好又背着受伤工友打算就近先找个诊所，在另外两个工友的帮助下，过了两个路口总算是看到一个小卫

生所。

　　卫生所的医生轻轻脱掉受伤工友被血染得透红的球鞋，露出的脚指头血肉模糊，感觉里面的骨头都被砸碎了。在护士的帮助下，医生小心翼翼地一点一点为受伤工友清洗伤处，受伤工友痛得脸色发青，嘴唇抖动，汗珠子直滚。我紧紧握着受伤工友的一只手，尽量跟他说话分散他的注意力，希望能减轻点痛苦。他每痛得大叫一声时，也把我的手更紧地握一下。不一会儿，医生脚边的污物桶，就被为受伤工友清创后扔掉的满是血污的药棉填满了，随之，雪白的骨头也清晰地呈现出来。

　　医生为受伤工友做了一下简单的包扎，同时建议我们抓紧时间去大医院做骨科手术，不然这只脚容易保不住，以后很有可能就残疾了。按照医生说的地址，我们打了个出租车转到几里外的一家大型医院。挂号、就诊、拍片一通忙乎，最后主治医生说必须得马上手术，而且需要住院一段时间，以便于治疗和恢复。

　　最后总的算下来，手术费加上住院费大概8000多，不过可以先交3000块钱押金。受伤的工友一听当时就吓得六神无主，急忙跟我说："剑哥，要不咱们回去吧我不治了，我拿不出这么多钱。""没事儿兄弟，别担心，我来想办法，一定把你治好。"我安慰着他。我让另外两个工友把他暂时安排在诊室的床上，跟医生打了招呼后，急忙跑回宿舍，找出我的存折去了银行，这段时间我的手上也攒了点钱，本来准备存够了如数还给吴叔的，眼下发生这种事儿，我总不能不管，毕竟救人要紧。但是还差1000块钱，我又找小军、有财、老李他们几个每人凑了一部分，总算是先把押金给凑够了，我急忙赶回医院把钱交了。

医生说伤情比较严重，为了不耽误治疗，抓紧把手术费交了，不能再拖了。我安顿好受伤的工友，立马折回工地，这个时候唯一能找的就是我们施工队长了。

我在工地上转了一圈，看见了他的车开到门岗正准备离开工地。我一看，立即追了上去，站到了他的车前。

胖施工队长一脚刹车，将车停住，一看是我又把车靠边停下下了车。我跟他说了一下医院那边的情况，希望他先垫付这笔医疗费，至少承担一部分的费用。

他一听我说要钱，就说自己好长时间没拿钱了，外面还有很多材料费没给，等等一堆的理由，而且自己也是刚买了新车，眼下手头上实在是没钱。我见他丝毫没有拿钱的意思，就跟他说："要不算是我跟你借的，回头从我的工钱里面扣就是。"见旁边围过来不少人，队长估计被我说得有些不好意思了，接着说道："行，小谭，没想到你小小年纪就如此仗义，就凭你这股子劲儿，这钱我出了。"随后打开车的后备箱，拿出一个黑色的手包，给我点了5000块钱。我知道他也不是非常情愿，但是救人要紧，管不了那么多了。接过钱，我就奔去了医院的缴费窗口。

半个月后，受伤工友出院了，大家给他凑了路费，他便坐火车回家养伤去了。自此以后，胖施工队长心里跟我结下了梁子，对我的态度跟以前大不一样。

胖施工队长一直想找个机会把我赶走，但是不方便明着说，毕竟那个

时候我在我们这个队伍里也多少有了一点威信吧，加上几个不错的朋友。如果他明着说赶我走，很容易激起民愤，当时一定会有很多人跟着我一起走，所以施工队长还是有所顾忌只能先忍着，只能是耍小动作让我自己走，工地上要安装配电室，他不给我派活，自然也就没我的工钱，我在工地上没事干，挣不到钱，待着也没趣，过一阵就会自动离开。他打的就是这个主意。

谁知人算不如天算，胖施工队长另外找来的几个电工师傅干了没两天，就以配电室的线路与施工图纸不符的地方很多、出入很大为理由，其实就是这活不好干，一个个都走人了。施工队长又再找几个人来干，依然如前面几个师傅一样，干两天也都走了。无奈之下的胖施工队长只好又找到我，还来打圆场说，本来这个活儿应该叫我干的，可是那几个电工师傅都是大老板介绍来的，他不好不用，现在行了，他们不干正好给我干，但是一定要保证工期，在限定的时间交付使用。

我这个人就有一点，大大咧咧，过去的事就过去了，不放在心上。叫我干我就干吧。我带着小军他们先过去看了一下现场情况，整个配电室大概两百多平方米左右，配电柜个头不小大概有两三米高，中间散乱地堆放着各种型号规格的电缆，电缆很粗，有几根电缆头已经剥了皮扔在那，一看就是有人曾经干过，没有完成扔下的烂尾活儿。

身旁的几个工友一见这场景，当时就表示这活儿他们不愿意干，都说太费事。我跟他们说："咱们出来就是干活儿的，就不怕活儿难干，毕竟有活儿干才有钱赚，不然年底拿什么回家过年？"他们一听我这样说，也就没再说别的。

第二天一早，我们几个人带着工具，早早来到配电室，各自开始忙活起来。

不干不知道，这活儿的难度确实不小，之前虽然也接触过，但没有这么大的规模，光是电缆就够我们捋的。而且因为电缆太粗，基本上都是240的电缆，压电缆的时候，需要先把电缆头伸到柜子里，再做弯度，因为受空间的限制，一个人根本弯不动，要两三个人配合才行，所以很不出活儿。既然接了这个事儿，说啥也要完成。为了保证工期，我们几个人连续几天干脆吃住都在配电室里，谁困了就躺在纸壳子上面眯一会儿。最后经过几天几夜的连续奋战，总算是把活儿抢出来了。项目部对活儿非常满意，验收也非常顺利，后来项目部领导又专门到生活区慰问了我们几个。

施工队长美滋滋地领到了钱，但却不是先前的那副嘴脸了，立马又变了态度，对我们的活儿只字不提，不仅不提给我们结算工钱，反而把我们干完的活挑了一堆毛病。我们几个一合计，决定一起去他办公室评理。很多工友也赶过来帮我们说话，估计是怕坏了名声传出去不好找人，也是自己理亏，最后还是很不情愿地把工钱算给了我们。经过这次事件，我们算是和胖施工队长彻底闹掰了，索性我们几个人一商量，这里肯定是待不长久了，得想办法赶紧离开这里。

| 第六节. 刻苦钻研

　　自从那次跟吴叔在通州一别后，一晃我们已经有大半年没见面了，也确实有些想他了。这天赶巧没什么事，我便买了两瓶"二锅头"酒，打算到原先的工地去看看他老人家。

　　我坐上了公交车辗转到了原来的地方，一瞧，那里早已不是我离开时的模样。崭新的楼宇人来人往，花花草草、树木绿地，整个焕然一新，完全认不出来了。既然工地完工了，施工队自然也就撤场了，我一时不知该去哪里找吴叔，只好又回到胖施工队长的工地。

　　也许是心有灵犀，没过两天，门卫保安告诉我有人找我，我到大门口一看，正是吴叔找我来了。原来，吴叔先到了通州的工地找我，见我没在，又打听到了这边，这才把我找到。

　　吴叔告诉我，他之前那个项目完工了以后，他又找到了一个新工地，那边有个施工队长包了活缺人手，听说吴叔是老电工，就问他能不能把以前的徒弟和认识的工友介绍一些到这边来。吴叔就答应试试给联系一下，因为当时手机还没有现在那么普及，就只能一路打听过来看看我这边的情况，问我想不想去试试。

眼下我这边肯定是待不下去了，胖施工队长巴不得我走人呢，现在正好可以到吴叔那边去干。还有几个跟我平时关系不错的工友，像老李、小军、有财他们，也早有离开的打算，另投一个好老板。一听吴叔那边的工地要招人，而且施工队长人也不错，各方面待遇也比这边好得多，所以大家一拍即合，决定这就一块都过去。

但静下心来细想，如果胖施工队长这边一下子走掉好几个工人骨干，人家工期肯定要受影响，做人做事咱们不能这样，虽然胖施工队长做人不厚道，但咱们不能因为一己之私影响人家工期进度，还是要顾全大局。我把想法跟吴叔说了之后，吴叔也赞同我的态度，凡事讲究个有始有终。于是我跟他们说，我先过去那边熟悉一下，看看那边环境，他们继续留下安心干一阵，等这边的活收得差不多了看情况再决定。他们几个当时也同意了，临走之前吴叔把那边工地的地址留给了他们。

在去新工地的路上，我和吴叔总有说不完的话，一路都在聊着这段时间各自的经历。最让吴叔感到意外的是，我当上了带班儿，这或许也是对吴叔最大的欣慰，看来我这个徒弟没有让师傅失望。

很快我们到了吴叔所在的工地，见了施工队长。施工队长姓林，是福建人。虽然外表很普通，但一看就是个忠厚朴实的人，穿戴和做派与普通工人没啥区别，说话也很和气。

经过短暂的现场技术沟通和交底，林施工队长让吴叔负责带几个人，

限期把配电室的活做下来。这种活对于吴叔来说，完全能够胜任，但是吴叔却把我推在了前面，跟林施工队长说我年轻有干劲，而且技术上也没问题，让我来牵头，他配合我干，帮我把关。我明白吴叔想让我有更多的锻炼机会，林施工队长见吴叔如此坚持和肯定，也就没说什么。

因为我们是临时过来抢活儿，而且当时又没有跟着正式的劳务公司，所以这个工地不能给我们提供宿舍，需要自己到外面找房子住。当时身上一是没什么钱，再说到处还不是很熟悉。幸好吴叔过来的早，自己领着几个工人在郊外租了一间不大的平房。

我们安顿好了现场的事儿之后，就带着行李，搬到了吴叔那里。因为当时住得离工地太远，所以每天的公交车钱就要几块钱，一个月算下来也要花不少的钱，当时有点舍不得坐。我就跟吴叔说，要不咱们几个买几辆二手自行车，每天早点起来，骑着自行车上下班，这样一个月下来能省不少的钱。吴叔一听很高兴，但是另外两个工人闲累不愿意。赶上一天现场不用加班儿，我就跟吴叔俩到了二手市场一人挑了一辆老旧的自行车，虽然破了点但是价钱便宜，回去修了修也不影响骑，就这样我俩每天一起骑着自行车从城市的一头骑到另一头。那个时候赚点钱真的很难，所以能省就省点。甚至就为了省点钱连一副手套都舍不得买，现在想起来那个时候真的很不容易，很多人估计无法感受那个时候的生活状态。

因为这个工地不管吃住，所以吃饭都是自己花钱出去吃。他们几个大工赚得多的就吃得好一点，而我每天早起就买两根油条，或者买一张饼，差不多能吃饱，为了省点钱，鸡蛋、豆腐脑和豆浆啥的，基本上也都不会买。其实那个时候我喜欢吃豆腐脑了，但也就是看看不舍得买来吃，吴叔知道我吃不饱，每次吃完回来就给我带个鸡蛋啥的。

我们当中有一个大工师傅因为胃不好，只能吃稀的东西，因为现场条件不方便他就经常不吃早饭。我是后过来的，岁数又小，所以大家平日里对我非常照顾，尤其这两个师傅经常也会教我一些电工技术，我很是感激，总想着找机会报答一下大家。后来我从外面找了几块砖头，在院子里搭了一个简单的灶台，又找来一口锅，每天早上我就早起一会儿，给大家熬一锅粥，再买点咸菜疙瘩，这样大家既能省点钱，早上起来还能喝上一口现成的热粥。

以后一连几天里，我和吴叔都在配电室一点一点地研究着配电室里的各种技术原理，身旁的几个工人则是配合我俩做一些准备工作。经过技术摸排和图纸分析，如果按照限定的时间，仅凭眼前这几个人拿下这个配电室，确实有些困难。毕竟面积跟设备数量摆在那里呢。再说，像这种技术活根本不是能着急干的。正当我愁着人手不够的时候，老李、小军、有财三个人突然出现在我和吴叔面前，每人肩上还扛着铺盖卷，手里提着行李袋。

我和吴叔一阵惊喜，来得正是时候啊。

后来听小军说，他和胖施工队长吵翻了。

"到底怎么回事？"我追问。

"你走以后，胖施工队长在舞厅里认识了一个女人，整天和那个女人泡在一起，根本没心思管工程队的事。工地上今天缺这个，明天缺那个，好不容易见到他的影子，向他要钱买材料，他说没钱，再等几天。老李说了一句'买材料没钱，泡女人就有钱'，胖施工队长一听就急了，把老李一顿大骂，要老李滚蛋，我们就都过来找你和吴师傅了。"

"你们来得正好，这里正缺人手呢，我去跟施工队长说。"吴叔说完，就去找了林施工队长。

林施工队长二话没说，高兴地留下了老李他们三人，并且很快地投入现场工作。

配电室的施工平稳有序，没有遇到什么特别麻烦的事，一切都按部就班地进行。就是有一次因为买螺丝的事，让我印象深刻。这次林施工队长包的这个活是纯轻工，不需要自己购设备买材料，用到什么，就到甲方设在工地的库房去领，我们现场施工人员，只需自带几件钳子、扳手、改锥、电笔、万用表等随身的手使工具，能上手干活就够了。

这天，我们准备安装一套配电设备，打开从库房领来的设备包装，正准备安装时，却发现设备上少了一个互感器。

林队长这时候也来到了配电室，我把现场的情况跟他说了一下。如果等厂家那边发过来，太费时间，会影响工期进度，而且这种原件一般情况下每台柜子都是固定的数量，借也借不到。当时有人建议实在不行先压上，厂家来了再装上去。

"不行！"我直接就否定了这个想法儿，我一直坚信不论干什么活一定要规规矩矩，即便是一颗螺丝钉，厂家自然有设计它的道理。尤其是这种配电工程，千万马虎不得，就为了今天图省事方便，却给以后埋下了无法预计的安全隐患。再说日后一旦通了电，除非发生故障，否则就没有机会拉闸了，想补都补不了。"我去天桥市场看看能不能配上一个。"其实我说的"天桥"，是一个很老的建筑材料市场，那个时候很多电器元件还买不到，需要提前订货才行。

林施工队长也表示同意我的想法，于是，我又从设备上拆下一个相同的互感器，带着做样子，骑上自行车就去天桥建材城。

天桥建材城离着工地总有20多里路，我之所以没乘公共汽车而骑自行车前去，是觉得骑自行车灵活自由，不限于只认一个地方，可以临时根据需要多转几个地方。

到了建材城卖电气设备的区域，我一家商铺一家商铺地询问、寻找，还真就没有这种型号的。这让我着了急，大热的天，大老远地急急忙忙骑过来，满心以为能解决问题，结果没有，一着急这脸上的汗就顺着脑门往下流，衣服背上也早被汗水湿透了。

商铺老板见我这副急样，问我这种互感器是多大设备上面的，我告诉他后，他也说少装一个设备照样用。

我还是不死心，又接着往其他商铺一家家寻找下去，皇天不负有心人，终于让我在一家电气设备门店里找到了它。

说到电工这个行业，有些时候就得较真才行，尤其是机电安装一是质量，二是安全，如果不在每一个细节上去把控，每个环节都随心所欲，不坚持原则，那么质量跟安全又靠什么来保障?!

林施工队长很欣赏我这种较真、耿直的性格。通过一段时间的了解跟

接触，经常对我赞许有佳，后来把一些采购和现场管理的工作也都交给了我。

这天工地上缺点小型材料等着用，我的自行车不知什么时候没气了，就跟一个工友借了一辆，骑着去了天桥建材市场。谁料刚骑出工地不远，经过一片住宅时，被一个女孩把车给拽住了。女孩说这辆车是她的，说是我偷了她的车。这一下迅速引来了一群人围观，你一言我一语的，没什么好听的话，我真是百口莫辩，没别的办法只能报警了。

不一会儿，警察来了，二话没说就把我们带到了派出所。那年头的生活水平，谁家丢了一辆自行车还真会报案，要是放到现在估计也不算什么事了。

经过警方一番调查，证实这辆自行车确实是人家女孩儿的，他们报过案有过备案记录。我解释了事情经过，警察又派人带来了那位借车给我的工友，果不其然，这辆车还真是他偷的。因为我不知情，是无辜的，所以警察让我走了，而那位工友因为年龄小，被警察教育了一番，写了个保证书就放回来了。

在这个新的工地上，经过一段时间的接触，我的电工专业技术又有了进步，在吴叔的帮助下，加上不断的自学和实践，我又连续拿到了几个不同阶段的岗位证书跟专业资格证书。

配电室的工程做完后，我仍在这个工地干着电工方面的其他活，虽然工程依然紧张，但紧张而有序，按时上工，按时收工，基本没有加班加点，晚上的时间能自由支配。为了能更好地提升自己，于是，我报名上了夜校。

最先上的课主要是一些基础课，我上夜校读这个班，也是为了考取一个电工本。

我在建筑工地上干专业电工的时间也不算短了，但是，因为那个时候干活吃饭是当务之急，加上工地的活始终很忙，所以，我一直没有时间打基础理论知识，更没有顾上过考电工本。虽然在工地上干电工活，而且技术也比较成熟，但是手上连个电工本都没有，名义上我就不能算是一个真正意义上的专业电工，有些时候人家也没法认可你。这就好比一个驾驶技术娴熟的司机，但是没有驾驶证一样。

我也是想通过一次正规的培训，加深自己的专业基础，然后结合我的一些现场经验，就能对我的技术能力提高有很大的帮助，所以我决心必须考个电工本。

其实上夜校那段时间还是很辛苦的，对于干了一天活的人来说，吃完晚饭，难得有了一丝清闲的时间，大家都想放松放松，休息一下。但是我要骑着自行车走很远的路，到了那里还要认真听课，做笔记，回来后还要复习一遍，为考试做准备。对于干了一天活儿的人来说，晚上还要再坚持几个小时学习，确实需要一定的毅力和耐性。后来我也劝过几个工友和我一起上夜校，但他们大都不愿意去。何况上夜校学费、书本费、考试费，算下来也要花不少钱，这些钱对他们来说多少有些舍不得。人各有志，想法不一样。我考虑的是以后，不是眼前。他们可能比较满足现状，只要工地上有活干，有钱挣就够了，大多数人都是走一步看一步，谈不上什么人生规划。但那个时候我却不这么认为，我觉得知识永远是无限的，想要赶超别人，就得下功夫学习才行。

那段时间，只要每天一下班，我就匆匆吃口饭，夹着书本，骑上自行车就走。有时候赶上现场加班，饭都来不及吃，揣上两个馍馍就走。从工地到夜校，要走一个半小时，来回差不多三个小时，加上上课两个多小时，所以我每天回到宿舍差不多都到半夜了。再把当晚上课的内容稍稍温习一下，第二天早上照常和大家一样按时起床，按时上班。

其实当时让我感到比较吃力的还是我的文化程度不够。小时候家里穷，满脑子就想着替家里干活，我从一开始就没有把读书放在首要位置。到乡里读中学的时候，也没安心学习过，成天想家，惦着家里的农活，惦着回家帮家里人干点活，给家里减轻点负担。连初中二年级都只读了一半，成绩也不好。我还记得我初来北京打工时，找到一家餐厅面试服务员，餐厅的经理让我拿着菜谱念一念上面的菜式，结果我把"韭菜"念成了"非菜"。所以对于我来说，仅凭我的文化程度，想考下电工本，是有相当困难的。书本上那些层出不穷的概念和原理，还有那些密密麻麻的电路图，真是看得我脑子直发憷。但是我并不气馁，通过一遍一遍地看书、现场不停地到处求教，一一克服了这些困难。第一次考试没有顺利通过，我就接着又报考了一次。最终通过第二次复考，如愿拿到了电工本。那个时候身边的工友都非常佩服我的这股子劲，因为在那个时候，手上有电工本的工人非常少。

考取了电工本后，又干了一段时间活，我不想再安于现状。我那时候

就对现场管理特别感兴趣，总想着什么时候能有个机会，让我也能当个班组长或者队长什么的，都说不想当将军的士兵不是好士兵。可是要想在建筑工地做管理，手上光有个电工本是不行的，建筑行业的资格证书还有好几个级别和层次呢。比如说往上还有工长本，项目经理本，专业工程师本等等，所以我就想着以后一定要再考个工长本。

↑ 刻苦钻研技术的谭双剑

↗ 施工现场工作中的谭双剑

第五章

人生的一次跨越

—— 盛夏刚过的北京似乎不那么热了，对于我们干工程的人来说，熬过了最难熬的夏天，至少干起活来就没那么热了，施工的整体进度会更加有效率。

| 第一节. 机会留给有准备的人

时间过得真快，一晃离家已经有两个年头了，为了实现自己当初的梦想，从出来到现在就一直没有回去过，不知家乡这两年的变化如何。倒是北京的发展速度很快，应该说感受最明显的应该就是我们这些做建筑行业的人了。因为我们平时最关注的就是哪里又有新项目了，一旦有了这方面消息很快就会在我们这个圈子里传开。

盛夏刚过的北京似乎不那么热了，对于我们干工程的人来说，熬过了最难熬的夏天，至少干起活来就没那么热了，施工的整体进度会更加有效率。

一天，林施工队长过来找到我，说是跟他关系不错的一个朋友，在另外一个项目上包了点工程，现在马上进入工程收尾了，但是到了后期安装配电室设备的人手不够，在技术方面有些薄弱，林施工队长就想到了我，问我看看能不能带几个电工过那边去，帮他朋友干几天把后面这点活收了。

工地上有时候的确就是这样，救场如救火。一旦因为一个施工节点进行不下去，就会影响整个工期进度。这个时候是应该帮一把的，更何况林施工队长平日里待我们也不错。我也是二话没说，带了几个技术过硬、关系跟我不错的工友，扛上行李卷，提上工具，就乘公共汽车去了那边的工地。

经林施工队长介绍，他的这个朋友姓萧。这个工地在建的项目是北京市第三建筑公司承建的，萧施工队长从北京三建公司分包了部分电气安装工程。第一次接触感觉他人很随和，跟人说话总像带着笑意，长得也比较面善。

到了现场做了简单的安排后，萧施工队长把我们几个带到配电室，细说了现场面临的情况，也交代了具体施工内容。原来，这个配电室的施工问题，与我上次在胖施工队长那边做过的配电室的情况一样，也是先有人干过，但是因为图纸跟技术问题没有完成，很可能是没看懂图纸干错了，已经干过的活和图纸不一样，所以工程进行不下去了，最后只好撂挑子走人了。

但是这样一来，就无疑增加了工程量跟施工难度，首先我们得依据图纸排查一遍问题，这就跟干了一遍差不多。其实我们干工程的不怕活有多难，也不怕工作量有多大，唯独这种二次拆改收尾的活最麻烦，比较费工耗时不说，主要是干不出工作量，而且还要承担很多风险，因为一旦接过手之后，之前的全部问题都会归咎于最后施工的队伍。但萧施工队长说必须得按他与甲方签合同约定的时间完工，因为之前的一拨人没有完成，已经耽误了不少时间，而且这个项目很多其他专业基本已经完工了，就等着他这边送电运行呢。现在甲方催得紧，坚持要按期完工，时间还有一个星期，如果不能按时送电工程款是别想拿了。萧施工队长一边说着，脸上显露着非常急切的表情。按照他说的，我们就必须得在一个星期的时间之内，完成一个配电室的全部安装工程，包括调试、运行，而且前面的工人造成的时间损失得由我们加班加点抢回来。

其实当时我也多少有些犹豫，也担心如果在限定时间一旦完成不了，回去没法跟林施工队长交代不说，主要也是怕耽误了人家这边的工期，影响工期进度，在最后结算的时候甲方是会罚款的。我带来的几个工人中，当时也有人说这活不好干，要走人。我再一想，既然叫我们过来帮忙，就是对我们的信任，何况都是做工程的，不能眼看着不帮忙。我把几个工友叫到一起，简单给他们做了一下思想工作，毕竟都在一起这么长时间了，我的话他们还是听的，所以工友们都没有了顾虑。随即我便跟萧施工队长拍了板，保证完成任务没有问题，但是后勤保障一定要跟得上。看我这样有信心，萧施工队长上来就握住我的手，一句接一句地表示感谢，还保证现场有任何需要他会随时安排。

既然活咱都应下来了，那说干就干吧。我简单做了一下现场分工，我带着一个经验丰富的大工进行现场对图排查，其他两组人同步配合拆除电缆，大家开始忙乎起来。

在压电缆的时候，由于前面的工人没有严格按照图纸施工，估计是不**够专业或者是为了赶速度，把几个机房控制柜的主电缆都压错了，很多电**

缆的规格型号都不对,甚至有的电缆截短了很多,末端没有余量,怕承担责任,偷着把电缆压到就近的配电柜上取电。首先这种做法就不符合规范,而且后期的安全隐患非常大。可是如果按照规范和图纸重新做,上头给我们的时间太紧张,增加我们的施工难度。我把现场情况跟萧队长说了一下,他的意思是差不多能送上电就行了,其他的他也不是很懂。我当时想的是要么就不干,要干就必须干好,这是我一直坚持的原则。我安排身边的几个工友把原来压错的电缆全部拆下来,严格按照图纸重新压接。

这两年里在工地上摸爬滚打掌握了一些现场技术,但因为电气设备本来就更新换代非常快,比如电器元件与设备的品牌、规格型号、参数等等都会对安装工艺有要求,所以这个配电室里面很多设备元件我也是第一次见。我把我们现场几个人聚到一起,集思广益,一边翻阅设计说明跟安装图集,一边学习一边摸索,最终还是靠我们自己解决了一个又一个技术难题,而每解决完一个问题,也让我的技术水平有所提高,很多现场经验就是这样一点一滴累积起来的。

在那一个星期的时间里,我和工友们吃住基本上都是在配电室里,根本没有时间去宿舍休息,也没有到食堂吃饭。为了抢工期,基本上是昼夜不停,谁困了就在地上铺着拆除下来的包装箱上眯一觉,醒来又接着干,甚至有时候怀里抱着根电缆就睡着了。连吃饭也都是萧施工队长从外面买来直接给我们送到配电室来,有时候是从食堂给我们打过来。因为活累比较辛苦,伙食还是不错的,经常有油条、包子、饺子、馄饨什么的,我记得尤其是大饼卷猪头肉,我们吃得最香,一顿吃了好几斤猪头肉。那一个

星期的伙食真不错，吃完了干活特有劲。

经过几天几夜的连续奋战，我们在距离交工日期的前一天把整个配电室活儿抢完了，萧施工队长请来总包管理人员进行工程验收，总包领导跟监理单位这次给出了好评，我们终于在规定时间内，保质保量圆满完成了任务。我后来经常跟身边的工友说，凡是经过我们手的每一道施工环节，都要严格把控质量，不但追求进度，更要注重细节、品质和观感。

这边工地活算是抢完了，总算跟林头那边也好交代了。我打算带这几个工友再回到林施工队长的工地去。我正准备要去找萧队长，打算回去之前跟他打个招呼，他却过来找我了，萧队长满脸高兴地说："小谭，这次配电室这个活儿干得不错，项目部领导非常满意，打算把空调机房、柴发机房、冷冻机房等几个重点核心部位都交给咱们来做，怎么样？接着干吧？"我当时一听也非常高兴，毕竟这也算是项目部对我们的认可，而且这些机房和系统我也想尝试一下，但是林队长那边我必须得跟人家打个招呼，正迟疑着，萧队长接着说："你们林队长那头儿我都说好了，你们就先在这儿踏踏实实干吧。"我见事已至此，就同意了，接着我跟着萧队长去项目部领回了相关图纸，打算先去看看现场。

虽然都是系统核心部位，但是跟配电室还是有一定的区别，我们不但要将这些机房大型设备供上电形成系统，还要在过程中不断地调试，进而达到运行状态，这对现场技术的要求非常高，而且那时的图纸上设计说明还不是非常完善，现场一些技术细节需要技术人员把控，比如一些设备的功率、额定电压计算等，最后还要跟弱电系统关联，达到自动运行及远程控制。最后经过半个月的连续奋战和技术摸索，我们终于将几个机房陆续完工并顺利交付使用，项目部再一次对我们提出表扬和嘉奖，说我们干的活儿规规矩矩，非常规范，同时现场管理也非常到位。这次我们也给萧队长脸上争了不少光，后来听说项目部又给了他几个项目。其实通过这次抢工，让我们的技术也得到了新的提升，我觉得这才是我们最大的收获。

现场活儿都干完了，我们也打算要回到林队长那边去了。这天大伙儿刚把行李收拾好，萧队长急急忙忙跑过来找我，并跟我说："小谭，快，项目经理要你去他办公室一趟。"

"项目经理找我干什么？"我感到非常突然，也非常好奇。在工地上，像我们这样在一线上干活的工人，和项目经理是根本说不上话的，甚至连面都很难见上。

"别紧张啊，没啥事，去了你就知道了。"萧施工队长一边走一边说道。

走到半路上我还在琢磨，是不是我们刚做完的配电室又出问题了？但是我对我们的技术还是有信心的。不管那么多，去了再说。

一会儿工夫就到了项目经理办公室门口，萧施工队长伸手敲了敲门，没有回应。门是虚掩着的，估计是领导临时离开了。"没事，你先进去等吧"，萧施工队长推开门让我进去，他自己回去了。

其实进入工地这两年，我基本上连甲方项目部都没进过，见项目上的一把手领导更是头一回，心里确实有点紧张。我不由得好奇地四下打量起来。按现在的标准看来，这间项目经理的办公室也并不像想象中那么高档华丽，但应有的功能都具备。一张酱紫色的办公桌，桌后是黑色的皮质老板转椅，转椅后面是一排暗红色的书柜。办公桌上摆着一台红色的电话机，一个插着几支铅笔的黑色笔筒和几个灰色的文件盒。办公桌对面是一张黑色的长沙发，沙发前是和办公桌颜色一样的茶几，茶几上有报纸杂志一类的东西。

正打量着，项目经理推门进来了，随着他推门进来的动作，跟着就是一声大嗓门的对我的招呼："是小谭吧！"

"是的领导。"我应了一声。

可我一看这个项目经理，特别眼熟，好像在哪里见过。突然我回想起来，这不是我两年前在垃圾场往外跑的时候，撞上的那辆轿车里的老领导吗！当时他还非要塞给我500块钱要我去医院做检查，还给我留下名片电话的王总！当时我坚持不收，最后他请我吃了一顿饭！原来他就是这个项目的项目经理，北京三建公司的领导。

从那次开始我相信这个世界上人与人之间真的是有缘分的。

听王经理说，其实，在我刚到这边工地的时候，王经理就看见我了，只是暂时没直接见我。但是现场抢工的实际情况他都是非常清楚的，包括我们抢工期白天黑夜连轴加班的过程，特别还提到我们为了确保施工品质，自觉连夜返工的事，因此王经理对我和我的工友很赞赏。我也在内心里不由得对王经理心生敬佩。一位现场的一把手领导，竟然会对下边的每个施工环节都能做到如此的了如指掌，确实非常厉害。

王经理给我倒了杯水，又详细问了我如何走上建筑工地，成了一名电工。我就把这两年出来的经历跟王经理讲了一遍。他听完我的讲述后，不免唏嘘慨叹，同时为我今天取得的进步感到高兴。

说了一阵话，王经理便打开他办公桌的抽屉，拿出一个信封，看样子是事先准备好的，对我说："小谭，我知道你们做这个配电室的活做得很辛苦，活做得也很好，这两千块钱，算项目上对你的奖励吧。"见领导这样说，我心里自然非常高兴，也很有成就感。能得到项目领导的认可就是最大的欣慰了，但是这两千块钱我是坚决不能收。

我说道："王经理，非常感谢您对我们的肯定，但是我是那边工地临时调过来帮忙的，活干完了那边老板会开工钱给我，我不可以再背着老板额外收钱，这样不合规矩。"我一边推辞一边说着。

王经理见我这样说了，也没有再勉强，"小谭是个厚道人，记得那次我的车撞了你，你就给我留下了很好的印象。你说没事，没伤着，不用去医院，钱也不要。要是心术不好的人，碰瓷都碰不来这么好的机会啊，还不趁机讹上一笔钱？何况你当时还是在那样穷困的境遇中。"

王经理又说："小谭，我看你的素质很好，不是一个只能给人干活的人。你有组织能力，有管理能力，而且有责任心，是个干实事儿的人，做事很让人放心，这一条非常可贵，你一定要保持下去。我觉得你非常适合自己带队伍，也可以包个工程试试。"

接着问我："如果以后我有工程包给你做，你敢接吗？"

"敢！"我没加思索，脱口而出。

　　"那好，这样吧，我也不奖给你钱了，我送给你一个呼机，以后能随时找到你。"说着，他拿起电话，叫来一个工作人员，要那个工作人员立即去买一个呼机来。

　　现在有些人可能已经不知道呼机是什么了。呼机又叫寻呼机，也叫BP机。那时，手机很少，人们的通信联系基本上靠固定电话。可固定电话也不是谁家都有的，有电话的家庭不多；工作单位一般有电话，但打过去也不一定就能随时找到你要找的人，何况有很多人的工作场所没有电话，比如工人和一般职工等。有了呼机就方便了，别人要找你，只要打电话给寻呼台，报上你的呼机号码，再留下自己的电话号码，寻呼台就会给你的呼机上发信号，同时显示寻呼你的人的电话号码，你就能就近找电话打过去，与寻呼你的人通上电话。

　　王经理留我在项目部食堂吃了午饭，饭后工作人员也把呼机买回来了。临别时，王经理把呼机交到我手上，握着我的手认真地对我说："小谭，以后遇到什么困难可以直接过来项目上找我，还有我打电话呼你的时候，你一定要及时给我回电话！"

　　从王经理那里出来，我心里特别高兴。不是因为一台呼机和奖励，是王经理对我的技术给予的认可，还有他跟我说的一番话带给了我信心和勇气，这才是非常可贵的。在以后的人生道路上，王经理这一席话如同海上的灯塔，为我指引着人生方向。

| 第二节．萌动的青春

　　我带着几个工人又回到了林施工队长的工地上。刚回来的那一段日子，我心里一直还惦着王经理什么时候打我的呼机，幻想着如果王经理现在就有活包给我做，我打算带着老李、小军、有财等几个人一起去。但是这样一来，林施工队长这里的人手难免就吃紧了，我还真不知道怎么开口。尤其是吴叔，虽然他认识的人多不缺工地干，但是，只要他对我有信心，我就一定会要他跟我一起干，吴叔对我是有恩的，我一直想着一旦我有了机会，一定要报答他老人家，更何况我也需要吴叔这样的老师傅。

　　想到以后自己可能有机会做管理，自己包活儿干，仅凭目前的技术跟现场经验肯定不够用，之前我就打算考个工长的本，就是现在的施工员。趁着现在活儿也不算太紧，所以我就一边在工地上干着活，到了晚上下班儿再去读夜校，经过几个月的努力学习，克服了重重困难，顺利地拿到了工长本，让身边的工友们羡慕不已。因为在当时有了这个本，可以说就算是合格的现场技术管理人员了。

过了一段时间，王经理一直没有呼过我，我寻思着也许是我想多了。又过了一段时间后，我也就把这事慢慢淡忘了下来。

一天早晨刚上班，林施工队长就给我安排了个新活，让我组织几个人去给一个老板家里的装修改水电，听说还是一幢别墅。那边老板买的是人家的二手房，原来的装修很好，只是需要做一些局部的电气改动和装饰。

我把工人组织好，带着工具坐着公交车，按照林施工队长给我的地址，来到了指定位置。这里是一个景色优美的别墅区，环境特别好，我想房价应该一定很贵吧，反正像我们这样的人想都不敢想。这家老板的家里平时也没什么人，只有一个小保姆看房子，是河南来的一个小姑娘。我们在干活时，小姑娘也经常好奇地凑上来看看，问东问西。时间久了，和我们也就熟了，甚至偶尔也开个玩笑什么的。在我们几个人当中有个小伙子，长得高挑白净，显得很斯文，时间一长俩人互生好感，有好几次姑娘背着我们把她做的好吃的塞给那个小伙子吃。听说有一回小保姆爬梯子拿什么东西，没站稳摔了下来，被走过的小伙子一把接住了，好像打那次以后，俩人就处到一起了。后来没过多久两个人就结婚了，还给我们带回了喜糖。

其实每个人都有一段属于自己的青春故事，正值春春年少的年纪，对于甜蜜的爱情谁不是一番憧憬与向往？相比于这个小工友，那段时光我也有过一段短暂的感情经历，不过我就没那么幸运了，仅是昙花一现，就草草结束了。

那时候林施工队长在北京大学接了个小工程，在一栋在建楼房做电气安装，由我带着十几个人在那儿干活。一天我在外面办完事乘公共汽车回工地，在北大校门口下车。走在我前面下车的，是一个背影窈窕的长发女孩儿。

还没走几步，不知发生了什么事，突然一阵慌乱声起，从身后疾跑上来五六个人，不仅把我撞到了一旁，还把前面的女孩儿撞了个跟头。女孩挎在肩上的包也被撞在地下，包里的东西散落得到处都是。而那几个人头也没回，一溜烟地冲向前面，一会儿工夫没了人影。

女孩儿被吓得够呛，慌里慌张地蹲下来往包里捡撞落在地上的东西。

捡拾完东西，女孩儿站起身往前走。我见地上还有一个小包，估计是没看到，于是帮她捡起来，紧走两步到她身旁，把那个小包递给了她，并对她说："姑娘，这是你刚才掉的东西，没捡起来。"

开始女孩儿的眼里还掠过一丝疑惑，随后回过神来，说了句："哦，是的，谢谢你！"伸手接过小包后，转身离开了。

这时已走到了北大校门口。女孩往校门里走，见我也往校门里走，就问了我一句："你也去这里面吗？"

"是的，我在这里面干活。"

我当时穿着工装，背着电工包。女孩儿问我干什么活，我告诉她是电气安装。就这样，我们俩就轻松愉快地边走边聊了起来。在聊天的过程中，我也知道了女孩儿是北大的学生，正在读大二。

这时，又迎面走来几个学生，可能是女孩儿的同学，她们打着招呼，站下来说话，我也就和女孩互道了一声"再见"，便走开了。

几天后的一个中午，工地吃过午饭有短暂的休息时间，我和几个工友就坐在校园内的路旁，闲聊着。

这时候，一个女孩儿走了过来，亭亭玉立，长发飘飘，恰好就是那天被人撞倒的那个女孩儿。

我顿时像被冻住了一样，呆在那里。女孩儿似乎也是有意注意我们这几个坐在路旁的建筑工人，一下子也认出了我。

"嗨！你好啊！"女孩儿跟我打了招呼。我赶紧起身，往前走了两步，回应着她。

短暂寒暄了几句，女孩便离开了。身边的几个工友们却非常惊讶，都很纳闷地问我，这么漂亮的女大学生我是怎么认识的，我笑着说就是正常的认识，没别的，让他们不要乱猜。

从那次相遇以后，每到中午这个时候，我都会情不自禁地准时到路边期待着什么。而那个女孩儿，也都会准时路过这里，每次我们都很自然地打着招呼。

终于有一天，女孩儿直接走过来对我说，要请我一起吃饭，说是感谢我那次帮她捡了那个包，里面有很重要的东西。

那天晚上下了班，我们在学校附近找了一家餐厅。餐厅比较安静，环境有点浪漫的那种，我记得我们坐的是一张卡座，当时桌上还点了几只蜡烛。因为是第一次单独跟一个女孩出来见面，显得格外紧张，心跳得厉害，瞬间脸红了起来，不过幸好灯光比较暗没有被发现。

可能是播放的音乐比较舒缓，气氛渐渐也缓和下来，显得不那么尴尬。我们聊了很多，彼此讲述了各自经历的一些趣事。听女孩说，她就是北京人，父母都是知识分子，也是从那天开始，我才知道她的名字叫裴倩倩。因为比较投缘，那天我们一直聊到很晚才散去。

没过几天，我刚下了班，倩倩又约了我来到一家酒吧。说真的，这是我第一次接触这种环境。酒吧里光线很暗，吧台里摆了五花八门的洋酒，灯红酒绿的。酒吧里有一个圆形的演艺台，一位钢琴师晃着身子，眼睛似睁似闭地，陶醉在他弹奏的音乐旋律中。

我们在一个角落坐下，服务员走过来，倩倩熟练地点了一杯咖啡，我则拿着酒水单看了半天。酒水单上列出的饮品名称稀奇古怪，根本不知道是什么东西，但我看得懂价格都很贵。最后，我按着最便宜的价格，点了一杯可乐。

我们从傍晚时分一直坐到半夜，中间还叫了些点心。她说她喜欢跟我聊天，尤其喜欢听我聊我们乡下的那些事儿，还有我小时候的事和一些想法。包括我刚到北京的一些经历，甚至后来在北京捡垃圾睡桥洞的事，她对我的经历并没有介意，反而对我非常同情……渐渐地我们就像是认识了好久一样，彼此间总是敞开心扉，无话不谈。

有一次赶上周末，天气很好，倩倩说要约我去颐和园游玩一天。那天我们是骑自行车去的，玩得特别开心。说实话来北京两年多了，平时都是只顾着工作加班，都来了几年了还哪儿都没有去过。平时也只是从电视上看过一些景点，但是从来没机会去转一下。

那天我们还划了小船，打算到湖中心玩。当时船划到一半的时候，在距离我们不远的另一只小船上，扑通一声，有一个小孩不慎掉进了水里。船上一个妇女，应该是小孩的母亲，急得大叫救命。我一看这情景，二话没说，连衣服都没脱，就跳进水里向小孩游了过去，很快游到小孩身边，把他托举到他们的船上。其实我的水性非常好，因为小时候就经常去河里玩，久而久之，也就学会了。孩子被顺利地救了上来，小孩的母亲跟我连连道谢，非要请我们吃饭，被我礼貌地谢绝了。其实那时我才发现，这湖里的水并不像想象得那么深，只是湖底有很深的淤泥比较危险，人很容易陷在里面。

我游回自己的船上，身上早已湿漉漉了，也没有换的衣服，又不好意思当着姑娘面脱掉，于是就穿着衣服抓着把水拧了拧，倩倩也帮我一起拧。回看那只船，已经向岸边划去了，我们才放心地离开了。

天色不早了，我们俩骑着自行车往学校走，因为一边聊着天一边走，没注意前面临时修路，在路面上有一个刚挖的土坑。倩倩眼看绕不过去，为了保护她，我把这边的路让了出来，自己反倒是掉进一旁的沟里摔的够呛。

当时两个手掌、膝盖都摔破了出了很多血。从倩倩眼里能看出来当时她很心疼我，急忙掏出湿纸巾，帮我清理伤口。我坚持说没事，紧接着又跟她讲起了我在乡里读中学时，那个时候赶上下大雪，骑车摔跤是常有的事。有一次我的自行车胎没气了，为了省5分钱不舍得打气，自己坚持扛着自行车回家。倩倩听我说完，哈哈地笑了起来。

回到学校后，倩倩坚持带我到卫生所处理伤口，我见拗不过她，只能

跟着她去了。

其实，我和倩倩交往了这么久，我俩谁也没有挑明我们之间的关系，但我看得出来，她很喜欢跟我在一起。而我，也有一种说不出来的感觉，反正就是每天都盼着能看见她。

有一次赶上周末，倩倩说要带我去她家玩，顺便也认识一下门。她们家离学校不远，就在中关村附近。去的那天女孩的父母都在家，她家里好像房间很多，装修的也很华丽，一看就是个条件不错的家庭。倩倩的父母对我说不上热情，但是非常客气，毕竟都是知识分子，一看素质都很高。倩倩的爸爸只拿眼睛盯着我看，感觉像是警察审视犯人一样，紧接着就很严肃地问我和他女儿是怎么认识的，现在发展到了什么程度，还跟我讲了一大堆人生道理。从他说的一番话里，我似乎听明白了大概意思，就是要我以后不要再和他女儿继续来往了，来往多了会影响他女儿的学习成绩，而他女儿现在最重要的就是完成学业，不想让女儿分心。还说只要我能做到这一条，他可以帮我找一个像样的工作。又说听说我们家很贫困，只要我开口，他们可以在经济上帮我一些。

我当时非常能理解作为父母的担心女儿的心情，可当我听完这番话，心里真挺不是滋味的，所以我当即表态请他们二老放心，为了倩倩顺利完成学业，我可以不再跟倩倩交往，但是工作跟钱就算了，虽然我的条件不好，但是志气不穷。二老见我如此明白事理，非常高兴，坚持留我在他们家吃个便饭。我以工地上有事儿为由，简单道别后，便起身离开了他们家。倩倩说送送我，紧接着就跟了出来。

在回学校的路上，她含蓄地对我说，她不会受她父母的态度左右，愿意做我的女朋友，而且她的好几个女同学都知道了我们的事，都对我的印象非常好。说我是个踏实肯干又有责任心的人，将来一定会有所作为。她本来打算先让她父母同意了这件事后，再向我表白的。她的心里很清楚，我是喜欢她的。她为父母的态度向我表示道歉。还说，只要我们俩人态度坚定，她父母一定会回心转意的。

说实话，倩倩各方面条件确实不错，她当时一番话情真意切，让我非常感动。但我冷静下来想了想，以我现在的条件找她这样的姑娘的确不现实，那个时候我房无一间，地无一垄什么也给不了她。如果真的为她好，就不能自私地光顾着我自己的感受而影响了她的学业和前途。那天我们聊了很多，倩倩一直劝我不要放弃，其实我又何尝真的想放弃。后来每过两三天，倩倩依然过来找我，约我出去吃饭，出去游玩。但我每次都以工期紧要加班为借口一一回绝了，并且每次都在电话里对她讲一番人生道理，希望她以学业为重，不要辜负了父母的一片期望。

但无论怎么说倩倩也不愿接受，我每次一提到这些，她情绪就特别激动。考虑毕竟姑娘年纪还小，我也担心她一时想不开，再有什么过激行为，到时候我怎么跟人家父母交代。

后来她父亲到我们工地上找过我一次，知道我离开他女儿的态度很明确，终于放了心，当即拿出一万块钱现金表示感谢，我回绝了她父亲的好意，这钱我是万万不能收的。我当时还跟她父亲说，我们的感情是纯粹的，也是无价的，不是用金钱可以衡量的，之所以我肯放弃，全都是为了他的女儿。临别时我提醒她父亲，平时多关心一下女儿，多劝劝她。其实谁也不知道，那个时候最难受的是我自己，因为我知道，我以后再也不能见她了。

经过一段时间的忙碌，北大的工程完工了，离开北大我便回到了林施工队长那边的工地。走的时候我给女孩留下了一封情真意切的信，再次阐明其中的原委，希望她能明白人生不易的道理。我把信给了她父亲，让他父亲代为转交。我记得当时写信时很多字不会写，还是问的身边的工友。打那以后，女孩用不同的电话号码呼过我多次，我回电话知道是她，只简单地问候几句，就借故把电话挂掉了。就这样，我还没有真正开始的初恋就草草结束了。我不知道我心里的那个姑娘现在过得怎么样了，也只能是在心里默默地祝福她吧。

后来有人告诉我，我们的故事有点像《钢铁是怎样炼成的》保尔和冬妮娅的故事。虽然我不知道他们说的这两个人是谁，但我知道那肯定是一段悲情的故事。

| 第三节. 人生的转折

时间一晃，几个月过去了，我仍然在林施工队长的工地上按部就班地工作。我把所有的精力都放在了工作跟学习上，每天下了班，唯一的事情就是看书，备考。我把之前学过的技术跟书籍重新复习了一遍，以加深印象，很多东西如果时间久了就容易忘。

有天天气不错，我抽空把攒了好久的衣服拿出来打算洗洗。正洗着呢，腰间的呼机嘀嘀响了。长期以来，我的呼机除了每天早晚各响两遍天气预报以外，其他时候就当钟表来用，一般不会响，因为根本没什么人找我，偌大个城市，我也不认识几个人。现在不是预报天气的时间，如果不是那个北大女孩呼我，八成也是谁呼错了号，当时手上满是肥皂粉泡沫，也就没太理会。

洗完衣服，晾好后，我找了个公用电话间按照显示的号码拨了过去。刚一开口，只听听筒里传过来的是粗声大气的男声："是小谭吗？我是王经理啊！你这么长时间才回电话过来，是把我忘了吧？"

我顿时紧张起来，原来是王经理！自从那次他给了我呼机，说以后有活会找我，过了这么久都没呼过我，我都快把这茬给忘了。

"王经理您好，您好！我怎么会忘记您呢，刚才确实是有点事，没来得及给您回电话，请您见谅啊。"

"嗯，没忘记就好啊。是这样啊，现在我这里有个活，不过是个小活，你想不想干啊？"

"想干啊！"我当即满口回答。我想，第一次有这样的机会，还挑什么大活小活？不从小活练起，以后怎么干大活？

王经理告诉了我一个地址和联系人，要我抓紧时间去那边对接一下。

放下电话，我便赶紧找到吴叔，很兴奋地告诉他，我的一个老领导给咱们介绍了一个活，不过是个小活，应该好干。正好工地上现在也不忙，吴叔您看我们干不干？我又把认识王经理的来龙去脉告诉了吴叔。

"当然要干啦，"吴叔听我一说，和我一样高兴，"这样的机会不抓住还等什么！"

其实，我虽然满口答应，心想着凡事开头难，只要迈出第一步，接了第一个活，后面就会有第二个、第三个，但是当时心里还是没有十分的把握，毕竟很多事看着简单，做起来又是一码事。一直以来我都只是给人打工，最多也就是给人家带班，没操心过以外的事。现在要干自己的活，技术问题、组织管理、人员调配，这些倒在其次，干了这几年我多少是有些经验的，主要是那些合同、预算什么的基本上没有接触过，更别说什么经验了。就说一条，如果连各方面的价格成本都不清楚，怎么做出预算报

价？所以说这些方面我真是没有把握的。

我把我想的这些顾虑也跟吴叔说了，吴叔当时就给我打气，说他基本有些了解，他会帮助我，支持我。老李、小军、有财等几个工友也都鼓励我把活接下来，三个臭皮匠，顶个诸葛亮。

我一看大家都这么积极，当即表示："那咱们就干，不过这个活不算我一个人的，算我们大家的，如果赔了算我的，赚了钱我们大家伙儿平分。"他们一致说，不能平分，这个活是我包来的，我就是他们的老板，之所以愿意跟着我干，不是为了钱，而是冲着我的人品。大家当时的一番话，让我非常感动，那时候我就暗暗发誓一定要带着大家伙赚到钱。

第二天，我坐着车找到了王经理对我说的那个地方，当时吴叔跟我一块儿去的。还好，到了那里一对接，这边是一个机电安装工程的动力系统，对方有控制价，只是让我们回去算一算，看能不能做下来，能做下来就做，这样也就简单多了。人家主要问我们手下有没有干活的人，技术力量怎么样。正好那时林施工队长工地上的活已经做得差不多了，我能够腾出一部分人过来。而且像类似动力系统这样的活儿，我们之前也接触了很多。我当即表示人员组织跟技术力量我们都没有问题，到时候看我们干的活就行了，活儿不过关，我们一分钱不要。

回到工地，吴叔我们几个初步算了一下，觉得这个价格能做下来，可能就是活累点儿，随后我给对方回了信，接下了这个活儿。

电气安装工程对我们来说已经不陌生了。也许是上次我们帮萧队长抢配电室的活儿干得不错，给那边的项目部王经理留下了很深的印象，所以这次这个动力系统安装的活儿就想到了我们。这个系统中的配电室相对之前做过的几个规模要大一些，可以说是我做电气安装以来遇到的最大的一个，如此大规格型号电缆，我也是第一次接触。而且楼层也很高，设备很多，系统也就相对要复杂。不过对于我们做工程的来说，并不担心工程量大或者技术复杂，因为这样才能学到真东西，技术才会有所提高。

这也是电气安装过程中经常遇到的情况，比如现场不具备施工条件，电缆走向受限制，或者部分配电柜的位置需要调整和改动，设计变更等等都是很正常的事儿，很少有一个工程从头到尾能按照图纸做下来，所以我们也是习以为常。这次也一样，这边也是遇到了以往同样的一些问题，就是在施工的过程中需要反复改动和调试。

不过，这个活儿最让我担心的倒不是技术问题，真正让我感觉到压力的是，这是我第一个独立承包的工程，我必须尽全力把活儿干好让项目部满意，不能有半点差错。对于干工程来说，如果一旦第一次没把活儿干好，就等于断送了以后的机会，基本上就没有下回了。另一方面就是考虑成本问题，不能把活儿干的赔钱了，这么多人跟着我过来，我首先得保证让大家伙都能赚得到钱，不然以后谁还会跟着我出来！

那时候我确实是年轻，经历的事还是少，这些担心和顾虑经常让我晚上睡不着觉，勉强睡着了也是做梦，梦到的还是这些事。于是我每天叫着吴叔、老李他们几个技术骨干到一块儿讨论技术，每个人明确分工后，同时对工人做好技术交底，再到排查方方面面可能存在的技术问题，随时发现随时处理。都说"临事而惧，好谋而成"，意思是遇事谨慎戒惧，谋划

得充分才能做成。我可能就属于这种类型。

因为这个活儿比之前的大些，而且时间非常紧，我陆续从老家联系了几个工人过来。一切准备就绪之后，大伙儿开始忙活起来。以前现场的一切技术问题和技术对接都是我们施工队长出面儿，现在我自己包活儿了，现场所有的事儿只能是我自己去办了，比如每天要总包开生产会，与总包工程部技术沟通，材料统计，组织监理现场验收，工程量统计等等，都是我的事儿。这些都是我以前从未接触过的。一开始的时候有些吃力，我就勤跑勤问，后来也渐渐适应了，我觉得这些工作非常锻炼人。

功夫不负有心人，经过了一个多月的努力，我们做完了整个配电室、机房、动力系统安装工程，从安装到调试、送电、试运行、验收每个环节都非常顺利。最后工程圆满收官，并且顺利地从甲方那里结到了劳务费。我按照之前的承诺，把大家伙儿叫到一起，将领回来的钱拿出来平分给大家，我记得当时每人都分到了2400多块钱。算下来每人每天的工钱合80多块钱，而那个时候的工地，平均每天的工钱最多的也就是三四十块钱，其余的都是老板赚了。

吴叔和老李他们拿着钱对我说："双剑，这样对你有点不公平了，活儿是你包来的，你就是老板了，我们跟着你干，你给的工资本来已经比外头给的高出不少了，你要是再这么分给我们就太多了，这样我们很过意不去。"我说："这也是干活儿之前都说好了的，活儿不是我一个人干的，是我们大家伙儿的，我们一起分享是应该的。"

钱都分给大家之后，每个人脸上洋溢着开心的表情，很多人出来这么久还没有拿过这么多钱，所以把钱拿在手上捋了一遍又一遍。我把我的那份儿点了一下，留出来400块钱，剩下的2000块钱我把吴叔叫到一旁，塞到了他的手上。吴叔急着问我："你这是干什么啊，双剑？"我说道："那次我在工地上惹了祸，是您给我垫付的罚款，这钱我得还给您，虽然不多，我先还您一部分，剩下的我再攒攒。"吴叔推着我的手说他现在也不用钱，以后再说，我还是坚持着把钱塞到了他的衣兜里。

其实那个时候我心里最在意的并不是赚多少钱，我只是想通过自己的努力证明自己，我自己也可以包工程，并且还能把它做好，我觉得这才是最重要的。

工程交付了之后，王经理又把我叫去了他的办公室。他跟我说，项目部都知道我们这个活儿干得比较苦，因为现场的一些原因，工程改动的地方不少，这要是换作其他队伍，肯定会借着理由想方设法要求总包加钱。但是我并没有这样做，无论过程中有多少困难，我们都能够认真克服下来，没有任何怨言不说，而且把工程做得又细致又规矩，并且从头到尾没有提过钱的事，这种踏实干事儿的精神让他和项目部的领导们都很感动，所以王总打算再给我追加5000块钱，算是奖励。

听了王经理的一番话，我心里别提多高兴了，倒不是因为又多得了这5000块钱，而是因为王经理这番话又一次给了我鼓励和肯定，让我更有信心继续走下去。这不但是对我们能力的肯定，也意味着以后我在北京三建公司会有更多的机会接到更多的活，这种成就感跟钱是没有关系的。

事实证明，因为这次这个活儿，北京三建公司后来的确又给了我很多

机会，并且通过公司所属的各个项目部的相互介绍与推荐，让我承接的工程也越来越多，路越走越宽，规模也是越做越大，让我在整个北京三建公司站稳了脚跟，打造了属于自己的口碑。

从王总那里回来以后，我又把大伙叫到一起，准备把这5000块钱分给大家，这次大家说什么也不要，还说这是我应该得的。我争不过他们，晚上我把大家叫到一起吃了一顿好的。大伙儿当时非常激动，都说双剑可真仗义，以后我们就踏踏实实地跟着你干了，你啥时候有了活儿啥时候叫我们一声就行，我们随叫随到。那个时候我觉得不管接啥活儿，人才是最重要的，只要有人，就不怕没有活儿干。因此，我就想着我一定要打造一支真正属于自己并且素质过硬的施工队伍。

1999年的春节即将来临，算一算自我离开家门来到北京打工已将近3年了。之前我已经有两个春节没有回家过了，所以这次无论如何我得回去与亲人团聚，好好跟家人一起过个年。

我带着大伙儿提前把一些工具存放好，把他们几个人陆续送走之后，我又去了一趟西单，准备给家里买点北京特产带回去。第二天我来到拥挤的北京南站售票处，买票的队伍像一条长龙，弯弯曲曲排出老远，而且在售票窗口处也不知道是什么情况，总有些人堵在那里，弄得队伍半天不能向前推进一步。那个时候的公共交通还不发达，出行非常不方便，特别是到了年底回家的时候，为了买到一张回家的火车票，要排上一整天甚至要在站里打地铺过夜排队。

我正无奈地在队伍中排着，思乡心切，恨不得一下子能飞回家里。这时候呼机突然响了。一看电话号码，是王经理呼我。这个时候呼我肯定是急事儿，我跟排在我后面的人打好了招呼，就急忙去找公用电话回了过去。

王总在电话里跟我说，公司最近刚刚中标签订了一个新的项目，打算把其中一部分工程分包给我来做，要我提前组织人员准备好队伍，等过完正月十五就要开工。他还说，如果这个工程做得好，以后还有更大的工程给我做。我在电话里一边感谢着王经理，一边跟他保证着没问题，一切服从领导安排。这个电话对我来说就是一份新年大礼，当然也面临着新的挑战。

| 第四节. 归心似箭

几经周转，我总算是买到了火车票，随着拥挤的人群，来到了站台。又费了好大劲终于挤上了火车，火车车轮在铁轨上轧出隆隆的声响，向我的家乡的方向奔去，而我的归家之心，却像射出的飞箭，远远跑在了车轮前面。车厢过道里面也早已站满了人，其中大部分都是跟我一样务工返乡的农民工，他们每个人都拎着大包小卷的，有的把行李放在地上靠着，还有的人拎着涂料桶，里面放着干活的工具。每个人随身还带着各种各样吃的，有包子、干豆腐、大葱、鸡蛋、方便面什么的，也有的老乡手里拿着一个小扁瓶的老北京二锅头，时不时喝上一口儿；有的座位上，几个人坐到一起打着扑克牌，一车厢人挤在一块，聊得很是热闹。虽然大家都来自不同的地方，但急着回家过年的心情却是一样的。

车窗外是一片白茫茫无边无际的大雪覆盖在华北大平原上，两侧的树木飞快地向后面略过。我面向车窗，眼前不由得浮现出这两年在外面经历的点点滴滴，那一幕幕的景象如同就发生在昨天，就像一幅幅画面从我眼前的窗框外——闪过。两年里我经历了太多太多，有心酸也有惊喜，有成功也有失败，那一刻我感慨万千。

到邯郸站下了火车，我提着大包小卷，马不停蹄直奔长途汽车站，找到开往馆陶的班车后就一步迈了上去，生怕赶不上回家的车。打了车票我到座位上坐了下来，想着自己离家越来越近了，心里非常高兴。

这时车厢里传来久违了的馆陶乡音，虽然闹闹哄哄，但一股亲切感直落心底，终于见到家乡人了。车刚开出站不远，被路边一对青年男女拦停了，司机将车门打开，他俩上了车。小伙子发型油光锃亮，戴着大墨镜；女孩穿着时髦，双耳下晃着两只大耳环。俩人上车后没有马上往车厢后部走，小伙子站在售票员旁边往车后审视一阵，这才慢慢往后面走来。

我仍把头偏向窗外，肩膀突然被人重重地拍了一下。我猛回头，原来是刚上车的小伙子。见我回过头来，小伙子摘下墨镜。

"哥！""兄弟！"我俩同时叫了对方，他是王强。

一路上王强告诉我，他不在他亲戚的厂里做了，去了深圳，一番辗转，现在一家酒吧做领班。他旁边的女孩，是他从深圳带回来的女朋友。一路上我们互道各自的经历。

车到馆陶了，我提上行李和王强他俩道别。王强却要打出租车回家，执意带上我同一段路，我也就和他俩一起上了一辆小面包车，那个时候乡里还没有几辆车，小面包车也算是好车了。

王强先到了家，因为路上聊得尽兴，还想拉着我下车一起去饭馆，再边喝边聊。可我此时归心似箭，坚持着要先回家再说，于是王强又给了出

租车司机10块钱，让他把我送到家。

出租车继续往前走，可是开了没一会儿轮子却陷在泥里了，我帮着司机费了好大的劲，也没能把车推出来。于是，只好拦了一辆路过的拖拉机把车给拉了出来。车拉出来后，我见司机什么也没表示，便又从兜里掏出10块钱给了开拖拉机的师傅，也没再继续乘坐那辆出租车，打发它返回了。

从我刚记事的时候起，记得母亲经常从地里干完农活，也是走这条路回来，始终是这样坑洼不平，尤其是下了雨雪泥泞得不行，村里因为没有资金，所以一直就没有修整过。我还记得上学的时候，在那个下大雪的夜里，我推自行车回家，也是在这条路上摔的一大跤，手掌都摔破了。当时我就想，以后等我赚了钱，一定回来把这条路好好修整一下，我一边高高低低地往家走着一边思索着这个事。

几年后我兑现了自己的承诺，出钱把这条路整个修了一遍。

走了一段坑洼不平的路总算到了家门口。家还是三年前那个家，一点都没变，一方小院、三间土屋依然是全家人遮风避雨的温暖港湾。走进院子，看见母亲正背对着院门和面，准备蒸过年的馍馍和枣花，灶台上飘过来一阵快蒸熟的红薯的香味。妹妹在一旁帮着母亲忙活着，两个弟弟在院中打扫着积雪，一家人忙碌着迎接新年的到来。

我站在院门前静静地看着这一切不想打破，只想把这一刻场景深深印在脑海中。两个弟弟最先看见我，争先恐后跑过来，一边叫着"哥"一边大声地喊道："娘，娘……哥回来了！"

母亲转过身来，我撂下行包跑上去抱住她。"娘，我回来了。"三年未见母亲更见老了，皱纹又明显地见多，沾满岁月的脸上露出了喜悦的笑容，说道："回来就好，坐了一路车饿坏了吧？"父亲比以前话更少了，抱着杯子坐在灶火边喝着热气腾腾的白开水，只是默默地看着我，但是看得出他脸上流露出的高兴。

因为我回来，家里也算热闹起来。我开始打开背包，把在北京带回来的特产拿了出来，有各式各样的糖块儿、干果等，还有每个人的新年礼物，人人有份。我又从行包里掏出一个塑料包放在桌上，有十多斤重，那是我特意去市场买的一大块酱牛肉。扑鼻的肉香瞬间飘满了屋子，肉上结了一层薄薄的冰花。弟弟妹妹看到这么一大块牛肉，高兴得又是跳脚，又是拍掌，开心地嚷着："有牛肉吃喽，有牛肉吃喽！"的确，在我们家，吃顿猪肉本来就稀罕，吃牛肉就更是难得了。

经历一天的旅途颠簸，我早已是饥肠辘辘，只因回家心切，就一直忍着。母亲赶紧把锅里的红薯跟馍馍和枣花端了上来，还盛了一盆刚熬的大锅菜，我上来就是一顿大吃，还是家里的饭菜香，弟弟妹妹们一块接一块地吃着酱牛肉。其实我这两年在外面，最怀念的就是母亲做的饭。饭后我们一家人围在一起，细数家常。我把自己这两年在外面的所见所闻一一跟父母聊了起来，中间母亲也把家里发生的事跟我讲了一些。这么久没有回来，感觉跟母亲总有说不完的话。

不知不觉聊到了深夜，这时弟弟妹妹们早已睡下了，我从上衣的贴身处取出一个装着3000多元现金的信封，交到母亲手里。母亲知道那是什么，不肯接，说我也大了，以后外面用钱的地方多，家里不缺钱用。我

一再坚持哄着母亲才缓缓接了过去。母亲没有打开，只是眼里又一次泛起了泪花。我知道在母亲的内心里，我是最让他放心的，也是最让他牵挂的。放心的是我从小就懂事，最听她的话；而牵挂的就是我什么时候能成个家。

正月初六这天一大早，村子里的一个媒婆就来了我们家。听她的意思说是邻村一户人家有个姑娘，今年19岁，人长得白净好看，而且勤劳能干，想给我介绍介绍。

母亲一听自然是喜出望外，让我赶紧给媒婆又是沏茶又是续水，媒婆见我礼貌周到，也觉得满意，打算明天带着我去女方家一趟，一是两个人见个面，再就是让对方的老人也看看我。还没等我说话，母亲一口便应下了。临走时，媒婆一再叮嘱我，明天要早早地准备好，穿一身像样点的衣服，千万不要耽搁时间，这种事迟到了显得不尊重人家。再就是到了女方家里不要说自己家里条件不好，就说家里有存款，定了亲之后马上就能翻盖新房，还能买辆拖拉机等等，尽可能地把家里条件说得好一点。

我寻思着这不是明摆着骗人吗？晚上我躺在床上翻来覆去地琢磨这件事，越想越是睡不着，想象着明天见了人家姑娘的情景，我不想欺骗人家，再说了这也不是我们家的作风，但是就家里这条件又怎么跟人家说呢？

天刚刚亮我就起来了，打扫一下院子。看着自己条件简陋的家，对相亲的事越来越没信心，不过一切还是顺其自然吧。母亲很快做好了早饭，一家人围着一张饭桌边吃边聊着，父亲也是有一句没一句跟着母亲搭着话茌儿，一家人都兴致盎然，说起来这也算是一件喜事。吃过早饭后，我穿上母亲从邻居那借来的一身旧西服，配着我从北京花15块钱买回来的一条新皮带，穿着一双老式三接头皮鞋，在当时的村里也算得上一身好行头了，可我总觉得显得有些土里土气的。母亲把我叫到一旁悄悄地塞给我200块钱，嘱咐我给人家姑娘买点像样的见面礼，到了人家少说话，有点眼力见儿。

一会儿媒婆乐呵呵地来了，打量我一番，很是满意，拉着我就出了门。媒婆让我骑了她借来的一辆八成新的大二八飞鸽牌自行车，她自己也骑了一辆。我们先到镇上，挑着买了一些简单的礼品，挂在了两辆自行车的车把上，晃晃悠悠地朝着姑娘家的方向走着。一路上媒婆不停地叮嘱我该说什么，不该说的一定不要说，我只能有一句没一句回应着。

走了一路这位媒婆的嘴就没停过，说的我脑袋嗡嗡的。总算是到了女方家，一进门就看得出来，这女方家条件确实比我们家好多了。院门就有四米多高两米多宽，红色的两扇门上贴着两尊门神。院门两侧的墙壁装饰着当时最流行的表示幸福图案的瓷砖，门头上是用瓷砖烧制的"幸福安康"四个大字。进到院里，连正屋带偏房足有十来间；堂屋外一米多高的台阶一侧，种着一棵三米来高的石榴树，呈现吉祥的寓意；院子一侧停着一台铁牛牌拖拉机，拖拉机上、院里的墙上树上，到处贴着红"福"字、"春"字，一派春节喜庆气氛，这种阵势一看就是个大户人家。

早已等候在这里的女方家人迎了上来，一边接过我们带来的礼物，一边把我们迎进屋里。媒婆在中间互相介绍着，我不住地点头微笑，和对方

的亲友一一握手。

女方的母亲很和蔼，坐着和我说了一些话，顺便问了几个很平常的问题，我一一小心回答着，并没有提起存款的事，这让我心里松了一口气。一家人聚在一旁说说笑笑的，言语中听着对我还算满意。

一家人都见过我了，按照老家的习俗，这接下来就可以让我们两个人单独聊了。女方的母亲把姑娘领了出来。女方一米六几的个头，身材苗条，皮肤白皙，头发乌亮，一双眼睛忽闪忽闪地偷偷瞟了我好几眼，然后跟她母亲小声嘀咕了几句什么，就回身走出了堂屋。姑娘母亲笑着向我示了示意，我明白过来，随即起身跟着姑娘到了另一间屋子。

说真的我平时在外面，不论什么场合见过的也不少了，从来没有怯场过，就是一见到姑娘我就脸红紧张，显得我很不自然，反倒是人家姑娘表现得很大方，又是让座又是倒茶递水果。话题聊开了之后，我摆脱了拘谨放松了许多，向姑娘介绍我在北京打工的情况。姑娘听得很高兴，对北京充满了向往。我也基本了解了些姑娘那边的情况，她是父母的掌上明珠，初中毕业就没再上学。她想出去打工长见识，父母都不放心姑娘出远门，打算留在二老身边。她父亲是做化肥农药生意的，家境还算宽裕。

聊了近一个小时，眼看到了中午饭点了，我觉得时间也差不多了，待得太久怕不合适，就从姑娘屋里出来了。对方家长见我们出来了，聊得也挺好，就有意留我们在这吃午饭。我想这怎么好意思，就找了个善意的理由，准备离开。

离开女方家时，他们一大家子人送我们到大门口，看样子好像对我是比较满意的。

回家的路上，媒婆也一直夸我今天表现不错，不但懂礼貌又会应酬，给女方家里留下了很好的印象。可是我却高兴不起来。想想家里现在的条件，如果亲事有望，那么下聘礼、盖新房，这得要不少钱。家里的负担压力更大了！但是，到了家后，母亲听媒婆说完我们相亲的情况，笑得合不拢嘴。

果然，过了几天，媒婆兴高采烈地来家里报喜，说女方家相中了我，同意了这门亲事，但是要求准备下帖子（礼金2000块钱），并解释说，这笔钱待迎娶时女方会以嫁妆的方式全部带过来。母亲一听这好消息高兴坏了，二话没说，如数拿出了礼金，还另外买了一块手表和两身衣服，又去扯了三尺红布，包在一起，让媒婆给女方家里送了过去。

然而，令谁也没有想到的是，女方家父母一方面刚答应完这门亲事，一边就亲自到了我们村，实地打听了一下我家的情况。在这一点我并不担心，我们家人缘口碑在村里没得说，但是家庭状况经济条件方面，却让人家打了退堂鼓。

经过这次走访，女方家父母的态度开始转变了，主要是担心闺女嫁进我们这个穷家后没有好日子过。媒婆跟母亲商议了一下，选了正月初八这个吉日，我们家去女方家下聘礼。虽然对方一直以礼相待，但对于母亲事先准备的那些聘礼，人家并没有接，只是一番支支吾吾，解释说女儿还小，想过两年再说。就这样，一次隆重的相亲算是无功而返，其实我倒是没放在心上，因为这事儿从一开始我就没抱太大的希望，倒是母亲为了这事一直耿耿于怀。我宽慰着母亲，大丈夫何患无妻呢。等我出去好好干将来我一定多赚钱，给母亲娶一个满意的儿媳妇回来。

相亲的事算是告一段落了，我开始着手准备组织工人返京务工的事，计划着一过完年，就带着工人一起回北京。毕竟在回家前，我是跟王总承诺好了的，既然说到了就要做到。

其实这事我一直放在心上，在年前刚刚回来的时候，就通过村里的乡里乡亲们互相给带个话儿，告诉乡亲们过完年我这边需要带人去北京打工的消息。出外打工挣钱，本来也是乡亲们乐意的事，但是这两年，不断有农民工在外面被骗的事情发生，很多农民工兄弟辛辛苦苦干了一年的活儿，到头来却拿不到工钱，所以对招工的事很多人不是很信任，多少有些怀疑。再加上那个时候还比较年轻，招工这事儿又是头一回，所以年都快过完了，还没有一个乡亲上我家来报名。我一看这样不行，人招不到，北京那边的工程怎么办？这事儿我可是跟王总说好了的。于是，我把村里有可能出去的劳动力在脑子里一个个过了一遍，分析谁适合出外打工，然后记在本子上大致统计了一下，再一个一个上门去找他们谈。还别说，这样做比别人带话儿的效果明显好得多，一是因为我当面详细地向他们介绍了工程的情况，打消了他们的疑虑；二是因为我在北京每次给家里寄钱时，村里都用大喇叭通知我母亲，乡亲们也都听得到，知道我在北京打工确实能挣到钱。所以，到最后我成功地组织起了一支十多人的施工队伍，加上我在北京还有吴叔、老李、小军、有财等一帮人，算算人手应该是够用了，而且这次我把二弟双涛也一块带了出来。

　　"三六九往外走，二五八回老家"，这是我们家乡的习俗。正月十三一大早，我带着队伍高高兴兴地出发了。看着这支每人扛着一个塞满了被褥衣物的编织袋的十多人的队伍，我第一次有了做施工队长的感觉。但是感觉到肩上的担子也重了，现在不但肩负着乡亲们的期望，更多的是一份责任。以前只需要考虑自己赚钱就行了，现在我还得保证他们跟我出来必须要赚到钱。毕竟他们每个人就是一个家庭，都有着各自的角色，肩负着一家人的生计。他们肯跟着我出来就是对我的信任，所以我必须要把他们照顾好，等到年底回来时，要保证让他们每一个人都能拿着钱回来，不辜负他们对我的期望。

第六章

成立队伍

—— 有了他们的到来，我基本上就不用再干具体的活了，很多细节上的事都交给班组长了。我每天抓抓现场的进度、质量、安全，偶尔去甲方项目部参加生产例会，处理和协调一下各个队伍之间的关系。

| 第一节. 崭露头角

临回北京之前，我给北京的王经理去了个电话，把我们的行程跟人数向他简单汇报了一下。王经理非常高兴，还说他也会安排好车过去接站，那边一切会安排好。经过几个小时的车程，我们一行人顺利到达了北京，出了北京南站，王经理派来接我们的小客车早已经等在站外。我带着工人有序地上了小客车，车子缓缓在繁华的北京道路上穿行，两侧高楼林立，大家望着窗外指指点点，兴奋不已。

到了工地一进现场，就看见一大片地，中间一条主路很宽。其中一侧有十几栋楼结构已经封顶，还有几栋楼的结构刚起到一半儿，现场的塔吊就有几十个。路的另一侧是一个刚挖出的大坑，几十台大型机械正在挖槽，拉土的车辆进进出出。虽然是刚过完春节，工地上的工人已经回来不少了，我们刚到现场就被这一片忙碌的景象所震撼。

大伙扛着用编织袋裹着的大包小卷跟着我往工地里面走着。大老远我就看到王经理正往这边走，我招呼大家先在原地等我，我迅速地跑过去跟王经理打招呼。王经理的目光越过我的肩头向我身后的队伍看去，露出满意的眼神，对我说："行，双剑，果然没让我失望。"接着我们又简单地聊了几句。

我带着一行人，跟随王经理指派的后勤管理人员到了工人宿舍。工人宿舍在工地一角的生活区内，临时搭建的简易房宿舍南北排列着7栋，每栋有20多个房间，每个房间是四套高低床，贴两边墙壁摆放着，中间是一张长方形桌子，房间的墙上贴着红红绿绿的画报纸，看样子是已经住过一拨工人了。

我把大家安排进各自的房间，让他们先各自打扫一下房间卫生，安置好自己的铺位和行李。工人们很配合，没一会儿的工夫就把卫生打扫完了，大家没事儿了坐在床铺上说笑聊天，马上也快到晚饭的时间了。按照项目部的安排，我们和现场几个队伍在一个食堂吃饭，伙食费什么的，每个月月底跟食堂结算一次。

这边除了土建队伍，其他安装队伍也都是过了年刚刚进的场，听他们口音很多也都是河北老家过来的老乡，也有一部分东北人。当时有个施工队长给我的印象很深，看样子大概有30来岁，是个河北的老乡，个头体形瘦小单薄，说话的时候很稳重。我们互相打了招呼，简单认识了一下，我便招呼我的工人拿上碗筷开始排队打饭。厨师也是老乡，对我们非常热情，一边给大家打饭打菜，一边说兄弟们吃好，管够。

看着大家都痛快地吃上饭了，我跟我的工人们交代了几句后面的事，就离开食堂去王经理那边了，因为王经理之前约了我和其他几个施工队的施工队长一起吃晚饭，也顺便跟大家介绍一下现场的一些情况。我看时间也差不多了，就抓紧往那边赶。

这次王经理分配给我的是一栋楼刚刚封顶的主体，我们的施工范围是整栋楼的电气安装工程，包括照明、动力、配电箱以及竖井、地下室的桥架安装和电缆敷设。我去项目部领回了图纸，回来仔细看了一遍，虽然工程量不少，但以我们的现有人员和技术力量，把这个活干下来是不成问题的。只是我刚带过来的这些乡亲们，很多是第一次出来工地上干活，有的人甚至一点基础都没有。要想把这个工程做好，就必须得让他们尽快掌握一些最基本的施工技术，但是这得需要几个成手的大师傅带才行，所以我现在最期盼的就是吴叔、老李他们早点到。在年前刚到家的时候，我就给有财打了电话，把这边的情况跟他们说了一下，顺便也把这个工地的地址一块告诉了他们。

这天早上我在工地的一片嘈杂声中爬了起来。大家起床，洗漱，在规定的时间内吃完早饭，就跟着我到了工地现场。我为他们分好班组和区域，准备亲自上手带他们现场交底。就在这时，我见几个农民工模样的人带着行李在工地大门口，被门卫保安拦住了。走近仔细一看，这几个工友中一个正是老李，另一个是有财。没错，确实是他们回来了，果然是言而有信，而且还带过来几个成手师傅，对我来说真的是雪中送炭啊，让我非常感动。

我把他们几个接了进来，一阵寒暄过后，我带着他们到生活区宿舍安顿下来，随后一起去食堂吃了早饭。我见他们坐了一夜的车，打算让他们几个休息一天。可刚放下碗筷他们几个就说要跟我上工，还说工期不是儿戏，赶前不赶后。我见大伙儿都非常积极，便起身带着他们去了工地。这样一来，各班各组都有老师傅带新手，一边干活一边实践，新来的工友们也学得很快，我之前顾虑的那些问题终于得到了解决。又过了些天，吴叔、小军他们也都陆续来到了工地，我的心算是踏实了下来。

有了他们的到来，我基本上就不用再干具体的活了，很多细节上的事都交给班组长了。我每天抓抓现场的进度、质量、安全，偶尔去甲方项目部参加生产例会，处理和协调一下各个队伍之间的关系。没事的时候去建材市场买买工具材料什么的。经过一段时间的布置、安排和交底，现场总算是按部就班地走上轨道，工程进展有序进行着。那一刻，我才体会到了一个施工队长的感觉，虽然操心的事儿多了，但是时间上自由了很多。

经过一段时间的磨合，工程开展得还算顺利，工人们也很快适应了这里的环境。这天中午休息时，我和吴叔老李几个人正在宿舍研究图纸和下一步的施工方案，准备过会儿去食堂吃饭。这个时候我弟弟双涛急匆匆跑来找我，说我们的队伍和另一个施工队在食堂里打起来了，拉都拉不开，叫我们赶紧过去看看。

我当时一听头就大了，也是我这段时间光顾着忙乎现场的事，忽略了后勤管理这块。再说王经理相信咱才把这么大的工程交给我，说什么也不能给项目上惹麻烦。我三步并两步地一路跑到食堂，到了那里一看，我的队伍和另一只施工队两边各有二三十人，一个个手持木棒、钢管、铁锹，甚至钢锯，怒目相向，对峙在那儿，一触即发的样子。

　　我先冲着自己的人喝了一声："都给我散开，先把东西放下！"接着我又让双涛去把他们的施工队长找过来，先了解一下情况。等我再往里一走，这才看见地下已经躺着两个人了，一个是我们这边的，一个是对方的，都不同程度地受了伤。只见厨房门口泼洒了一大堆米饭，还冒着热气，看样子是刚刚倒的。

　　这时候对方的施工队长也赶了过来，见我的人开始慢慢散开，他也示意让他的工人散了。后来我才知道，原来我们的工人都是河北人比较喜欢吃面食，食堂经常做米饭吃不习惯。这个确实，我们老家这边平时的主食一般都以馍馍、大饼为主，最多就加个面条啥的，米饭却是很少吃。但是跟我们起冲突的这支队伍有不少是东北人，喜欢吃米饭，所以我们的工人认为食堂故意照顾他们施工队，不给我们的人蒸馍馍吃，因而心生不满，所以在吃米饭的时候不免有些情绪。今天吃的又是米饭，我这边一个年轻的工友就公开地说了几句难听的，还把碗里的米饭倒掉了。对方的工人以为在骂他们就不干了，最后才导致发生这样的场面。我一听也不是因为什么大事，就是因为饮食习惯的事，主要是现场缺少沟通。说起这事儿，我也是有责任的，平时只顾着现场的进度，忽略了后勤吃饭的事儿。

　　我把我这边第一个带头儿的年轻工人叫了过来，首先让他给厨师道了个歉，不管咋说，有意见可以跟我反映，打架肯定是不对的。经过一番教育和开导后，工人也都意识到自己是一时冲动，所以主动承认了错误。第二天我亲自去农贸市场买了一袋大米，让我们的那个小伙子扛到了食堂，厨师一再推辞，说事都过去了，不用放在心上。我坚持把米留下，临走时厨师握着我的手说我处事公道，让他们很敬佩。

那天我刚回到工地上，那个队伍的施工队长就过来找我，说是对上次的事他表示歉意。他说回去也把动手的工人批评教育了一番，希望以后两家队伍有事多多沟通和交流。后来项目部主管领导也过问了此事，要求食堂尽量米饭跟馍馍都做一些，以满足现场工人的饮食习惯，要多关心工人的生活，以人为本。

打那以后，我也开始重视起来队伍的生活习惯和纪律问题，也让双涛平时多多留心，发现问题苗头要及时跟我说，也好及时解决，不要让事态扩大。一个队伍的综合能力，不仅仅体现在技术跟人数上面，整体人员的素质水平也是至关重要的。一个队伍如果想走得远，走得稳，就必须从每一个细节处抓起。

现场的施工进展还算顺利，我每天基本上是一边往项目部跑，一边去建材市场，其余时间我就是在现场到处转。经过大家两个月齐心协力的努力，工程顺利地进行到了尾声，电缆敷设完了之后，接着就是等着验收了。我们比其他施工队伍提前完成了施工，项目部非常满意。

有天晚上，我忙完手里的事儿，就去路的另一侧转转。那边的基坑也是刚刚打完垫层，正在做钢筋放大样，准备起主体。几个项目部的领导和管理人员都在现场，王经理远远地瞧见了我，便招手示意我过去。王经理跟我说："双剑，这次活儿干得不错，项目上对你们的队伍评价很高，想不想再挑战一下？""领导，您就安排吧，肯定不让您失望！"后来王经理跟我说，项目部开了个会，综合评比一下现场的几支队伍，都对我们队伍的印象非常好，所以准备把这个新的两栋主体结构预留预埋及电气安装全部给我来干。本来计划开完会后通知我，今天正好在现场碰见了，就直接跟我说了起来，顺便听听我的想法儿。还有就是如果想接这个活儿，得找个正规的劳务公司，签订正式劳务合同。我当时非常激动，握着王经理的手，表示一定能完成任务。

　　工期很紧，所以我们几个连夜加班审图，碰技术。几天内我又从老家联络了十几个年轻的工人过来充实我们的队伍。不到一周的时间，合同也下来了。现场在预定时间内正式动工。起主体结构跟后期的电气安装工程是有区别的，也叫结构水电预留预埋，将线管、线盒按照图纸提前预埋到结构的墙体和楼板内，以备后期穿线用，还有一些水上的套管，电缆套管，提前预制好然后焊接在墙体的钢筋上。最开始的时候先是打筏板，除了预留预埋，还要焊接防雷，工人都是钻到钢筋笼子里面，蹲着焊。那时候正赶上夏天，温度将近40度，后来大家每天要在顶板上干活儿，热得汗流浃背，衣服每天被汗水浸的湿漉漉的，那时候经常会有工人因为中暑被送到医院。

　　这些倒还不是最艰苦的，因为预留预埋属于配合作业，主要是配合土建起结构，而且基本没有规律的上下班时间，只要出来工作面，就要上人。当时工期也紧张，比方说项目部规定几天必须起一层。这样的话摊到每支队伍身上的时间就非常紧。尤其起主体是多工种配合交叉作业，有钢筋工、木工、仝工，水电工等。前面首先是钢筋工负责绑钢筋，绑完第一层钢筋后，我们水电工上去做管和线盒，完事之后钢筋工再过来盖筋，通常一层标准层顶板中间就给我们水电工三四个小时做管时间，有的时候时间还没到他们就开始催我们，或者干脆就直接开始吊钢筋上来开始盖筋。因为大家想自己的活儿进度能快点，所以就会拼命地催上一个工种。

甚至有的时候钢筋工刚绑完墙体，木工就要合模板，一点时间都不给我们留。我们就提前备好材料，等他们绑好一面墙，我们就赶紧做一面墙的管。因为天气炎热，那时候每天最舒服的时间段就是早上那一会儿，再或者到了傍晚时分，多少会凉快一些。但是这个时间段大多数都是钢筋工跟木工的施工时段，而等到了我们上去的时候，不是赶在中午，就是下半夜，每天我们又热又困，但确实一点办法没有，我们必须保证下一个工序顺利进行，不能影响进度。当时很多第一次出来的工人，还以为干电工是穿穿线、安装个灯啥的，很多人没有接触过起结构的过程，所以很多工人受不了苦，要么是自己提出来回家不干了，也有的是跳槽到别的队伍去了。没有办法，我就得重新组织新的工人过来。

我记得有一次是最难熬的一次。地下室及这两栋楼同时都绑出来了工作面，等我们上去做管。如果是一个面一个面的出，循环起来还好，大家都能缓口气儿休息一下，就怕这种一下子出来好几个工作面的情况。当时每个楼都有一拨钢筋工，而我们水电只有我们一拨人。我亲自带着大伙，白天和晚上连续奋战，带着水和方便面，在楼上吃，不干完就不下楼，连着干了两天一夜，到了中午我们下楼的时候，走路都是一晃一晃的。

有时候赶上下大雨，我们工人就穿着雨衣，在顶板上干活儿，反正不

管赶上什么天气，什么时间段，我们的活儿不能停。现在回想起那段日子，真的很辛苦。

经过大家伙儿的共同努力，工程总算是完工了。送电的这天晚上，工友们都拥在配电室内，心情无比激动，都喊着要我亲手合上这栋大楼的主电源。说真的，当时那一刻我也非常激动，这对我们来说，真的是太有意义了。我双手握住闸柄，用力一推，整栋大楼的电路接通，瞬间灯火通明，整个送电过程非常成功。明亮的灯光从一层到顶楼，从每一扇窗口照射出来，那灯光不知道有多美。我点了一支烟，扭过头看着灯火通明的场景，眼睛模糊了起来，是欣慰还是激动，我也说不出，反正就是控制不住自己。

我们的队伍首战告捷，第一次完整并出色地完成了两栋大楼的结构预留预埋及电气安装工程。

┃第二节．再接再厉

这边工程算是告一段落，我们的队伍经过这个过程，在整个公司也有一点小小的名气了。后来王经理跟我说，公司的另一个项目经理过来找他，因为工期紧张，队伍上不来人，想到这边借调一支水电队伍，到那边完善剩下的一部分电气安装工程，所以他第一个就想到了我们。想到王经理长期以来帮了我这么多次，这次说什么我也要顶上去，所以我二话没说，价格也没问，立即组织工人赶到了那边的工地。

我计划利用这中间一个短暂的间歇时间，把队伍的伙食问题彻底解决一下。俗话说，"兵马未动粮草先行"。如果后勤生活得不到妥善地解决，工人就无法专心在现场干活，所以后勤保障工作也是项目管理上的重点。

为了不再和其他施工队在伙食上产生争议，也为了我的工人能吃得习惯，干活有劲，经过跟项目部沟通，考虑到我们人不算太多，最后同意我们在工地一角找个位置，临时搭建了一个小伙房，打算自己开火做饭。这样一来不但工人吃饭问题解决了，而且又经济实惠，吃得也舒服。

　　我买齐了锅碗瓢盆，又从老家请来了一位40多岁的师傅，之前在老家谁家有个红白喜事儿啥的，专门给人家做大锅菜的。我按照项目部要求先带着他到防疫中心体检后，又办理了健康证明。伙房开灶的第一天，我就去市场里买了几十斤的五花肉，一大堆各式各样的新鲜蔬菜，也打算借此机会，为上个工程的顺利完工小小地庆祝一下。大半年下来，工友们齐心协力，任劳任怨，一直没有吃顿像样的饭，让我一直过意不去。今天我让大伙放开吃，好好地改善一下。

　　这个师傅的手艺确实不错，没一会儿厨房里就飘出来炖肉打卤的诱人香味，猪头肉足足切了两大盆。工友们迫不及待地等着，厨师一声吆喝，工友们争先恐后地排起长队。老师傅一边给工友们打捞面条，一边再把大勺的猪肉连同卤汁浇在面条上。所有人都吃得津津有味，一人吃了几大碗，几十斤的肉、几十斤的面条被吃得精光，那天我也吃了不少，可以说这顿肉吃得很是过瘾。

　　其实在那个年代，对于工人来说，在工地上能吃上一顿肉是一件很满足的事。如今的工地上，伙食跟住宿条件可好多了，现在的三建公司每个项目的项目部都统一办食堂。以前是拿两个馍馍打一份菜，现在是端着餐盘打好几个菜，米饭、包子、花卷同时有随便拿。夏天时候，以前是每个工人床头上放个小电扇，现在工人都住进了空调屋里，凉爽舒适。晚上下了班，以前就是打打牌，喝点小酒，现在是下了班洗洗澡，换一身时尚衣服出去逛逛街，看看电影；有的工友爱唱歌，还拉着音箱带着麦克，到空场上唱唱歌，释放一下工作一天的劳乏，甚至还发发抖音小视频什么的。

与前些年的工地生活早已是截然不同，今非昔比。

这边的工程进展得也还算顺利，毕竟经历了之前两个工程的历练，所以没觉得太吃力，我就想借着这次帮忙的机会，好好整顿和规范一下自己的队伍。当时跟我们在这栋楼里同时施工的还有一支队伍，是做专业给排水的。队伍里也有很多成手专业师傅，专业水平也都非常高。虽然专业不同，我也一直在向对方学习，毕竟每个队伍都有自己的长处。

尽管我也一直在抓现场人员管理跟现场安全生产，但终究还是百密一疏，出了纰漏，发生了一次安全事故，这次事故给了我很深刻的教训。

当时我们的队伍里有一个小伙子平时总是毛手毛脚。有一天，他用电缆剪子截电缆线，电缆剪子有些老旧，所以费了很大劲也没把电缆线截开，他见远处一个师傅正在用切割机切割钢筋。毛小伙灵机一动，打算用切割机截电缆，这种操作实际在现场是不允许的。

做过工程的人可能都知道，切割机是采用高速旋转的电机带动砂轮片切割钢材的，砂轮片用纤维、树脂或橡胶将磨料黏合制成。在熟练师傅的手工操作下，砂轮片可以准确无误地对物件进行切割，而且切割整齐，切割过程中会产生较大的灰尘或火花和被切物件的碎屑，所以一般工地上都要求带护目镜，防止切割片碎裂后蹦到眼睛里。如果是新手，操作技术不熟练，又没有熟练师傅在旁，单独操作很危险，或伤及自身，或损坏工具。

当时切割钢筋的电工师傅刚走，这小伙子就扛着一节电缆走了过去。他把电缆放在切割机上，切割机的手臂下方有一个按钮，只要轻轻一按，砂轮片就会飞快地旋转。毛小伙按下了按钮，左手扶住电缆，右手抓住切割机的手臂开始切割电缆。刚开始那一会，毛小伙似乎操作顺利，砂轮片飞转，电缆在一点点被快速截断，眼前溅出三四米远的火花。可能是他过于心急，恨不得一下就把电缆截断，右手下压切割机手臂用力过大，只听"咔"的一声响亮，砂轮片断成两片飞了出去，一些零碎的沙粒扑面喷来，正打在他的眼睛上。

毛小伙被突如其来的砂轮片残渣一击，当场倒在地下，眼睛里流出血来，瞬间流的满脸都是。当时就把他吓得哇哇大叫，一直喊着什么也看不见了。

离得近的工友们听见叫喊，迅速跑了过去，先关闭了切割锯的电源开关。有个年纪稍大的工友抓紧找来一条毛巾，为毛小伙受伤的眼睛做了简单的包扎。当时我正在楼里转现场，听到楼外面有大喊大叫声，就感觉坏了，肯定是出事了，赶紧拔腿就往楼下跑。工友们七嘴八舌地把事故经过简单向我描述一番，大概了解了情况后，我第一个想到的就是抓紧去医院，所以没顾别的，直接背起受伤的工友，又叫上了老李跟着我一块儿奔了医院，进到医院后我们直奔眼科诊室。

当时我的心里即紧张又难过。毕竟是跟着我出来干活儿的，现在伤成这样，我也很自责，是自己没有照顾好他，以后回去怎么跟人家父母交代？说起来还是我现场安全工作做得不到位。

我们在贴着大大的"肃静"二字的玻璃门外焦急地等待，老李时不时走上前凑着门缝往里张望。墙上的钟表一分一秒地跳动，两个小时后，手术室的玻璃门被推开了，首先走出来的是小工友的主治医生。我迅速迎上前向医生询问情况，医生停了停，盯住我说："幸亏来得及时，里面的杂物算是清理干净了，要是再晚一会儿，沙粒会往里面移动，那时候就是神仙也保不住他的眼睛了。"

听医生这样一说，我长输了一口气，谢天谢地！我们和老李一起，把小工友推进了病房。后来经过几天的疗养，这个小工友的眼睛总算是康复了。

经过这次的安全事故，再次让我感觉到活儿好干，队伍难带。这好几十号人，既不能时刻在你眼皮底下，又不能每天待在他们身边，谁也不知道他们什么时候在什么地方给你捅个什么事情出来。上次食堂打架，就是后勤管理不到位导致的问题，这次安全事故是安全生产教育不及时。我计划着采用一些管理措施，把队伍规范起来才行，必须得让队伍走上正规化。

因为三建公司当时是体制内单位，就是正规的国企，管理非常正规，我就从三建公司的项目部抄来了安全生产规章制度。那个时候还买不起电脑，也没有智能手机，所以抄了大半天才抄完。在班前会议的时候，我会当着大家读一遍，以此对大家进行安全生产教育。另外考虑到我一个人精力有限，我又在队伍里安排了一个安全生产巡视员岗位，每天安排一位工友在工地上做安全巡视，发现违反制度规定的情况，及时予以制止并及时向我报告，我再作出整改。其实放到现在就是现场专职安全员。再就是每周上一次安全教育课，由我跟安全员进行现场教育，主要是对一周的安全

生产情况做讲评，对一些严格按照操作规范施工的工人予以表扬，对麻痹大意、违规操作的工人提出批评和处罚，进而更深入地进行现场安全管理。那时候我最担心的就是我带出来的乡亲，如果哪一个伤了，残了，甚至发生了安全事故，我回去怎么面对他们的亲人！我对现场的每一个工人都是要负起责任的。经过一段时间的安全教育跟每天现场交底，安全生产事故在我的队伍中再没发生。那时候我开始注意到，这有管理的队伍跟没有管理确实不一样，后来我把我们队伍里面比较有责任心的工人，送去培训专职安全员，并让他坚持考取了安全员本。

为了能够更好地带队伍，让整个队伍越来越规范化，我觉得我要学习一些管理上的技巧。到了后面工期不紧的时候，我又挤出时间报考了项目经理本（后来都改成建造师证书了）。那个时候不像现在那么严，只要有一定的工作经验加上工长本，就可以报考。而我那个时候也并不是奔着拿个本去的，主要是想去学习一些现场管理的东西，深造一下自己，毕竟自己没什么文化，现场经验也不足，所以就想充实一下。项目经理跟工长还是有着很大区别的，工长主要负责现场的一些技术，而项目经理负责的就比较全面了。基本上一个项目从前期立项到项目开工、竣工，过程中所有的环节都要把控和掌握，就比如现场成本核算、施工进度、各方单位协调、各种外联、竣工验收等全方位的工作。我那个时候也不忙，就走哪都带着书，晚上我再去夜校听课。就这样连续坚持了很长一段时间，按期参加了考试，最后出来的成绩不是很高，但是及格，所以我又顺利地拿到了项目经理证。

转眼快到年底了，我们这栋大楼的工程如同上一栋一样，也是非常顺利完工并通过了验收。我跟项目部的工长对好了工程量，做好了相关结算手续，基本上就等着拿工程款了。这天，我在宿舍休息，项目部来人通知我带着结算手续，去北京三建公司财务科领取工程款。在去公司的路上，我心里还一直忐忑不安，合计着这么大的一笔款项，能顺利地结出来吗？总包会不会在我做过的活上或在其他方面挑出问题，影响付款啥的？心里多少有些忐忑。

我小心地推开公司财务科办公室的门，礼貌地和里面的人打着招呼。财务工作人员似乎知道我为了何事而来，什么话都没说，出纳就拉开抽屉，撕下一张"领款凭证"，在上面填上一些基本内容和信息，然后让我签字。原来，王经理已经把与施工队结工程款的事项都事前安排好了，有的施工队已经领了钱回家过年去了，而我已经算来得晚的了。我激动地从出纳手中接过支票，走出了财务科办公室。在此之前，我们领取工程款都是现金的方式，当然钱也没有多少，说到支票也只是听说过，还真没用过。听财务人员说，到了指定的银行就可以直接入账了。

我拿着支票兴高采烈地去了劳务公司，把支票给了财务，三天以后又去了劳务公司领回了现金。我把钱装进编织袋儿里，第一次带着那么多现金，当时特别紧张，我就打了一辆出租车。回到宿舍，我第一时间把所有人叫到一块，按照记工表把工资给工人发了下去，其中有十几个人是跟着我从老家出来的，他们大多是第一次出门，我担心他们没啥经验，那个时候车站里面小偷很多，万一谁在路上被偷了或遗失了怎么办？于是，我先

给他们发了一小部分零用钱，让他们买回家的车票和年货，并告诉他们回家后直接到我家来领工钱，大伙儿都说我想得周到。这次我也把欠吴叔的钱一次性还清了，还有欠工地上小卖部的钱。因为平时没有生活费，都是在小卖部赊账，这次也一块儿给了。

眼下到了年底，工友们都回家心切，经过大伙儿一商量，一致决定腊月二十八那天回家。所以大伙抓紧时间，都早早地跑到火车票代售点买了回家的车票。

| 第三节. 他乡遇故知

对于我来说今年是个收获的一年，不但收获了成长与历练，也收获了自己的一帮好兄弟。虽然过程中也面临过一些小小的坎坷，但大家也都平稳地走了过来。

说起收获，也让我想起之前的一件事。其实那次在医院给我的一个工人治眼睛的时候，工地那边又发生了一次打架斗殴的事件。在处理过程中，让我遇到了我上学时的一个挚友。

我记得那天，我们把做完手术的小工友推进病房，我又到医院门口的小饭馆买了一碗热气腾腾的刀削面，上面再盖上两个荷包蛋，端回病房招呼小工友吃。正看着小工友吃面呢，弟弟谭双涛急急忙忙找到病房来了。他告诉我，我们的施工队和在楼里同时做给排水的队伍发生了摩擦，随时都会打起来，要我赶紧回去处理，否则后果不堪设想。我一听，可不能再出事了，起身便往工地跑。边跑边想，这些天咋这么不顺啊，接二连三地出事。还没等我赶到地方，听说我们的人和对方已经开始对骂上了，没骂

上两句，我这边的一个带班挥起一拳打在对方一个出头的工人脸上，对方也不吃素，飞起一脚踢在我们带班的肚子上，随即两边的人冲在一起混战起来，场面一度失控。旁边一个工人怕出事，跑进一间办公室抓起电话就报了警。

不到十分钟，警察就赶来了。一辆轿车，四辆面包车，都闪着警灯，鸣着警笛。两边的工人都不肯罢手。警察来的人也多，所以很快就控制了场面，也不分是哪一边的，把打架的人一个一个塞进车里，哐当锁上车门，鸣着警笛开出了工地。我这时正好赶到工地，看着警车开出工地大门一溜烟地离去了。

经过了解我才知道，原来，我们的工人在楼里面为穿线打眼，刚把眼打好，还没做穿线的活，就发生了小工友眼睛受伤的事故。几个穿线缆的工友听到小工友喊叫，就丢下手里的活儿跑去现场看看是怎么回事，然后又和老李一起送小工友去医院。把小工友送到医院后，几个工友返回工地继续干穿线的活。可是回到现场一看，墙上原先已打好的穿线的洞眼，被别人又给堵上了。堵洞的人就是跟我们同时施工的那支给排水施工队的工人，然后就在同一个位置把他们的管道先安装上了。我们的人看到这情形，也没去和对方沟通，就把对方已安装好的管道给拆了，打算接着干自己穿线的活。正干着时，对方一群年轻气盛的小伙子得知了情况，就赶过来理论，于是发生了前面那场打架事件。其实不同工种间的交叉作业，这在工地上都是常有的事。可能就是因为没有及时沟通，都不了解现场情况，就造成了误会。

　　了解完打架的原因，我又赶紧赶到派出所。警察已经让双方的打架人员洗干净了脸，擦干净了胳膊腿上的血痕，还让值班医生把每个人都看了看，有没有要紧的伤，结果没啥大事，都是一点子皮外伤。但是看样子一个个的还在堵着气，互不退让，都觉得自己有理。

　　在一个大房间里，我看到一个老警官和一个年轻警官正在给每个人做着笔录，做完笔录后，警察把两拨人分开，一边靠南墙站，一边靠北墙站，然后，老警官和年轻警官出来把门关上，咣啷一声落了锁，留了一位年轻的警察站在门口。

　　我上前向老警官介绍了自己的身份，问老警官该怎么处理他们。老警官说先关着再说，但并没有说让我出去。

　　人被关在里面，这下子也都老实下来了。我趴着门缝往里看了看，不多一会儿，也不知是哪边的人先开腔，两边的人便你一言我一语地说上了话。对方的队伍也是河北的，老乡见老乡，本应互相帮，早知如此，何必当初呢。

　　我回到派出所的值班室里继续等着，不时地和老警官说上两句话，给老警官递上一支烟，人家说不吸烟。这时，站在门口的那位年轻警察过来了，对老警官说，里边没事了，聊上了。老警官笑了笑，说道："都是出来打工的农民工，岁数小，年轻气盛，没啥事。"听到这些，我心里踏实多了。

　　正在这时，有一个穿着蓝工作服的人火急火燎地进了值班室，看上去一米七几的个子，长着英俊的面孔和精干的身材，向老警官询问打架民工

的情况，一张嘴就听出来家乡的口音。

我上去一瞧，这不是安兴旺吗？我一眼就认出了他，直接叫出了他的名字。

他光顾着跟警察询问情况，听见我叫他才转过身来，"双剑哥，你咋在这啊！"边说着，边跟我亲切地握着手。

经过短暂聊天，我才知道，原来他初中毕业以后也出门打工了，因为没什么特长和文化，也是干上了建筑这一行，和我同在一栋大楼里施工的那支做给排水工程的队伍，就是他带过来的队伍。因为在工地上各忙各的，谁也不会去刻意注意别的人，而且又都是带队的，今天你跑这，明天我跑那，所以我俩就一直没有在工地上打过照面。

我当时就说道，这可真是大水冲了龙王庙啊。我们相视一笑。

"什么自己人不自己人，什么人都不应该打架！"老警官严肃地插话进来。

"是的，是的"，我和安兴旺忙解释。

看到打架双方的施工队长都来了，而且是老乡，互相很熟，里面关着的双方打架的工人也都消除了敌意，开始和解，老警官便着手出了一份调解书让我们双方负责人都签了字，然后又跟我和安兴旺做了一次治安处罚条例的宣讲，批评我们管理不到位。我和安兴旺都虚心接受教育，表示今后一定严抓队伍管理，决不再发生类似事件。随后，老警官让双方打架的每人写了一份检查和保证书，又对他们训导了一番，最后把他们交给我和安兴旺，带着各自的人离开了派出所。

那天我们回到工地已是晚上10点多了，我和安兴旺没先忙着叙旧，而是先安排各自的人吃了晚饭，然后又对各自的队伍进行了一番教育，考虑大家都是为了工作的事，出于公心，我也就没再深说。告诉他们今后再遇见这样的事，一定要及时跟我汇报，不要冲动。等全都忙完下来，已经到了深夜1点多了。

我没去睡觉，也睡不着觉，独自坐在工地的水泥袋子上，满脑子都是带队伍管队伍的事。这时，一只手轻轻拍了拍我的肩膀，我一回头，见是安兴旺来到了我身边。原来他也没睡。

久别重逢的我俩有说不完的话，就坐在一块聊了起来。原来，安兴旺毕业后先是在县城里舅舅的工厂里打工，但是没做多久，也是不安现状的他就辞职离开了县城，随着一支建筑队伍到了北京。一开始，他也是从小工做起。勤奋加上机遇，他很快与水暖及弱电工程结下缘分，因为从小我俩性格就很像，都比较仗义，所以他很快也有了自己的队伍。我很欣赏安兴旺的闯劲，也很高兴他取得的成就，我觉得我俩算是志同道合吧，如果今后俩人能在一起合作，强强联手，各展所长，相互补短，一定能有更大的作为。我向安兴旺说出了今后俩人合作一起干的想法，他说我这话正说到了他的心里，伸出两只手和我的两只手紧紧地握在了一起。

就是这一次握手，开启了我们十几年的紧密合作。从那以后，我们便开始在一起做工程，相互扶持，各自发挥所长。一直到今天，我们依然是事业上的好伙伴，好搭档。

事后第二天，我和安兴旺一起去找王经理，向他报告昨天打架的事，

并向他做了深刻的检讨。王经理说，你们不来找我，我也要叫人去找你们过来，项目上本来是打算进行处罚的。现在你们已经自己认识到各自的问题，我也就不再多说你们了。以后一定要加强队伍的管理，不能麻痹大意。这次所幸没出大事，全当是一次教训吧。下不为例，以后绝对不能再发生此类事件了。

　　我心里明白，王经理心里是护着我的。我们谢过了王总后，便一块回了现场。

第四节. 过年

　　时间过得真快，一晃眼看年关越来越近，已经是腊月二十多了，我和乡亲们一起买好了腊月二十八的火车票。工地上的活也差不多了，项目部那边的领导也都放假回去了。工地现场只留下了几个工人收收尾，多数人已经休班了。闲暇的工人也是每天忙着上街置办一些年货跟当地的特产，回家的时候好带回去。年轻人三三两两地去一些景点游玩去了。大家伙心里都盼着时间过得快点，好早点到家跟家人团聚。

　　大伙都叫着我一块出去转转。辛苦了一年下来，难得清闲几天，我也觉得这个提议非常好，毕竟来北京首都这么长时间，还真没有特意出去看看。大家最后一致同意我们几个先去一趟北京天安门广场看看。第二天一大早，我们早早到了天安门广场，看了一场升旗仪式，然后围着广场四处转了一圈。大伙玩得兴高采烈，有去照相的，也有追着老外看的，我一个人在广场上慢慢走着，望着庄重、威严的毛主席像，心生敬意。还有庄严肃穆的人民大会堂，在阳光的照耀下光彩夺目。想着自己今天站在祖国最核心的地方，内心无比的自豪。那一刻我就想，我一定要加油努力，以后为我们的祖国建设，贡献自己的一分力量。

那天大伙都玩得很开心，都说自己以后有条件了一定带着家里人来北京天安门看看。那天晚上我怎么也睡不着了，因为这个项目虽然是顺利完工交付了，可是春节一过怎么办？我这一大帮子兄弟得有活儿干啊，总不能过了年出来再现去找活儿啊。想着想着，我起来到工地门口的小卖部主动给王经理打了一个电话。在放假之前，王经理担心项目上有什么急事联系不到他，就把他家的座机电话号码给了我，说有急事的时候打这个电话。我按照号码拨了过去，王经理问我是不是现场出了什么事儿，我连忙解释一切正常，没事没事。就是想问一下，春节后咱们公司有没有新的项目开工。王经理一听我说这个，顿了一会儿，跟我说，年后公司确实有一个项目还不小，是个商业综合体项目，问我能不能做。其实在此之前我确实没有怎么接触过这方面，因为之前一直接触的都是住宅项目，但是我对王经理说我想试试。王经理说这事他跟公司内部沟通一下，如果没问题的话，这两天给我信儿。

腊月二十七那天，我带着几个工人把库房盘点了一遍，上了锁，然后又跟我们的安全员一起检查了一下现场宿舍，看看有没有电源没有关闭。检查完这些之后，我把过年回家要带的东西都准备了一番，计划明天一早跟着大伙儿一起出发，回家过年！

到了晚上，大伙提议聚一聚，我觉得这个提议非常好，我便让厨房的师傅买了些菜，又把安兴旺还有他们几个带班一起叫了过来，毕竟大家在一个项目上干了一年，还没有好好聚过。大家刚坐下来，我的呼机响了起来，我一看号码正是王经理家的座机号，会不会是上次我问的活有结果了？

我让大家先吃，我急忙跑到工地门口小卖部，用公用电话给王经理回了过去。电话那头刚接起来，就听王经理说："小谭，我跟公司推荐了一下，公司的几个领导对你平时的表现很满意，所以都同意把这个活给你做一部分。你可要好好干啊。"我一听到这个消息，当时别提有多开心了，当即向王经理表示，一定圆满完成任务，绝不辜负领导们的期望！王经理说这个项目不是由他负责，而是公司安排的另一个姓徐的项目经理负责，最后王经理让我记下了一个电话，说让我过了年后提前跟他联系。

我听王经理说这个项目有十几栋楼，由于工程面积比较大，年后尽量多带人上来。这次开工与往年不同。可能会提前开工。项目部计划春节一过就开工，所以一定要提前准备好人员。挂电话前，我再次感谢了王经理给我争取了这次机会。

我兴高采烈地跑回了宿舍，把这个好消息跟大伙说了。大伙都非常开心，他们知道，这意味着明年可以继续有活干了。

上次买票的时候就跟安兴旺约好了一块回家，二十八这天，我们一块上了火车。眼下赶上春运高峰期，车厢里早已是拥挤不堪，好在我们的车票买的早有座。我们望着车窗外，那飞快过往的景象，仿佛时光穿梭，一切都在飞快地流逝。望着窗外远处一条条飞过的田间地垄，就如同我走过的沟沟坎坎，这几年一路走过的经历不由得在脑海中浮现，感慨万千。这次回家的路上，有兴旺和十几个身边的工友相伴，时间就过得快多了。一路上我们有说有笑，谈笑风生，一会儿回顾自己的经历，一会儿又畅想着自己的未来。

村里的乡亲们早就接到消息我们今天到家，好些人已经站在村口张望等候自家的亲人了。我老远就看见了母亲站在人群里向这边望着，我急忙跑到前头，母亲看见了我脸上泛起久违的笑容。儿行千里母担忧，现在看见儿子回来了，我能感觉到母亲是打心里高兴。

跟母亲简单说了几句，我又回过头跟一旁的街坊和乡亲们挨个打着招呼，他们对我特别热情，一直给我递烟，感谢我带着他们的家人赚到了钱，还把他们都平平安安地带回来。我说这都是我应该做的，只要大家伙愿意，明年再一起出去。大家都表示非常乐意。

我一进家门，连饭都顾不上吃，便掏出写得密密麻麻的记工本，把工人的工钱又仔细地核对了两遍，然后让三弟双朋去工友家挨家通知了一遍，让他们明天吃过早饭就来我家领工钱。

吃过晚饭，我从我的背包里拿出一个用线绳捆着的大纸包，里面是码得整齐的几万元现金。母亲一看这么多钱，非常的惊讶，问我哪来的这么多钱，咱可不能做违法乱纪的事儿。我跟母亲解释道："娘，踏实收着吧，这是儿子包工程规规矩矩挣来的，放心用，不要舍不得花，儿子还能挣，多吃点好的，补补身子，把咱家房子也翻盖一下。"母亲放了心，满意地点了点头。问我这一年在外面一定受了不少的苦。我说在外面都挺好的，让母亲不要挂念。

这才一年时间没见面，母亲的两鬓又添了不少白发。想想母亲苦了大半辈子了，舍不得吃，舍不得穿，心里一直过意不去。如今我也能赚钱了，也该让母亲跟着我享享清福了。从我记事起，家里就是这三间土房，20多年了都没有变过样。如今妹妹和弟弟眼看着长大了，妹妹要嫁人，弟弟要提亲，家里也该整修一下了。我跟母亲商量着，这大过年的，能不能把咱们家的大肥猪杀了，我要用。母亲当时就同意了，还让父亲一早去把村子里的屠户叫过来帮忙。

第二天一大早，母亲知道工人们要过来，就早早起来，把院子打扫得干干净净的，等候乡亲们来领取他们的工钱。

父亲在院子中央搭起一张案板，接着又喊来几个邻居还有屠户过来帮忙，忙乎一早上把家里养的那头200多斤的肥猪给杀了，母亲在屋里烧着开水，院子里忙忙乎乎的，很有过年的气氛。没一会儿工夫屠户就把猪破肚开膛收拾好了，雪白的一头整猪，中间劈成了两大扇，置于案上。

时间差不多了，乡亲们也陆续赶了过来，很快就站满一院子的人。大家伙看到院子里的两大扇猪肉，都感到很是羡慕。在那些年，凡是自己家里养的猪都是直接卖了换钱，是舍不得杀了吃肉的。

其实杀这头猪是我回来的路上就打算好了的，毕竟乡亲们辛辛苦苦跟着我干了一年，多少我也要对乡亲们有所表示，把工资结了之后，打算另外一家再给分点过年的猪肉。

我让屠户把肉大致分了一下，又叫弟弟去市场买了十几箱白酒啥的。领完工资的人，每人再发给5斤猪肉加两瓶白酒，让他们高高兴兴地回去过年。

乡亲们说道："我们出去不也是为了挣钱，你不拖欠、不亏少我们的工钱，按时给我们就已经做得很好了，怎么还好意思让你这么破费。"

"是啊，双剑真是仁义啊，我们明年还跟着双剑干。"

"对对对，继续跟双剑干！"乡亲们连声响应。

小院子热热闹闹，我借着人都到齐了，就把明年的开工计划和安排跟大家伙简单说了一下，也是给他们心里交个底，不用担心明年没有活干。乡亲们听了过完年就能赚钱，都高兴得不得了，当时就报了名，答应年后一起出发。领了工钱后，满心欢喜地提着猪肉跟白酒回家过年去了，临走时还一再要求我一定要去他们家里吃年夜饭。

整整忙活了一个上午，总算是送走了最后一个工友。今天就是除夕，我们一家子也开始着手准备年夜饭了。母亲择菜，我在一旁帮忙，弟弟妹妹轮着烧火。香喷喷的菜肴，一盘接着一盘地出锅摆到桌上。我觉得只有一家人围在一起，团团圆圆的才是年。天色才刚刚见黑，村子里噼里啪啦的鞭炮声便开始响了起来。弟弟早就迫不及待地拎着我事先买好的鞭炮，挂在门外，跟父亲要了半支烟，点着了炮仗。妹妹则捂着耳朵，躲在屋里不敢出来，两个弟弟一脸开心地盯着鞭炮一颗一颗地落在地上炸开。

大年初一，新年的第一天，我早早起了床，走到院子里。鞭炮的硝烟还未散尽，残存的硫黄味钻入鼻孔，到处弥漫着年的味道，尤其那红红的鞭炮碎纸，铺满了院子地面，一副红红火火的吉祥喜庆景象，真是好兆头！我望着出村的那条路，默默地许下新年的心愿：希望明年多接点活，让更多乡亲们有钱赚！

第七章

新的征程

—— 按照老家的习俗，正月里家家都会走亲访友，我也带着新年礼品给长辈们拜年，其间我还特地去看望了村子里的几个贫困户和孤寡老人，给他们送了一些现金和生活用品，他们很多人也是从小看着我长大的，所以每次回来我都会去看望他们。

| 第一节. 遍地开花

按照老家的习俗，正月里家家都会走亲访友，我也带着新年礼品给长辈们拜年，其间我还特地去看望了村子里的几个贫困户和孤寡老人，给他们送了一些现金和生活用品，他们很多人也是从小看着我长大的，所以每次回来我都会去看望他们。陪伴家人的日子总是过得很快，时间一晃就到了正月初六，我到村儿里给北京的徐经理去了个电话，问了一下徐经理北京那边目标什么时候复工进场。徐经理当时的意思是越快越好，最好正月初九带着工人到北京，让我提前抓紧时间准备好工人，临出发前再给他回个电话。

那天我把兴旺还有几个工地上给我带班儿的工友都叫到了我们家，商量一下开始组织工人返京复工的事儿，我们把人数和名单基本确定了之后，我就让兴旺去县里租了一辆大巴车。那时候返京的车票也是非常难买，而且这么多人一起不是很方便，所以干脆就包了一辆车。下午的时候，兴旺把他叫来的人员名单交给了我，我把全部人数清点了一遍，我的加上兴旺组织的工人，加在一起也有几十个人了。因为有不少人是第一次出门，所以我又把大家叫到一起简单叮嘱了一下出门要注意的事项，还有我们的出发行程跟时间。当时我跟徐经理约定正月初九准时到北京，同时我也联系了老李、有财、吴叔他们几个，同一天到北京。

到了第二天，有我们村的和兴旺村儿的，还有附近几个村儿过来的工人，都早早到了村口等车的地点，联系好的大巴车也准时开到了村口儿。送行的乡亲们也来了不少，都拎着鸡蛋跟一些各式各样路上吃的东西。

我让兴旺安排大家伙儿，先把各自的行李放到车后边，一看时间也差不多了，开始让工人陆续上车。

母亲跟弟弟妹妹也过来了，我借着工人上车的工夫跟母亲说了会儿话，让她一定要保重身体，别不舍得花钱。母亲知道我脾气不好，性子比较急，叮嘱我在外面遇事要忍，在外面要以工作为重，不用惦记家里。跟母亲道了别，我是最后一个上的车，转过身的一瞬间我的眼睛就红了。车子发动了起来，缓缓地驶出村子，大家都把头伸出车窗，跟自己的家人挥手道别。车子走出很远，母亲跟妹妹还有乡亲们还在那里目送着我们。其实我知道母亲最放心不下的就是我什么时候成个家。

经过六七个小时的旅途颠簸，按照徐经理给我的地址，下午时候我们的车准时到了工地的大门口。我们一下车就被这个工地的场面所震撼。年前王经理确实跟我说过，这是一个很大的项目，但并没有透露这个项目过多的相关信息。

进入工地现场后，我第一时间先赶去项目部找徐经理报到，也是想把

我们准备的人员情况向他汇报一下。经过徐经理的介绍，我才知道我们参与的项目就是北京王府井东方广场项目。

对北京比较熟悉的朋友可能会有所了解，北京东方广场项目位于北京东长安街1号、王府井大街南口与东长安街交汇处，在当时算是亚洲最大的商业建筑群了，当年也是北京极力打造的全世界最大的商业步行街所规划的配套建筑了。

这么大的商业项目，包含了多个专业领域和使用功能，整个机电安装工程系统的工程量跟复杂程度可想而知，当时我非常激动，自己能参与这么大的项目。

在项目部人员的协调下，安顿好我们几十个人的食堂跟宿舍。当时考虑项目地点的特殊性和场地的局限性，所以施工现场不允许搭建临时生活区。北京建工三建公司就在北京近郊租了一块地，盖了几栋临时板房，用作工人宿舍，每天安排班车专门负责接送现场的工人上下班。

当时我们进场后，分给我们一部分商业裙楼和其中一栋楼的电气安装工程。这么大的工程体量对我来说确实是个挑战，而且又是商业综合体项目，当时徐经理也跟我说要做好随时增加人员的准备。

我们现场几个队伍的施工队长陪着徐经理跟几个主要管理人员，把工地大致转了一遍，做了一次现场实地勘察，回来后我马上和兴旺还有老李、有财、吴叔等人开了一个碰头会。我认为工期紧，动工快，对于我们来说是件好事儿，毕竟几十号人歇一天都是浪费不少的人工，再就是如果不能马上投入施工岗位，很多工人会按捺不住。经过我们几个人商量，把我们队伍的几十个人根据项目分区分成各个专业班组，每个班组安排一名现场带班儿，兴旺负责现场生产进度、人员调配，再由我负责整体协调与外围工作，双涛则负责材料供应和安全文明施工。

经过一番紧锣密鼓的布置，人员安排基本上没什么问题了。项目部工长通知我们去办公室领回了施工图纸，要我们回去抓紧看一下，明天一早准时到会议室参加公司召集的安全生产会议，还有图纸会审。我一瞧，这一大摞的图纸，可不少啊。我决定立即组织队伍里的精兵强将，加上我们三个，晚上加班加点必须看完，并列出其中可能存在的技术问题跟解决方案。

经过大家一夜的看图、审图，对全部图纸了解得差不多了。我看看外面，天色已经蒙蒙亮了。我仍没有睡意，倒了一杯开水，把每个人手上的稿纸记录的问题都搜集到一起，汇总并整理，以备明天一早的会议上用。我让兴旺带着他们几个去吃早饭，我又把图纸中的几个重点问题仔细核对了一遍。

简单吃了几口他们帮我带回来的早餐，我按时赶到项目部会议室参加会议，会议室非常宽敞也非常正规，项目部的管理人员全部到齐了，各个工种施工队的队长也都来了，同时与会的还有建工三建公司主要领导，以及建设单位代表和监理单位的代表，足见北京三建公司对这个项目的重视。徐经理首先对项目基本概况和各单位代表做了一下介绍，并对各个工种的施工任务和要求及诸多工作事项做了详细的部署。建设单位跟监理单位的代表也相继发言，主要是对我们进行提前鼓励和动员。各队伍的施工

队长也都要讲几句，包括对图纸上存在的问题与建议。有个别的队长似乎没有准备好，表达得有些含糊。等轮到我发言的时候，我就把昨天晚上将的图纸上的几处设计不合理的地方提了一下，并汇报了解决问题的方案，供项目部参考，并且表示一定完全服从项目部整体管理，积极配合项目各专业间的相互协调。

后来听徐经理告诉我，我那天在会上的表现非常专业，给甲方的领导留下了很好的印象。同时我提出的一些图纸上的问题，也受到领导们的重视。

那天散了会之后，我让兴旺叫来了工地的几个班组负责人一起开会，并把我在会议上记录的其他队伍发现的问题，进行传达和交底；同时对照着施工图纸向各班组带班分析了施工方案，要求现场每个带班人员对自己的工作内容要做到心中有数。

当时项目执行的建造质量标准是英（国）标和国际标准，各个专业完成的工作面必须做好不同颜色、不同功能的标记标识，管线横平竖直的精细程度等等，甚至卡尺的尺寸都不一样，都比我们的标准高，要求严，这是我们此前施工过程中从未遇到过的。不仅如此，工程的监理单位也是香港过来的一家项目管理公司，专业水平非常高，工作态度非常仔细认真，要求特别严格，当时我们对监理单位的一些验收标准还非常的不适应。

之前我们的队伍也陆陆续续干过几个大工地了，不能说我们的活儿非常优秀，但是比起一般的队伍来，还是说得过去的，每次完工后都会受到项目部的嘉奖。但是这次这个项目，确实是完全不一样的管理模式。

我们首先从做管、穿线开始做起，因为工期非常紧，现场每天都需要工人加班往前赶，而且每次完成一段区域就要申请监理单位进行现场验收。以前我们做管都是按照图纸测量过后，线管跟线盒按照距离尺寸排布，在观感上横平竖直基本上就能通过。但是这个项目完全不一样，监理验收的时候会精确到毫米。而且那个时候的穿线管要求用镀锌金属线管（KBG线管）套丝，甚至套丝的圈数，包括接头的地方外面留几圈，都有明确要求，两侧的接口必须对称，多一扣少一扣都不行。

后期穿线的时候，甩多少头儿，线的颜色和排布间距，线头的压接方式每样都不能有差错。监理还要求我们所有的管线设备回路必须做好标记走向，所有的管道必须刷漆。

只要任何一点一旦达不到对方的要求，就被要求返工重新做，而且拍照片发到公司的邮箱，等整改通过后，他们才会删掉照片，不然最后会从总包的工程款中进行罚款和扣除，没任何商量的余地。当时我们管这种方式叫"消相"。其实也并不是因为我们技术不过关，实在是因为当时我们的施工工艺和对方的验收标准区别太大，大家确实需要一个磨合适应的过程。

在这种管理模式下，我们当时的施工进度非常缓慢，以至于项目部也是每天催我们进度。当时不光是我们的队伍，很多其他的队伍也是很不习惯这种管理模式，大家都是干不出活儿来不说，还动不动就被要求返工，总是这样肯定直接影响我们的施工速度，产生过多的人工消耗。其实就当时来说，整个项目部也面临着前所未有的压力和挑战。

　　既然改变不了环境，那就要积极地适应环境。我一看这样下去肯定不行，就亲自带着工人上去，带着红外仪，打线做管，每个盒子距地跟墙的距离，精确到毫米，严格按照图纸精细测量。

　　就这样我们坚持了一段时间，活儿虽然没有以前干得快了，但是出来的效果确实不一样，最主要的是我们的活儿在监理单位那里验收通过了，这让我非常高兴。

　　因为当时北京王府井东方广场这个项目设计规划定位就非常高，所以整个建筑中采用了很多较为先进的技术工艺和设备，包括我们所参与的整个电气系统，其中的很多材料、设备也是从国外引进的。那个时候国内这种大型的商业综合体本身就屈指可数，所以很多施工单位对这些大型进口设备的安装工艺和技术要领并没有太多的经验。前期管线敷设的时候这种情况还不是很突出，到了工程后期，进入到设备安装阶段的时候，很多施工队伍打了退堂鼓，可能也是担心自己做不好，最后验收通不过。当时有几个设备机房并不在我们的承接范围内，但是项目部经过再三权衡，决定让我们接过来，并且让我们拿出一个可行的施工方案，需要报给监理审核通过之后才可以施工。其实当时我也没有太大的把握，这些年虽然也干了不少类似的工程，但是对于这种新型的进口设备跟新工艺我也是第一次。不过我很想尝试一下，毕竟也是一次学习锻炼的机会。

　　我也觉得这次是真的遇见难啃的骨头了。晚上下了班儿之后，我就把兴旺跟老吴、有财他们叫到一块儿，先仔细看了一遍图纸上的设计说明，然后一边从系统图开始捋，一边翻阅安装图集，各抒己见。我发现整个系统虽然复杂，但是与我们以往做过的机房中的技术原理还是有相似之处，只是其中的一些设备的参数有些弄不明白。好在那个时候兴旺的技术比较过硬，他比我更善于钻研技术。

经过一晚上的摸索有了一定的进展，但还是没有十足把握。第二天，我跟兴旺两个人专门去了一趟在北京的一个大型商场，这个商场虽然已经运营两年了，但是在这之前也算是规模不小的商业综合体了。正好兴旺又认识那边的物业人员，所以我们决定去实地看一下那里的机房，在那里整整待了一个下午，记录了很多关键部位的安装环节，收获确实不小。

从商场回来，我跟兴旺一块儿去找了总包机电工长，请教了几个主要的技术细节，回来之后，结合我们这两年的现场施工经验，认认真真地做了一个完整的施工方案，递交给了总包那边。两天以后，我们接到项目部通知，施工方案通过了，可以着手施工了。当时我们几个非常兴奋，当天组织技术骨干人员开始施工，为了保证施工质量跟进度，我亲自在机房盯现场，兴旺来负责技术，并且每天进行两次现场安全技术交底，保证所有的设备、基础、控制箱、管线等每一处细节全部按照图纸和规范施工。经过十几天的努力，整个机房仅两次验收便通过了，当时整个项目部和现场的几个施工队伍对我们的队伍都非常赞许。

后来现场每到遇见技术难点跟技术攻关，大部分都由我们的队伍来完成。经过这个项目，也让我看到了兴旺的专业技术确实过硬，这让我非常敬佩。

那个时候工期越到后面压得越紧，现场基本上24小时连续不停施工，很多队伍都扛不住了，不少工人半路就跑了。我们当时也感到了前所未有的压力。有一天在项目部的生产例会上，项目部领导要求我们几个现场的队伍，每支队伍必须在三天之内再增加50人，如果谁的人在规定时间内不到位就自己撤场。当时在会上就有两个队伍表示没人，结果直接被项目经理给轰出去了。那个时候的现场情况，确实非常急，建设单位每天好几遍催总包那头的进度，总包就只能给我们各个施工队施加压力。我当时一想，进场之前咱就表过态，一切服从项目部的管理，既然说了就要做到。

散会之后，我跟兴旺简单商量一下，兵分两路，抓紧时间打电话联系老家那头的工人。那时候为了工作方便，我跟兴旺两个人每人买了一部手机。我们同时又发动现场的工人，各自联系自己以前的工友过来。那时候老家很多出来干过活的都听说我在北京干得还可以，而且比较讲信用，所以老家那边一听说是我在招工人，就有很多人愿意过来跟着我干。仅用了两天的时间，联系到的工人全部加在一起大概到了70多人，其中很多人连夜坐车往工地上赶，第三天一早，到达工地的就有60多人，剩下的人在后面几天也陆陆续续赶到了现场。

当时现场我们的工人已经达到了100多人，是人数最多的一支队伍，所以项目部安排给我们的工作面也跟着越来越多。队伍大了，在管理上难度就更大，再加上抢工，安全隐患就会多。我跟几个带班儿每天开会，着重交代现场一定要注意安全，狠抓质量，保证进度。后来现场的生产会我都让兴旺去，自己就盯着现场，每天一遍又一遍地转现场，抓进度。

最后，我们所承接的整个电气系统从整体设备调试、运行、验收到工程的最终竣工交付，都非常顺利，而且我们参与的这个项目还获得了鲁班奖。在竣工大会上，徐经理对我们和另外两支表现突出的队伍提出了表扬。

通过这个项目，我们也慢慢地适应了现场的管理。那个时候我体会到，其实严格的现场管理不但让我们更加规范，也锻炼了我们的技术和成长，这让我们的队伍有了更大的进步和升华，而这也正是我们最大的收获。

后来经过徐经理的介绍，我们又同时承接了几个工程，我跟兴旺把现场的工人平均分到了各个项目上。

︱第二节. 惨痛的教训

　　每个工地都在井然有序地进行着，看样子今年的整体形势一片大好。如果继续这样进展下去，年底前竣工回款不成问题。我一边看着每个月的进度月报，一边畅想着队伍美好的发展前景，多少有些沾沾自喜。

　　当时我们承接的一个工地上有一支土建施工队，施工队长姓李，40多岁年纪，人都称呼他李队长，是个四川人，每天穿着一件皮夹克，褐色的尖头皮鞋擦得发亮，根本看不出是干工地的。我与他偶尔也在工地碰过几回面，多数是在项目部生产会上，谈不上多熟，所以对他的了解也不多，也就是碰了面相互打个招呼。

　　在项目上我也听别人说起过他，他的父亲就是承包工程起的家，做了很多年了，早些年的时候包工程比较赚钱，所以也积攒了殷实的家底。家里的生活条件好了，他父亲想让他去读大学，可是他自小就不喜欢念书，经常在学校打架。到了中学后，因身上时常有零花钱，就交上了一些社会上的小混混，慢慢地在社会上干一些偷鸡摸狗、打架斗殴的事，最后被学校给开除了。没法上学了；就开始跟着父亲在建筑工地上混，虽然也学会了一些活儿，但是一直不务正业。随着父亲也年纪大了，他就慢慢接过了父亲的班儿，带起了施工队伍，做起了施工队长。

虽然是小时候不务正业，但毕竟那是他小时候的事，我觉得这么多年过去了，人总是会成熟起来，而且能把队伍带起来也算可以了，所以开始的时候我对他并没有什么偏见，每次和他碰面我还是很客气，李队长也非常热情，帮了我们不少忙。

因为当时的项目工期不紧，正常施工就能保证进度，我没什么事就在现场转。那天中午，我一个中学同学王强不知道怎么打听到了工地上，找到了我。上学的时候因为关系一直不错，所以一直以兄弟相称，因为辍学后就各奔东西，这些年各忙各的也没怎么联系。

好兄弟这么多年来一直联系不上，如今在外地相遇，让我非常开心，一阵寒暄，我带他到了办公室，那时候大一点的施工队伍基本上会分给一间小办公室。我沏了一壶茶，我们一边喝着茶，一边聊着，我问他发展得好不好，怎么想到来北京了。我听他说完自己的经历，才知道他过得也并不怎么好，从深圳回来快半年了，因为一直赚不到钱，连女朋友也跟他分了。一连几个月在家里没事情干，闲得发慌，听老家的人说我在北京干得不错，就跑来北京找我来了。

"没事兄弟，只要你不嫌弃我这里的活儿又脏又累，你就踏踏实实地跟着我在这里干，有我的就有你的。"我一边说着，一边想起在乡里上中学时，他常从家里带一些好吃的跟我分享，而且每次打架都会第一个帮

我。我这人从来不忘别人对我的好，现如今我也有自己的事业了，也想帮他一把，这也是人之常情。

就这样，我让王强在我这里安顿了下来。因为他人比较聪明，脑子又活，而且又在外面见过世面，所以我并没有安排他在工地上直接干活，而是让他跟我在外面跑跑业务和做一些项目外围的工作。有时他也能帮我负责一些场面上的应酬。王强的接受能力很强，没用多长时间就熟悉了建筑行业做工程的一套东西。但我也注意到，他和李队长两个人走得很近，常被李队长邀去喝茶吃饭。我想可能都是富家子弟出身吧，有共同语言也很正常。

"李队长以后可能不做工程这行了。"有一天王强告诉我。

"为什么不干了，不是干得还行吗？"我疑惑地问道。

"听说他刚开了一家房地产公司，正在运作一个大项目。公司地址在国贸大厦附近，长安街上，北京顶级的黄金地段。"

"那他的施工队呢，谁来带？"

"他说已经交给他的一个堂弟了，是他父亲安排的。"王强说道。

"人家有这个能力，能干大项目也是好事。"我回应着。

这话说完也就过去了，当时我并没有太放在心上。

有一天快下班的时候，我临时有个急事要找王强替我出去跑一趟，可哪儿都没找着他，手机打不通。后来有人告诉我，看到他和李队长一起走了，在工地门口上了一辆黑色的轿车。

我等了又等，一直到半夜以后王强才回来，还穿着那件他在深圳的酒吧做领班时的西服，看样子喝了不少酒。我问他干什么去了，怎么这么晚才回来。他说跟李队长去了夜总会。接着就跟我说李队长的项目怎么怎么大，现在马上就快要办成了。又说今晚在夜总会，跟李队长一起玩的几个人都是大老板，从他们的交谈中，可以听出李队长的项目有鼻子有眼，应该是真的。

我以为王强跟我一直提李队长，是不是想过去跟着一块发展，就直接对他说："兄弟，如果你觉得李队长干得不错，有心想去跟他干，就跟哥哥说一声，没事的。哥不会阻拦，谁会拦着自己的兄弟往好处奔呢。"

听我这样一说，王强顿时急了："哥你误会了！"他说："我之所以跟李队长来往，确实是冲着他有这么好的项目，但我并不是想去跟他干，我是想他能拉着你一起干。这次我来北京找你，你够兄弟义气，二话没说就留下了我，还不叫我去干苦活，体体面面地跟着你。但是一段时间以来，我也没干出什么成绩，我这是想为哥你争取个发展的机会。你可不能把我往那方面想啊，兄弟咱可不是那种人。"

王强的一番话真心打动了我，我也认真地对他说："谢谢你的好意，兄弟！我还是那句话：'有我的，就有你的。'谁让咱们是兄弟呢，你就踏踏实实跟着我干！"

后来我就想，这人最怕的就是好高骛远，急于求成，而不脚踏实地地从自己的实际出发做自己的事。如果不是自己的心思动摇，起了贪念，怎么会惹祸上身！

终于有一天，王强兴冲冲地跑来告诉我，李队长想约我抽空到他的公

司去坐坐，如果有兴趣，可以和他谈谈一起合作的事，说不定这也是一次机会呢。

我听了也有些心动，心想，过去看看应该没啥问题吧，在社会上闯荡，多交几个朋友不是坏事。于是就找了一个时间，和王强一起去了李队长的公司。

刚一到那就看见一间宽敞的大办公室果然豪华气派，进到里面，也就不知不觉地对李队长改口称呼起"李总"来。漂亮的女秘书上过茶后走出房间，我们就开始聊了起来。

李总把他的大项目聊得言之凿凿，聊的过程中还打开他那足有半米多高的保险柜，拿出一份像一本薄书一样的合同和他公司的营业执照给我看。合同我也没细看，看也看不太懂，但营业执照上的法定代表人，正是眼前的这位李总。注册资金也着实让我惊讶，我一看这个李总果然很有实力，所以对王强先前给我说的那些话深信不疑。

李队长接着跟我聊起"资本运作""以小博大"的经商之道，还跟我说什么是"杠杆效应"什么的，聊着聊着话锋一转，说现在正好有一个机会，如果能投一笔钱进去运作，到年底之前就能翻一倍出来，这是因为我是王强介绍过来的，他才跟我讲，一般人他是不会给这个机会的。

李总一番话说得我心动，恰巧当时我的卡上确实存了一点儿钱，因为之前的几个工地的活都完工了，陆续回来了几笔劳务费，准备年底工程都完了一块给工人发工资。如果现在拿出来周转几个月，年底之前收回来，也不会有什么影响。即使没有李总说得赚那么多钱，能少赚一点也不错啊。虽然那个时候我没有马上答应他，但是心里已经掉进去了，而我还浑然不知。

当时我正思量着，屋里的扩音器传来隔壁房间女秘书的声音："李总，土地规划局领导的电话。"

李队长在他办公桌上的电话机上按了一下，就拿起电话听筒，很恭敬地和土地规划局领导聊着。从他们的通话中，能隐隐约约地听出他刚说的那个资本运作的事，果然确有其事，还真是个大项目。

这让我对李总的生财之道更加深信不疑，我当即下定决心，和李队长合作一次。我把目光转向王强，他也正好向我看过来，我们对视了一下心领神会。

回到工地，我就开始着手准备资金，把自己卡上的全部拿出来，又从外面借了一点，凑了个整数。第二天一早，我带着10万元到了李总办公室，一手递过钱，一边说道："李总，您看准备的钱不多，别介意。但是确实是我的全部了。"李总接过钱后略带不屑地往办公桌上一撇，话语里的意思是他并不缺这点儿钱，只是觉得我是个不错的朋友，带着我一起玩玩，有钱大伙儿一起赚嘛。为了对李总表示感谢，我打算邀请他出去一起吃个饭，但他以事忙为由谢绝了，要我回去耐心地等他的好消息就行了。

说话间年底就要到了，我开始满心惦记着工人发工资的事儿，天天盼着李队长那边传来好消息，中间也给他打过几次电话，每次他都说快了快了，资金马上就会到位了，这种事不能急让我再耐心等等。

这天，李总还真的来电话了，我心中一喜，以为好事来了。不料李总却说，钱马上连本带利就会回来，不过现在仍需一笔应急资金，要我再凑几万，直接打到他的银行卡上。我一听，脑袋轰的一下，莫非我被骗了？不应该呀，如果是李队长骗钱，骗到10万就可以消失了呀，怎么还会来要钱？也许是真要应急救场？我只好再次回去筹钱，手里是没有现金了，我又去找几个也是包点小活的朋友借了点，好不容易又凑了5万，就去银行给他转账，刚好赶上银行下班，我怕耽误那边的事儿，便提着5万现金，直接去李队长的公司办公室，打算当面交给他，顺便再详细问问情况。

不来还好，当我来到李队长的办公室时，一下子傻了眼。他那间豪华的办公室依然还是原样，只是主人已经换了别人。仔细打听才知道，这个"李总"早从这里不告而别，已经半个多月了，因为还欠着房租，房东只好扣押了他的办公设备，把房间转租了别人。

我急忙打李队长的手机，对方提示已关机。我又赶回到工地再找王强，王强也不知所踪。我那会儿真的蒙了，心情一下子跌入了深渊。

难道是王强？我的好兄弟和李队长合伙骗我？事后我才了解到，王强确实不是有意骗我，这个事他也是信以为真。确实如他那次所说，想帮我做成一桩大生意表现一下自己，当他得知我们被李队长骗了不少钱，觉得自己没有脸面见我，就不辞而别了。此后，他又去了深圳，和几个原来认识的狐朋狗友形成一个小团伙儿干起了非法勾当，还说赚到了赔我的钱就收手，结果赶上了公安机关严打，被抓了进去，判了刑送进了监狱。

通过这件事给了我一次惨痛的教训，让我更清醒地认识到，不论做什么事都没有捷径可走，一定要踏踏实实，不能急于求成，急功近利。那段日子我不知道自己是怎么挺过来的，工地上的事都交给兴旺他们顶着，我就一蹶不振在宿舍闷着。

真是好事不出门，坏事传千里，我被骗了钱的事儿很快就被传得尽人皆知。眼看到年底了，工人们担心我被骗了钱发不出工钱，仨一群俩一伙，为这件事议论纷纷。我也没心思干别的了，多数时间是在宿舍里发呆。一天，一群工友把我围在宿舍里，要我给个说法，究竟发得了工钱发不了工钱，越说越激动。兴旺还有双涛都怕影响不好，极力把工人们陆续劝走。我已经想了好几天了，这个事情不能再拖下去了，我一咬牙，去找了我的领导徐经理。

徐经理听我说完了事情的来龙去脉，便劝我看开一点，该报警还是要报警。我心里清楚，眼下手上的工程还没有全部做完，还不到结算劳务费的时候，所以打算到徐经理这里提前支取一些工程质保金。

徐经理沉默了好一会儿，让我心里忐忑不安，我知道这事确实让人家为难了，毕竟人家是个企业，有自己的规章制度，而且上面还有公司的大领导。

"这样吧，"徐经理终于开了口，"质保金估计够呛，我有一个朋友租了一层写字楼打算装修，托我给介绍个好点的装修队伍，包工包料，但是给了固定单价。我给你个电话，你联系一下，可以去看看，如果能拿下这个活儿，进场就会有20%的预付款。"徐经理一边说着，一边递给了我一份图纸。

　　我一看这可真是雪中送炭的好机会。我们这两年也接过家装的水电活，虽然家装不是很擅长，但是组织好人力，干下来应该没什么问题。回到工地后，我们几个人一商量，这个价格能干。第二天一早，我到业主那里签了合同。这次幸好有徐经理的帮忙，我才度过了危机。我拿着那个项目20%的预付款，顺利地把工人工资都发了下去，心里的石头总算是落地了。

　　后来回想起来，那个时候自己还是太年轻了。虽然在工地上摸爬滚打的也有了几个年头儿了，但是我的社会经验尚浅，对于一些事情还缺少辨别能力。再有一点就是自己当时确实是有些贪心了，人如果没有贪念，就不会让骗子有可乘之机，也不会让自己遭此一劫。所以说不论做任何事情，一定还是要脚踏实地才行。

第三节. 人间正道是沧桑

　　经过上次的教训，我重新整理自己的思绪，反思自己的人生观和价值观，全身心地投入到一线工作当中。回想这几年一直在工地上跑，只顾着往前赶，忽略了自身的学习跟总结。慢慢地，我开始在不忙的时候尽量看些书籍，扩宽自己的视野。都说多阅读能塑造人心性，所以我买了很多励志的书籍。有句话说得很好，有时候人就是越努力越幸运，没过多久，一个新的项目就下来了。

　　位于北京西城区的北京友谊医院项目，我们当时承接的是整个项目的全部电气安装工程。当时我们其他几个项目都是兴旺他们几个在负责，所以友谊医院这个项目是我亲自主抓。从前期的进场对接、图纸会审、技术方案，到现场人员、机具、材料等等。很多人当时也不理解，那个时候我们已经同时干着几个项目了，而且也基本按部就班地步入正轨，为何这个项目我还要这么拼。其实我自己心里很清楚，经过这段时间的总结，回想起之前我一个人刚来到北京的时候，那个时候什么都没有，睡桥洞、捡废

品都没有放弃，只有一门心思的努力。后来工作渐渐有了起色，有了规模，反而迷失了自己的人生方向，这是让我未曾预料的，不得不让我警醒。我觉得自己就适合在施工一线上，才能找到自己的位置，证明自己的价值，踏踏实实地把现场抓好才是我的本职。

经历了那么多有难度的项目，都一路坚持了过来，确实很不容易，但是我们也积累了很多宝贵的现场经验，所以友谊医院这个项目，前期进展还是很顺利的。因为我们是整个电气系统的大包，而且这个项目要求做完整的施工资料，现场的中层管理人员明显有些不够用，其他项目上的管理人员都是一个萝卜一个坑儿，暂时调不过来，施工现场很多方方面面的事儿都是我自己跑。这时我把家里的三弟双朋还有我的妹夫宗金虎叫了过来帮我，刚来的时候他们也是不太适应，没有什么现场经验，我就带着在身边手把手地教他们。三弟从小就机灵，学东西很快，小虎从小就会焊工活，焊出来的活儿很精细。后来小虎说喜欢做预算，我就教他预算，其实我那时候对预算也是一知半解，都是这几年接触的多点儿。因为项目需要，后来我又让小虎专门去学了资料员和预算员。一段时间后，他们进步都很快，渐渐地也都能帮我负责现场的一些事儿，帮我分担了不少工作。

虽然这几年电气工程干了确实不少，但是像这种医院项目却是头一个。与其他的住宅、商业综合体不太一样，因为医院的仪器、医疗设备和使用功能比较多，分项的小系统很多，所以里面的管线种类也特别多。我们每隔两天就会夜里加班审图，把里面的难点、疑点整理一遍，白天去项目部碰技术，对于一些设备的功能使用问题，有时候也会咨询一些医院里的医护人员。医院的电气和设备的使用都是用来治病救人的，所以容不得半点马虎。我经常把施工完的区域，拿着图纸到现场再对一遍，回来后我再一遍一遍地看设计规范。

通常一个项目到了中间段的时候，基本就到了抢工的高峰期了，那时候我们基本上达到了60多人，按照当时的建筑面积，没考虑工程量这么大，可以说单拿出来一层的工程量就能顶上平时住宅三层的工程量。后来建设单位又要求提前完工交付使用，让我们有些措手不及，最后我又陆续从其他工地上抽调一部分工人，加上现有的人员达到近百号人连续加班加点抢工，最后总算是把工期赶了出来。

项目进展到了后期的时候，我们又陆续承接了北京远洋新干线和远洋山水项目，主要也是电气安装工程。

| 第四节. 十年铸剑，参建鸟巢

2002年10月25日，受北京市人民政府和第二十九届奥运会组委会授权，北京市规划委员会面向全球征集2008年奥运会主体育场——中国国家体育场的建筑概念设计方案。2003年12月24日上午9时15分"鸟巢"破土动工，如此规模的重点工程受到国内外的高度关注。

一时间，现场项目部门庭若市，当时很多的施工队伍纷纷找到项目部要活儿，有的还直接通过各种关系去找总包公司的各个部门领导，希望自己能分包一部分工程。当时我们也是跟大部分队伍一样的想法，非常希望有机会能够参与到奥运场馆的建设项目之中，为祖国奥运事业尽一分力。对于我们的祖国来说，能圆"百年奥运之梦"多么难得，我当时就想如果我们的施工队伍能参与奥运主场馆"鸟巢"的建设，该是一件多么荣耀的事。

当时我并没有像其他队伍一样，急着去找项目部要活儿，虽然我那个时候也认识了很多公司领导，但我更想靠自己的实力，通过正常的渠道去争取机会。而且我觉得这么重要的项目一定要先做好充分的准备才行，并且一定要把质量放在首位，不能考虑利益得失。虽然我没有直接去项目部，但是我一直关注着项目的进展。

有一天，王经理给我来了个电话，主要是前面几个项目的事儿，接着又简单聊了几句，后来聊到这个项目的时候，他听说我还没有去找项目部，就建议我应该去试试，主动一点也没什么不好。但我还是想等着公司那边的安排。没过几天，徐经理也给我来了电话说："小谭你怎么没去找项目部啊？可以去争取一下，我听说项目部早就把你们的队伍考虑进去了。"后来我才得知，项目领导确实有意让我们队伍参与一部分奥运场馆的建设，也是鉴于我们队伍在以往承接的重要工程中，尤其是参与东方广场项目建设时的优异表现，既能克服困难，也能打硬仗，给他们留下了很好的印象。

我正在犹豫要不要听取徐经理他们的建议，主动去一趟项目部，这时候却接到了一个陌生电话，电话里面直接叫出了我的名字："你好，是谭双剑吗？我们是国家体育场项目部的，领导让我通知你明天上午9点过来现场一趟。"我刚应了一声后，对方便挂了电话。当时我心里非常激动，感觉八成是机会来了，但是又不敢断定。

我做了一番准备后，第二天一大早，提前到了项目部。尽管我到得很早，门口已经挤了很多人，一个一个地出来进去，我就在一旁等着，人都走得差不多了，里面的推开门喊道："谁是谭双剑啊，来了吗？"

"是我，领导。"

"嗯，进来吧。"

我一进屋，办公桌对面坐着一人，很威严，刚才在门口就听说他就是这个项目的经理。他示意我在他的对面坐下来，开口便说道："你就是谭双剑啊？"

"是的，领导。"我回应着。

"你们的队伍我听说了些，好几个项目的负责人跟我推荐过你，怎么样，想不想参与啊？"

"我想参与，希望项目上能给我们这次机会，我们一定百分之百投入自己的全部精力，集中最优质的技术力量把这个工程干好，不让您失望。"我跟领导保证着。这次的见面，让项目经理很满意，并且在出门的时候还说，别的队伍一来张口就问价格的事，都说这是国家项目，希望价格能给高一点儿，唯独我从头到尾没有提过价钱的事儿，让他很感动，说我是个干实事儿的人。

那天出了项目经理的办公室，机电工长随后给了我一套施工图纸，让我回去抓紧把预算报过来。

回去后，我立即组织自己的精兵强将，拼了几张桌子摆在屋子中间，把图纸摊在上面连夜扒图抽量。图纸特别大，系统也多，内容比较复杂。那个时候不像现在，很多招标单位都会有工程量清单，我们那个时候完全看着图纸用比例尺手动算量，然后用计算器加到一起，再上机套预算。为了保证工作效率，我还专门买了一台高配置的笔记本电脑和广联达预算软件，专门用来做施工预算。整个技术标、商务标由兴旺来主抓。那几天时间里，我们几个憋在房间里面，饿了叫盒饭，渴了喝桶装水，基本上不离地方，连上了岁数的吴叔都咬着牙关坚持着挺了过来。最后，我们把技术标跟施工预算打印出来，装订成册，并准备好了电子版。在把施工预算交给项目部之前，我仍不放心，又把它从头至尾一点一点过了一遍，确保无误后才把标书交到了项目部。

机会总是留给有能力有准备的人。依靠着多年来积攒的现场施工经验和认真负责的工作态度，我们通过实际行动再一次证明了自己。2004年我们的队伍通过重重考核，在众多施工队伍中脱颖而出，无论从技术方案，还是预算报价，以及施工业绩都是名列前茅，最终成功中标承接了奥运会主会场"鸟巢"1/3（约8万平方米左右）电气工程，为自己争取到宝贵的机遇，荣幸地参与了奥运会工程建设。

像"鸟巢"工程这种巨大的国家体育项目，对当时国内的整个建筑行业来说，无论从规模还是技术，都是一次前所未有的考验。之前我们国家除了承办一届亚运会之外，也是没有先例。所以，干这样的工程，从上到下的压力都特别大。我记得当时光是图纸就特别烦琐，像蜘蛛网一样。设备种类繁多，线路错综复杂。所以我们在施工过程中，真是小心谨慎，如履薄冰，宁可多问，也不敢擅作主张，任何图纸及现场技术问题，必须及时沟通，并在生产会上提出。项目部那里，我每天不知多少趟地拿着图纸往返，负责我们专业的工长更是每天在现在盯着，寸步不离，现场面临的压力与难度可想而知。

工程监理那边的要求和标准更是近乎苛刻，必须在每一个节点叫他来验收和旁站，几乎跟当年的东方广场项目监理不相上下。也是天天在现场转，你常常不知道什么时候，他就在你身后看着你干活儿。其实我们在每次报验之前，我们自己先把活儿认真验过一遍，确定没有问题才叫监理过来，即使做到这样也是会经常被要求整改。监理每次都拿着图纸，一个盒子一个盒子地核对点位；拿着尺子，一寸一寸地测量，不允许出现一丝一毫的偏差。有的时候要求现场立即整改，而且他就在边上盯着。

为了保证工期使项目如期交付，现场每天24小时昼夜不停，项目部要求每个专业工种必须交叉作业，流水作业。就算遇上雨天，现场也不能停工。每天数台大型机械发出轰鸣的声音，罐车排着长队陆陆续续驶入工地现场，大型探照灯把整个施工现场照得通亮。施工现场的敲打、切割、焊接、打磨多种声音汇成一片，这也是我进入建筑行业以来第一次见过的抢工场景。当时上面交给我的任务就是，必须保证不能影响后面工序的进行，及时腾出后续工作面儿，谁负责的区域出现问题谁负责。这对我们来说面临着极大的人力挑战。除了上厕所，我几乎一刻不离开施工现场，生怕发生一点意外情况，都担不起这个责任。在长达三年多的建设过程中，我基本上是吃住在"鸟巢"工地，手里其他的工地都由兴旺跟几个专业工长负责，而我把全部精力都放在"鸟巢"这边。

"鸟巢"工程于2003年12月24日举行开工奠基仪式，2007年建成并投入试运行。

2007年年底，整个项目全部完工。至此，"鸟巢"国家体育场的诞生与兴建完成已走过了四年漫长的风雨历程。

2008年1月28日，鸟巢的安装调试工程接近尾声。当日晚间，鸟巢钢结构照明首次点亮。

2008年6月28日正式宣告竣工。

2008年7月16日，鸟巢夜景照明系统举行竣工后的正式彩排。

2008年8月8日，举世瞩目的北京奥运会开幕式盛大隆重地举行。

每当"鸟巢"体育场一次次在苍穹夜幕下绽放光明，夺星汉之辉芒时，尤其是奥运开幕式鸟巢华灯璀璨、夜空上焰火溢彩时，我都会感慨万千，不由地想起那些个为"鸟巢"建设工程付出的日日夜夜，感慨当年我从厢红旗小工地走到参与"鸟巢"建设的整个坎坷历程，感慨我曾在某个深夜的桥洞里近乎绝望地仰望星空，人生的命运竟是如此波澜起伏，道路亦是千回百转。

就在"鸟巢"首次亮灯的那一刻，我流下了激动的泪水。那每一滴泪水中，掺杂了这三年走过的辛酸和艰难，也包含着多少荣誉与自豪。而最让我遗憾的是，在我们参与"鸟巢"建设过程中，我的母亲病重离世了。

随后紧接着我们又参与了国家商务部大楼的建设，做的也是电气安装工程。工程进展到后期，我们又连续参与了奥运会合作酒店北京励骏酒店的建设。励骏酒店是2008年北京奥运会的配套项目，当时是由澳门企业家投资兴建。酒店地上17层，地下3层，总建筑面积11万多平方米，也是集酒店、服务式公寓和住宅楼为一体的综合项目。我的施工队伍承揽了其中的弱电结构预留预埋、电气装修动力系统、酒店照明系统、住宅弱电系统等。

参建这个项目所面临的最大考验就是敷设电缆那段时间，也是一次实力跟毅力的挑战。总包要求将直径为185—240毫米的5万余米电缆一个月内完成敷设、压接，在规定时间内必须送电。当时现场施工条件状况极为复杂，为了保障工期，很多工种又交叉作业，这无疑也增加了施工难度。到底能不能赶在工期内完成，项目部也都为我们捏着一把汗。我及时调整人员安排，从其他项目临时调集过来一批工人，现场分为两组人马，24小时不停两班倒，饭就在现场吃，除了上厕所，谁都不能离开现场，包括我在内。在电缆敷设的时候，我亲自带队上阵，几十个人抱着粗重的电缆，喊着统一的号子，连拉带拽带推，往竖井跟线槽里送。工人们连续几天喊号子，嗓子都喊哑了，很多人手上都磨出了血泡。最后，我们只用了20天的时间，就安全保质地完成了敷设电缆的工作，提前送电。通过这个项目，再一次体现了我们的队伍敢打硬仗、能打胜仗的优良作风。

2007年，也就是在做励骏酒店项目的过程中，北京建工授予我们施工队为"青年突击队"荣誉称号并为我们颁授队旗。还在我们10余支外施队伍中，开展劳动竞赛和星级达标管理活动，我的施工队被评为"五星级优秀外施队"，成为两支五星级外施队伍中的一支。此后，我的施工队伍就在"青年突击队"的队旗下，为北京建工承揽的工程项目冲锋陷阵，完成了一项项艰巨的任务。当然，这些都离不开北京建工的培养和关怀。

| 第五节. 母亲离世

在我刚记事儿的时候，母亲身体状况就一直不太好，因为终年操心劳累，照顾着这个家，有好几次在地里正干着活儿就晕倒了。那时候的医疗相对落后，加上母亲又舍不得花钱去医院检查，所以就这么一直拖着。每次一犯病时，歇过一小会儿总能自己缓过来，醒来之后又跟没事人儿一样，全家渐渐也就放松了警惕，以为也就是个血压高什么的。后来我能赚钱了，有几次打算接母亲到北京的大医院彻底检查一下，可是她总是坚持不肯来，说自己没事，就是累的，休息一下就没了。我知道母亲是舍不得花钱，也担心打扰我的工作。当时因为工地上的事儿也多，所以我也就没再坚持。后来在工作中间不忙的时候，我给家里去过电话，让母亲来北京待段日子，可母亲每次来了也只是匆匆忙忙住上几天就回去了，一是怕耽误我的工作，二是也放心不下家里的农活儿。

回家才听妹妹跟我说起，我在北京做工程这几年里，母亲在家又犯了几次病，怕我在外面担心，母亲就叫家里人不要告诉我。去世前的最后一次犯病是2007年，那段时间正是我干"鸟巢"工程最忙的时候，家里人依照母亲的意思，一点消息也没有告诉我。后来等我回去问了妹妹才知道，有天母亲刚做完早饭，弯腰低头捡拾掉在地上的毛巾，就一下栽倒在地不省人事了。双燕费力把母亲拖到床边，但又抱不上床，只好从床上拽下一条被子，铺在地上，把母亲挪到被子上，然后跑出去喊人帮忙。在乡亲们的帮助下，他们先把母亲用车推到镇上，镇卫生院的大夫一看说不行，挺严重的，得马上送县医院。这时在镇上工厂上班的父亲也赶过来了，一起把母亲送到县医院。

那次母亲的病情比以往都严重，晕了好几个小时才苏醒过来。听妹妹说母亲醒来的第一句话就问："没有告诉双剑吧？"双燕含着眼泪冲她点点头说："没有。"母亲又跟以前一样，嘴角露出一丝笑容，说："好，不要告诉他，让他忙他的，回来也是帮不上什么忙，还耽误工作。"父亲和妹妹推着她在医院做了各项检查，服侍她在病房住下。可是住了不到三天，母亲又吵吵要出院回家。医生见也劝不住就没太阻挠，说开上点药带回家按时吃药，这病需要调养，在家好好休息，也和住在医院里差不多。就这样，母亲这次又是对付过去了。

直到这年年底我回家过年，才知道母亲这次犯病的事。当时我就跟母亲说，过完年带她跟我回北京，一定要去北京的大医院好好检查一下。母亲嘴上应着，却并没有看出要去的意思。

我见劝不动她，于是话题一转，跟母亲说："奥运会开幕式那天，我们公司领导安排了我们这些参与奥运场馆工程的建设者到现场观看开幕式，公司领导也早早给我打了招呼，说会给我一些票，我可以带着我施工队伍的骨干成员和家人，进到'鸟巢'现场，看奥运会现场开幕式实况。"

母亲一听，说："好啊，咱们这些农民工都是从农村出来的，领导心里还惦记着，这么大的场合都让你们去，是个荣耀的事儿，这应该去。"

"我想带着您一块去。"我跟母亲说，"就当是去北京看看您儿子干的工程怎么样。"

听我这样一说，母亲笑着答应了。

"那说好了啊。"我紧跟着叮一句。

"行啊。"母亲也痛痛快快地回答我。

我高高兴兴地回到北京工地现场，带着队伍继续"鸟巢"照明系统的调试工作。

万万没有想到的是，我回到北京两个月后，父亲给我打来电话，说母亲又晕倒住院了，而且这次病势来得更加凶险，整整昏迷了将近一天一夜，没有任何反应。父亲说，本来还不想打电话告诉我，还是我舅舅跟他说，"这么危险了，你还不给双剑打电话那行吗？再晚就见不着了，双剑回来会不会埋怨啊？"

我电话里一听顿时就急了，对着父亲喊道："这事儿你们早就应该告诉我，那是我娘啊！"

我也没再继续听父亲那头说什么，挂了电话，拔腿就往项目部跑。

我要即刻请假回家，母亲不能不顾，说什么也得回去一趟。况且工程抢工高峰也过去了，现场也不像之前那么紧张，已经进入收尾调试阶段，只要给下边的人布置一下，交代清楚，我暂时离开几天现场应该没什么影响，这些我心里有数。边想边往项目部去，一边给兴旺打电话让他过来项目盯一下。

项目部的领导一听我的母亲病危，当场就同意我回家探病，我便简单跟领导汇报了一下现场的人员安排。出了项目部后，开上车就直接上了高速。那个时候为了工作方便，我买了一辆很普通的代步车。

我开着车在高速公路上一路飞驰，没吃没喝跑了四个多小时，车子一直开到了馆陶县医院门口。

停了车便急匆匆地跑到病房，看到躺在病床上的母亲仍处于昏迷之中，泪水夺眶而出。我抓过母亲的手，把头埋在她身上哭了起来。

妹妹说母亲已经昏迷两天了，到现在一直没有醒过来，也没有任何意识。因为担心会影响我的工作，就想先瞒着我，后来见母亲病情恶化才给我打的电话。我握着娘的手，坐在病床前，就这样看着她，盼着她早点醒过来，整整两天两夜我没有离开半步。我也曾一声一声地唤着母亲："娘，儿子回来看您了，您倒是醒醒睁开眼看看我啊！"可是母亲依然没有任何反应。我也曾试着跟母亲聊天，给她讲这两年我们工地上发生的事儿，和我小时候的一些事儿，希望能唤醒母亲，可是母亲还是没有任何反应。每天早晨，我都会打上一盆温水，给母亲擦擦脸；每隔一会儿我就用双手给母亲搓搓脚。回想起这些年在外面忙碌，一直没有好好在母亲身边尽过孝心，心里又难过又愧疚。

我拉着医生的手再三请求，一定要把母亲抢救过来，就用最好的药。医生表示院里已经尽力了，病情的发展很不理想，手术已经没有太大意义了，剩下的就看我母亲能不能扛过来了。那天夜里，无意间母亲的手微微动了一下，她终于睁了一下眼睛，缓缓地看了我一眼，我知道是她心里一直惦记着我，放心不下，所以硬撑着等我回来见上一面，所以一直提着一口气不肯走。我把脸靠近母亲的手，还没等我开口，母亲举了一半的手瞬间垂了下去，母亲就这样走了。那天晚上我哭得撕心裂肺，悔恨自己没有早点带母亲去北京治疗，怪自己没有常回家陪陪她老人家，可现在说什么都晚了，终于体会到了什么叫"子欲养而亲不待"。

接下来的几天里，我沉寂在无比的悲痛中，常常到母亲忙碌过的地方看一看，似乎总能看见母亲辛劳的身影。

常言道，入土为安。我按我们家乡的习俗，妥善地料理了母亲的后事。在家里设了灵堂，为母亲守夜。母亲活着的时候，经常喜欢帮助别人，所以在村子里的人缘儿特别好。天一亮邻里乡亲陆陆续续过来祭拜，送来了不少花圈和挽联。母亲安放在灵堂正中，上方是她的慈容遗像和"勤劳一生"四个白底黑色大字，这也是对母亲坎坷一生的概括。灵堂桌上放着母亲的牌位和供品，我带着弟弟妹妹，跪在灵堂的一侧，兄妹几个早已泣不成声，一边哭着，一边还要回拜答谢前来吊唁的乡亲们。

母亲出殡的那天，当大伙儿抬起母亲灵柩走出家门的那一刻，我的精神彻底崩溃了，抑制不住的悲伤，哭得天旋地转。我伤心的是母亲这次出了家门，就再也不会回来了，一个没有了母亲的家就不再是一个完整的家

了，而我以后也是一个没有娘亲的孩子了。

在母亲"头七"过后我回了北京，项目上还要好些事儿等着我回去。以后逢"七"的日子，我都会连夜开车回去一趟。每次前半夜从北京出发，开四五个小时车，后半夜到家。第二天一早到母亲坟前给她烧纸上香，然后坐下来跟她说说话，把家里的事，还有工作上的事儿都跟母亲念叨一遍，完事之后再马上开车赶回北京。按照老家的习俗，拜祭要一直到"七七"过完才行。那一段时间，我陷入在极度的悲痛中，觉得整个人生变得黯淡无光。电话一直关机，不想接电话，更不想跟任何人说话。有几次碰到公司领导连招呼都没有打。大家都听说了我家里的事，所以也都能理解我。他们知道我跟母亲的感情特别深，知道劝了也没有用，索性由我自己在悲痛中挣扎，等过些时间，自己从阴影中走出来。

我心里明白，如果继续这样消沉下去，是母亲最不希望看到的。她一直是希望我好好工作，好好生活。如果我在悲痛中不能自拔，不能重新振作，母亲的在天之灵一定会对我失望。我渐渐地从这种伤痛中走了出来。

奥运会开幕式的那天晚上，我拿着公司领导给我的17张开幕式入场门票，带着我团队的一些骨干，坐在"鸟巢"现场。当时深以为憾的是母亲没能来看一看这辉煌的场景，她在生前答应了我的，但是没能等到今天。我抬起头望向夜空，试图找到属于母亲的那颗星，但是焰火太多，太亮，盖过了星空的光辉。尽管如此，我还是坚信，母亲一定在天上看着我，为我们今天所取得的成就感到欣慰和高兴。

关于母亲的去世这件事，有的媒体对外报道说是我当时一心扑在"鸟巢"建设工程上，在母亲去世时都没顾上回家看她最后一面，虽然报道都是正面的，但这当中多少还是有些误解，不过确实也是因为自己放不下工程，回家的时间很少。因为当时那段时间心情一直非常压抑，没有精力更没有心情去解释这一切。

孝道，是我们中华民族悠久的传统文化。俗话说百善孝为先，一个人最基本的品德我认为就是遵守孝道。只要做到这一点，那么以后无论在任何岗位上做任何事都不会太差。

| 第六节. 带动就业

很多人经常问我现在已经做得很好了，为什么还要这么拼。只要保持现状，安排几个骨干人员管理现场，自己可以过得很轻松。其实最起初我从家里出来的时候，那个时候的愿望就是一年多吃几顿肉，每天去上学时不用被老师催着交学费。作为家里4个孩子中的老大，每到开学的时候，我时常会看到父母满是愁容的面孔。所以初中还没有毕业，为了减轻家里的负担，我毅然踏上了外出打工的路。

后来我发现有很多跟我一样的人，有着一样的想法。我就打算带着他们一起闯，靠自己的努力去改善家人的生活，实现自己的人生目标。再到后来在组织的培育下我光荣地入了党，从那以后让我有了更高的使命感和责任感，也让我有了更大的人生动力和目标，并不断为之努力。

我还记得那次回去刚过完年准备再出来的时候，母亲把我送出村口，对我说在外面一定要老实做人，踏实做事儿。以后不论在外面赚了多少钱，都不要忘了自己的乡亲们，不要忘了自己的家乡，做人咱可不能忘本，这里是你的根。我把母亲的这番话记在心里，时刻提醒着自己。随着承接工程越来越多，队伍不断壮大，我一直没有忘记自己的初心和责任。这些年我陆陆续续把家乡的很多青年带出家门，为他们提供就业岗位和学习的机会，教他们掌握技术。都说授人以鱼不如授人以渔，真正的帮扶不一定是经济上的，为那些早早辍学或者在家无业的青年提供一个平台我觉得更有实际的意义。

我发现现在有很多年轻人，都幻想着出门打工就能赚大钱，但是碍于因为没有文凭跟专业技术，使得他们四处碰壁。甚至有些人第一次出门，找不到工作的渠道，就容易上当受骗，走上弯路、歪路。因为我自己当年就是这么过来的，他们经历的我早就经历过了。所以我只要有能力有条件，就想办法去帮助更多的家乡青年，少走弯路走正途，让他们走上工作岗位，通过自己的努力去改变自己的命运，不要去等、去靠，天上不会掉馅饼！

自从我自己独立承接工程以来，陆陆续续跟着我出来的农民工兄弟达到了上万人次，同时在岗人数最多的时候差不多有一千人。他们中间有的学到了过硬的专业技能，有的攒到了一笔可观的积蓄，回家娶上了媳妇儿，也有不少自己慢慢当上了小包施工队长，开始自己接一些小活，我都会给予必要的支持。而这些对我来说，才是我努力的真正意义所在。

党的十九大会议以后，国家提出了振兴农村战略，其中就提到打赢脱贫攻坚战。我觉得脱贫的首要在于就业、创业。经有关部门统计，截止到2019年，我国农民工总人数已达到两亿九千多万。那么，稳定农民工就业

市场，提供就业机会，让两亿多人口的农民工有工可打，使贫困地区的农村人口有路脱贫，就是脱贫致富的基本要素。

起初的时候，我的施工队伍基本上都是本乡人，后期慢慢带出了一批人，都挣了钱。随着工程越接越多，越接越大，工人也是一个带两个，两个带四个，慢慢地由本村扩展到周边的四邻八村，进而扩展到外县外省。就是这样，带出来的人越来越多，2011年我荣幸地被河北省政府授予"河北省发展劳务经济带头人"的荣誉称号。

在我们队伍里，"一人打工，全家脱贫"的例子，数不胜数。我们村有一个叫高勇的小伙子，刚来我这里的时候，还是个刚下学的小伙子，既没文化又没有技能，因为家里穷，跟我说想跟着我打工给家里挣点钱，我见他人不大，但是目标很明确，人也老实，便答应了他。刚开始因为年龄小，没什么力气，只能先帮着做做饭，干一些力所能及的杂活儿。后来我让他慢慢地跟着大师傅学起电工，开始也是从小工干起，因为他很勤快，脑子又聪明，没两年的时间现在成长为我一个工地的现场带班儿人员，能带着几十个人独立看图、施工。经过一段时间历练，慢慢也能独当一面，后来独立负责我们石家庄的一个18万平方米的机电安装工程。工程抢工高峰时达到上百号工人，现场工程的进度跟质量让总包非常满意，现场各方面管理也让我非常省心。后来还带出来不少老家的年轻人，都非常优秀，因为表现突出，我给他提了几次工资，现在也算是步入有房有车的小康生活了。

还有一个同村的孩子，姓谈，和我这个谭不一样，叫谈朝军。他是个

90后，家里的独子。家里有父亲母亲，爷爷也在，生活条件一直不太好，想着出来打工挣点钱。从十五六岁时就跟着我干，当时也是从小工做起。在墙上量好尺寸，画两条直线，然后用电动工具剔槽，供大工预埋线管，有时候给大工递材料拿工具什么的，打个下手。他肯干好学，技术进步很快，工资自然也长得很快。前两年在做北京隆福大厦大楼改造工程时，就是他自己独自上阵，带着20多个人干。以前都是只要顾自己干好活就行，现在既要管好工人，还要抓现场管理，同时还要与甲方沟通技术及各种协调工作，涉及的面很广，锻炼的机会也自然就多了。后来，他父亲、姑父、表弟也都来了我们队伍里，留下母亲在家打理农田，他还给家里买了农用机械，忙不过来的时候就雇人收。朝军这两年在家里盖上了五间大瓦房，他自己也娶妻生子，日子过得比较富足。为了让媳妇儿接送孩子上学方便，他还给家里买了十几万元的小轿车。那次跟我说，明年还打算在县城买套房子。我说只要努力，好好干，这都不是问题，主要看你自己。

这几年农民工工资收入水平相对过去提高了很多，工地上的各种福利待遇也是越来越完善。当初跟着我一起出来的工人，大多数通过自己的努力，成功脱贫。很多人买上了小汽车，还有很多在县城里买了房。

即使在我自己家庭教育方面，对于我自己的子女，我依然会要求他们在假期的时候必须到施工一线锻炼自己，我会让现场带班儿发给他们工具，让他们跟现场的其他工友们一样干活儿。一是让他们体验现场的工作环境，锻炼他们的意志，也是为了树立他们良好的人生价值观。只有有了良好的人格品质，才会走正确的人生道路，不会误入歧途。同时让他们明

白，只有好好读书才能改变自己的命运，不然将来只能到工地上干活儿。

这些年队伍不断发展，规模也越做越大，所以我们的上岗人员也越来越多。我记得有一次，几个工长在我们财务那里填好手续，准备找出纳员支取现金去市场买建筑材料，却发现那个出纳员不在了。等了好一会儿，仍不见人，找了半天没有找到人。财务觉得纳闷和蹊跷，于是把钥匙插进保险柜，再拨动密码盘，打开保险柜门一看，不禁大惊失色。他昨天刚放进去的二十几万元现金少了15万元，难道会是出纳员卷走现金潜逃了吗？因为除了财务别人没有保险柜的钥匙，所以财务便第一时间给我打了个电话，说了这个情况。

说起这个出纳员，当时是我的一个老乡介绍过来的。那时候家里穷，她的母亲过世早，父亲身体又一直不太好，她又没有什么文凭一直找不到工作，父女俩相依为命，靠着她的两个叔叔救济着生活。我见着可怜，便让他父亲在我这看库房，让她干起了出纳，一干也有几年了。前段时间，他父亲因身体不适便辞工回了家养病去了，为了生活她一直在我们这上班，后来我特意给她涨了工资，算是变相地帮帮她。

那天我接到财务的电话，急忙赶回了办公室。我仔细看了一遍现场，财务室确实没有外人强行进入的痕迹，保险柜也是完好无损，那么基本上可以肯定是熟人作案了。可是，保险柜里还剩了6万多元现金，如果是贪财盗窃，为什么又不一下子全部盗走，还给留下一些呢？我脑子里也是很费解。当时财务跟几个管理人员坚持要报警，被我拦下了，我想着既然已经发生了，先了解了情况再说。

　　到了晚上，我和安兴旺都没有离开财务室，一直在谈论这个事情，分析出纳员为什么会这样做，是不是有什么难处，如果是这样，我倒是能理解，只要把钱送回来也就算了。我俩也是一夜没睡，到了天快亮的时候，我突然听到门外似乎有什么动静，我猛地推开门一看，正是我们的那个出纳，她满脸憔悴，头发凌乱地呆立在门口，我便把她叫了进来，问她是怎么回事。

　　原来，她昨晚就返回来了，一直在外面徘徊，心里害怕，几次想推门进来，还是没敢，后来坐在外面不知不觉就睡了过去，结果被我发现了，被叫了进来。

　　那个时候已经是深秋了，我见她冻得浑身发抖，先让她坐下喝了杯热水，让她缓了一会儿便问她："是不是遇到什么困难了？可以跟我说说，我尽量给你解决，但是这样做是违法的，考虑过后果吗？一旦出了事，以后你的家人怎么办？"

　　出纳低着头一声不吭，眼泪瞬间掉了下来。我这人心软，小女孩一哭我就没再问了。这时候兴旺插了几句，说道："没事，别害怕，我们没有报警，但是你得说实话，到底咋回事儿，别哭了。"

　　过了一会儿她情绪稳定了下来，便慢慢地对我们说出了实情。原来，她父亲回家后不久就病倒了，到医院去一做检查，说是癌症，做手术和治疗的费用算下来得十几万。她前天下午接到电话，又是着急，又是没有办法，不知道上哪里去弄这么多钱。为了给父亲救命，她一时冲动，就动了保险柜里的钱，回去后都交给医院了。

我接着问她，你父亲现在病情怎么样了。她说手术挺顺利的，以后慢慢调养就好了

"哦，人没事儿就行。你先回去照顾他吧，钱的事儿以后再说吧。"我安慰着她。

小姑娘一听，又是鞠躬，又是道谢，哭得稀里哗啦的，接着我让兴旺开着车把她送了回去。

后来他的两个叔叔知道了这事儿，东拼西凑地借了13万多点，给我送了过来，说是孩子不懂事儿，感谢我没有报警，剩下的钱他们回去再想办法。我也被他们这种诚实所感动，留下了10万，剩下的留给了他们拿回去给孩子的父亲接着治病，不够的部分也不用再还了。两个老哥一直握着我的手连声道谢。

我经常跟身边的几个主要管理人员说，我们的工人虽然来自五湖四海，但是他们只有一个目标，就是改变命运。只要他们愿意跟我在一起打拼，就是对我们的信任。我们对待他们每个人就像对待自己的兄弟、家人一样，尽量地去包容和关怀，及时地为他们解决各种困难。不仅要带着他们走上岗位，更多地要让他们在外面也依然能感受这个社会的温暖。

| 第七节. 本色出演

2008年，著名电影导演江小鱼，当时受电视台委托，计划拍摄一部关于奥运场馆建设者题材的专题影片。因为北京奥运会世界关注，举国沸腾，但是，人们目光的焦点似乎更多的是在开闭幕式及体育比赛上，却忽略了奥运场馆的背后默默付出汗水的建设者们。所以在奥运会结束后，江导打算顺势向全国观众推出我们这些为百年奥运的成功举办而努力的建筑工人。国家对农民工群体也非常关注，当时温家宝总理也曾多次提到关切农民工生活。江小鱼导演在影片拍摄前的采访中，了解到了我从一个农村少年打工仔，历经艰难坎坷，努力奋斗，成长为带领自己的施工队伍参与国家重点工程"鸟巢"体育场建设的整个过程，而且在投身"鸟巢"建设的过程中又遭遇了母亲去世的悲痛，觉得非常感动，也认为我的经历很具有一定的代表性，便决定以我的生活故事为原型，拍一部全景式呈现中国农民工生存现状、农民工奋斗历史的励志故事电影。电影的片名就叫《梦想就在身边》，这是我国第一部此类题材的故事影片。

　　江小鱼导演很快就拿出了电影剧本，选定主要参演人员，组织好剧组。电影立项审批很受领导和有关部门重视，所以各项手续办得非常顺利。2008年的年底，剧组就在"鸟巢"体育场举行了新闻发布会，正式对外宣布电影拍摄事宜。

　　经过导演组的商议，选定曾荣获"飞天奖"最佳女主角称号的方青卓老师在影片中饰演我母亲，其他主要演员还有香港知名演员李子雄、内地知名演员赵燕国彰、吴晓敏及知名主持人韩乔生、媒体人司马南、歌手光头李进等。令我感到非常意外的是，江小鱼导演居然指定由我来本色出演影片中的男一号"谭大东"。说实话，当时听到这个消息的时候，内心很是感动。但是从小到大从来没有接触过影视行业，确实有些陌生和紧张。不过江导执意要我"本色出演"，说不是叫你演，你也不用刻意去演，就像平时工作和生活一样就行，让我放下思想包袱，不要有思想上的压力。我能理解导演是考虑从影片的真实效果和实际影响角度出发，我也非常珍惜这次能够为农民工"代言"的机会。后来有人跟我开玩笑地说，让要成为"第二个王宝强"，但是我心里非常清楚这部电影的意义，我清楚自己并不具有王宝强那样专业的演技，我也做不了王宝强，而我自己真正的角色还是在一个个建筑的工地上。

　　俗话说隔行如隔山，之前没有接触过演艺行业，还真是不了解演员的工作和生活。外行人都认为电影演员可能非常轻松，而且全国各地哪都能去，风光无限。但从我接触这个行业以后，我能体会到演艺人员的工作的确是非常辛苦的。影片正式开机拍摄时，演员们常常是从吃完早饭进棚开始化妆、换服装，还有准备道具，最后开始拍摄，一拍就拍到半夜才收工，中间还要不停地补妆，补拍。有的时候可能就为了一个场景或者镜头，要提前到位等时间。特殊情况下还要抢早，说5点开拍就5点开拍。有时候一个几秒钟的镜头，如果导演觉得效果不是很满意，就要反复拍上十遍八遍，直到达到最佳效果为止。我能理解这就像我们做工程一个道理，如果因为一处细节做得不够完美，不够规范，就必须拆掉返工重新做。这是对工作的负责态度。有些特殊气象环境下的戏，如烈日酷暑、风霜雨雪，为了达到真实效果，实情实景拍摄，演员就更是要吃苦受罪了。除了演员还有就是镜头幕后的剧务人员。他们陪在演员跟导演左右，比如摄影、美术、灯光、化装、置景、服装道具等一系列剧务人员，所以一部电影拍摄下来，需要很多的幕后工作人员默默地付出。遇到外景场地转场，全剧组人员不分职位高低，人人上阵，装车卸车，搬箱抬柜，到一处，拍一处，然后又打包装箱装柜。所以，通过参加这部电影的拍摄，我又进一步加深了对演艺行业的认识，的确没有任何工作不需要付出辛苦和努力就能收获成功的。

为了拍好这部影片，我当时也是吃了不少苦。前几年因为在工地上干活跟应酬，所以每天吃得很多，久而久之身体又壮又胖。为了满足影片中人物塑造和设计，江导要求我必须在短时间内把体重减掉，达到拍摄要求。这对我来说压力非常大，但为了这部作品，也为了大家先前的付出，我必须做到。为此，我开始每天只吃一顿饭，坚持去健身房锻炼。对于我们这种喜欢吃的人来说，饭菜美食的诱惑太大了，不吃饭真痛苦啊，我那

时候才明白，一个减肥成功的人得需要多大的毅力。一开始江导还不相信我能做到不吃晚饭，常常带着我参加一些应酬和饭局，每次都是一大桌，并且还都是我爱吃的。江导就和我对面坐在饭桌前，看我到底吃不吃。我每次都会控制自己简单吃几口就放筷子，就这样一直坚持着，一个多月里我成功减掉了20多斤。我觉得一个人不论做什么事，要想成功就必须学会自律。后来江导又要求我练习标准的普通话，我就利用闲暇时间阅读，效果非常明显。

2009年5月14日，电影《梦想就在身边》在我的家乡河北邯郸市馆陶县举行了开机仪式，当时整个过程受到了邯郸市委市政府、馆陶县委县政府，还有北京建工集团、北京建工三建公司、北安集团等领导的关注与支持。同时中央电视台、北京电视台、河北电视台、《人民日报》《光明日报》《北京青年报》《河北日报》、优酷网、新浪网、百度等多家媒体，齐聚到馆陶县，相继对电影的开机仪式进行了现场报道。

在影片中饰演我母亲的方青卓老师，是一个性情简单、真诚、开朗的人，我感觉与她相处，总是能带给人温暖和积极乐观的心态。在演出过程中很多细节跟言谈举止，方老师都很像我的母亲。在影片中，我和方老师本来是没有对手戏的，因为影片中前面年轻时候的"谭大东"这个角色并不是由我出演，按照剧本要求我只出演后一阶段的自己。但是在一次外景拍摄的休息过程中，我突然想起了母亲，就不知不觉地对方老师说："方老师，让我背着您走一段吧？"方老师当时不太理解，以为我要试戏，于是很配合地表示同意。我背起方老师，一步步走了起来。一边走，脑海里就一边浮现出我上小学四年级那年，我母亲收麦子晕倒在地头，在村卫生所醒来后，我背着母亲回家时的情景。想着想着，对母亲的思念之情油然而生，忍不住失声痛哭。因为之前我跟她聊起过我的母亲，所以方老师非常理解我的心情，触景生情与我抱头痛哭，感动了现场的所有人。江导演见此情景，很受感动，示意摄像师，直接拍下了我和方老师这发自真实情感的一幕，后来江导特意把这一段镜头加了戏。

2010年，电影《梦想就在身边》杀青，于当年5月27日，影片在河北邯郸进行首映。首映仪式前，市委、市政府的领导亲切会见了我们剧组人员，以示慰问。市委、市政府领导在会见我们时指出，农民工是推动我国经济社会发展的一支重要力量，说我是新生代农民工典型，也是邯郸160多万农民外出务工人员的一个缩影。市政府领导高度评价我的创业经历集中体现了新时期的邯郸人文精神，展示了邯郸农民工诚实守信的良好形象和艰苦创业的精神风貌。希望影片《梦想就在身边》成为邯郸繁荣文艺事业的新作品，推动邯郸人民创业的新动力，宣传推介邯郸的新名片。同时希望影片为农民工兄弟带来精神动力和创业信心，鼓舞和激励更多的人在平凡的岗位上奋发向上，艰苦拼搏，贡献力量。

2010年8月7日，也是2008年北京奥运会开幕整两周年的前夕，《梦想就在身边》在北京中华世纪坛放映。因为在施工一线上，有很多农民工都知道党和国家非常关心我们农民工群体的生活，所以在这之前，我还专门给温总理写了一封信，真切地希望温总理能来看我们这部电影，也希望能够有机会当面向温总理汇报一下我们农民工现在的状况。这些年国家通过一系列优惠政策，让农民工生存现状得到了很大改善，不但增加了工作岗位和收入，而且一部分人已经脱贫致富，不但让我们农民工有机会进城参与国家重点工程的建设，还被拍摄成了影视作品，让我们心怀感激。后来从电视上了解到，当时因为正赶上甘肃舟曲特大泥石流自然灾害，温总理第一时间去了灾区慰问，没有时间赶来观看我们的电影。所以电影放映的那天，北京市委原副书记、市长郭金龙受温总理的委托，接见并慰问了影片剧组全体演职人员，并带来温家宝总理对农民工的问候和勉励。市领导对我们说："向以谭双剑同志为代表的广大农民工兄弟表示感谢。"并告诉我："你给家宝总理写的信他已经收到了。"大家一听到这个消息，马上激动地鼓起掌来。市领导表示："在此转达温家宝总理对你以及通过你和整个摄制组，通过这部影片，对广大农民工兄弟的诚挚慰问。"在场的剧组人员感到备受鼓舞，掌声持续了很久。

2010年11月15日，《梦想就在身边》相关主创人员和我，受邀前往北京人民大会堂，参加由中宣部、国务院农民工办、广电总局、总工会等各大部委及群团组织举办的"全国农民工文化送温暖行动"活动，将《梦想就在身边》在内的表现各条战线工农先进人物、新老典型的电影拷贝共十余部，发放到各省市自治区，由工会渠道组织公益放映，不允许卖票，要无门槛观看。当时我们这部影片在社会上引起了热烈的反响。

第八章

我们的团队

—— 2009年我们在北京正式
成立了第一个项目部，后
来陆续在包头、呼和浩
特、邯郸、石家庄、济
南、青岛、烟台、郑州、
成都、长沙、武汉、广
州、深圳、珠海、杭州、
上海分别设立了项目部。

| 第一节. 风雨历程

从1998年起到现在，我们的队伍由创建期到磨合期，再从凝聚期到整合期，风风雨雨走过了20余年，涵盖电气安装、消防、弱电智能化、给排水、空调水、通风系统、装修装饰、园林市政、景观照明等多个专业领域，项目涉及全国20多个省、直辖市，同时在建项目30多个。在岗工人1000余人，其中技工达到80%，各项目、各专业一线管理人员70余人，其中高级工程师3人，中级工程师9人，各个专业施工员、资料员、质检员、预算员等30余人。

2009年我们在北京正式成立了第一个项目部，后来陆续在包头、呼和浩特、邯郸、石家庄、济南、青岛、烟台、郑州、成都、长沙、武汉、广州、深圳、珠海、杭州、上海分别设立了项目部。

我一直提倡一个团队一定要以人为本，因为人才就是团队发展的基石。我一直坚持带领大家不断学习各项新的技术，鼓励大家敢于创新工艺。这些年来我们的团队培养带出一批又一批一线施工管理人员和技术人员，并由团队出钱让每个人考取了不同专业的岗位证书，同时为每一名工人配备各类专业书籍及施工规范手册。我是第一个报名读了中国地质大学两年半的大专，毕业后我接着考取了高级工程师职业资格证书。后来，我给各个项目管理人员也陆续报了大专。

我们坚持把团队营造出家的氛围，团队里的每一个人都是这个大家庭的一员，要像对待自己的亲兄弟一样对待每一个人。要给他们足够的成长空间，让每一个人都发挥自己的特长和优势。大家凝聚一心，互相学习，互相扶持，互相进步，使得整个团队的基础更加牢固，逐渐走向一流施工队伍。

同时在施工管理方面，我们重视现场的安全文明，要求规范施工，确保工程质量。为了保证一线的生产效率和品质，在后勤保障方面，我们积极投入全新的机具设备，采用最好的施工材料。从采购渠道到经销商严格把控，严格现场施工管理，追求施工品质，确保做到安全第一、质量第一、效率第一，以行业高标准品质和规范为准绳约束自身，以优质大型企业为榜样标杆。

我们的队伍这些年一边学习，一边成长。经过不断地调整和转型，取得了一些小小的成绩，也渐渐在业界树立了良好的口碑。后来我们所承接的项目越来越多，工程越来越大，领域越来越全。所有的成绩都离不开脚踏实地的努力，人生没有捷径可走。每一个工程项目都是我们队伍成长过程中的一个重要标志，也是我们每一个人一路攀岩的脚印。

在北京三建公司的培养和帮助下，我们优质完成了一个又一个重要工程项目，也借此契机相继与中建八局、北京建工、北安集团、北京城建、北京住总、河北建设等多个大型集团公司深入合作，这也渐渐地让我们的团队有了更多的平台和发展机遇，也让我们有更多的机会为首都北京和全国各地的城市建设作出了应有的贡献。希望未来在更多的城市中，都能留下我们参与的印记。

团队这些年一路走来，我们承接过的主要重点工程包括外交部项目、商务部项目、国家体育场(鸟巢)、北京城市副中心、北京国家会议中心（二期）、北京大兴国际机场、北京西站、西安北站、烟台市政府大楼、海关国检综合办公楼、邯郸国际会展中心、北京东方广场、北京协和医院、北京友谊医院、北京同仁堂医药基地、珠海横琴粤澳中医药博物馆、杭州奥体中心、清华大学郑裕彤医学楼二期、友谊宾馆、北京中关村3A研发楼、北京大望路现代城、北京首创奥特莱斯、呼和浩特万达广场、北京中粮祥云、邯郸环球中心、澳门氹仔昔日瞭望台-大潭山壹号、北京远洋山水、长沙北辰三角洲、深圳前海国际会议中心等项目，其中参建的部分工程荣获鲁班奖、长城杯等国家优质奖项。

在这众多的项目中，不但涵盖了多个专业领域，很多项目也是极具代表性，并非常具有时代意义。

国家会议中心（二期）工程已经开始建设，建设规模为77万平方米。其主体建筑为会展中心，配套建筑包括酒店、写字楼及商业，建成后将与现国家会议中心连为一体，形成总规模近140万平方米的会展综合体。国会二期项目建成后，将形成以国家会议中心、人民大会堂、雁栖湖国际会都为核心的"会议铁三角"，以及以国家会议中心、新国展、大兴机场会展为核心的"展览三峰"国际交往中心新格局，全力打造国际交往活跃、国际化服务完善、国际影响力突显的国际会议目的地城市。这个项目我们主要参与的专业有电气安装、空调水和消防水专业，负责这个项目的是吴任永和宗金虎两个人，包括从前期进场、人员组织到过程管理及安全文明施工，目前项目仍处于建设过程中。

负责深圳前海国际会议中心项目的就是我在前面说过的谈朝军，一个90后，当年跟着我在工地上从一个普通学徒工做起，通过自己的努力和不断学习，独立负责了北京隆福大厦的电气安装工程，现在又独立负责该项目，也是从前期进场到现在。深圳前海国际会议中心项目位于广东省深圳市前海合作区11-01-08块地，项目总建筑面积约4.055万平方米，建筑高度23.6米，钢结构总用钢量预计为6500吨。首层将设置1840平方米可容纳1422人的会议室，二层将设置2500平方米可容纳2000人的多功能厅。该项目的建成将成为我国南部沿海城市的重要标志性建筑。

杭州奥体中心体育馆位于奥体中心北侧，占地22.79公顷，总建筑面积396950平方米。地上主要包括体育馆、游泳馆、商业设施三大部分，是亚运会主要场馆。

我们参与了该项目的全部弱电智能化工程，该项目负责人也是个90后叫高朋豹，也是我的表弟。从小家里条件不好，辍学后就出来跟着我，工作一直很努力，之前参与了石家庄融创项目、邯郸环球中心项目，经过了

几年的历练与成长，后来独立负责杭州奥体中心体育馆项目。

东安湖体育公园"三馆"项目，是2021年第31届世界大学生夏季运动会主场馆，项目位于成都东进战略核心区、成都东部副中心——龙泉驿区东安湖片区，包括多功能体育馆、小球馆、游泳跳水馆及相关配套服务设施，三馆总建筑面积约19.7万平方米。该项目负责人是兴旺的弟弟安兴胜，他是我队伍中技术能力较强的一个管理人员，而且也是一个80后。我们队伍主要负责该项目弱电智能化安装工程。

还有好多重点项目和优秀的管理人员，比如负责珠海横琴粤澳中医药博物馆电气安装工程郝华明；负责北京友谊顺义院区电气安装工程的高朋勇；邯郸国际会展中心项目负责人高朋双、邯郸环球中心项目负责人岳琮奇、平中杰；张家口官厅水库项目、文安文创中心负责人高冬成；北京化工大学高精尖创新中心项目负责人赵海新；北京通州友谊医院项目负责人高兰群；北京马驹桥北投和苑项目负责人谭双涛；日照奎山体育中心项目、烟台城市广场项目负责人郭子峰；北京十一学校一分校精装修项目负责人隰红亮；北京望京三A研发楼项目负责人邢建立等等，都是一批优秀的80后。

同时这两年我们团队涌现出一批非常年轻的90后项目负责人。北京友谊宾馆项目、北京朝阳医院项目负责人张红元；广东金融学院项目负责人张占印；巨野人民医院项目负责人高从翔；河南省法院项目负责人高朝兴；北京首师大项目负责人李椤椤；石家庄融创13号地项目负责人高朋刚等；北京昌平信息大学项目负责人丁宏伟；北京市昌平区天通中苑BGI区改造项目负责人郭中亚、谭桂军；广东汕头迎宾花园酒店项目负责人康玉彬，他也是我们团队最年轻的一个。

其中早些年先跟着我出来的几个管理人员，如谭双朋、谈朝军、宗金虎、岳琮奇、张红元他们，现在除了负责各自的项目也兼职着配合兴旺分担一些团队其他工作事宜，比如财务工作、材料采购、行政人事、项目招投标、项目结算等。

他们大多数人都是在很多年前就开始跟着我，这些年一路成长，逐渐成熟，并且都能够独立完成自己负责的项目。看到他们的出色表现，对于我来说就是最大的欣慰。而我的梦想就是让每一个在我身边的人，都能够通过努力去改善自己的生活，实现自己的梦想。每个人都能在县城或者所在的城市里买上自己的房子，在城里安个家。其实在这些年，我们队伍中的大部分管理人员通过努力已经步入了小康生活。

第二节. 奔赴抗"疫"一线

2020年春节刚过,新冠肺炎疫情来势凶猛,全国正处于疫情防控的关键时期。总书记强调:"生命重于泰山,疫情就是命令,防控就是责任!把疫情防控工作作为当前最重要的工作来抓。"作为一名党员,在这个时候我必须冲在前头,责无旁贷。在抗击新冠肺炎疫情一级响应以来,我几次主动请缨,誓为抗击疫情贡献一分力量。2020年1月底我终于接到北京建工三建公司领导的电话,对我简单交代几句后要求我做好准备,随时候命。我当时热血澎湃,当即表态,坚决服从现场安排,积极配合项目部打赢新冠肺炎疫情的阻击战。

临危受命,刻不容缓。疫情就是命令,现场就是战场,提前一分钟交工,就能提前一分钟遏制疫情蔓延!在接到北京建工三建工作任务后,我和我的团队无条件地执行命令,火速组织骨干人员赶赴一线。在紧张的组织安排下,积极制定应急施工方案,迅速而果断地投入到项目建设中。因现场条件艰苦,工期紧张,急需增加大量施工人员和现场管理人员,我及时从家乡及各个项目组抽调精兵强将，当时兴旺、双朋、宗金虎、岳琮奇、张红元、吴任永等各项目管理人员在规定时间内保障人员陆续到位，并迅速投入施工一线。同时，我也以身作则，冲锋在前，深入一线，带领着大伙冒着大雪、踏着泥泞在零下十几度的工作环境中，克服重重困难，争分夺秒地与时间赛跑，那一刻心中只有一个想法，就是不惜任何代价，必须完成任务。

当时现场一共四栋院区，我们按照不同区域和专业，进行班组划分。双朋带着给排水班组，突击北1，张红元跟郝华明带着强电班组突击北2和南2，安兴盛带着强电班组负责突击二层全部电气安装；高朋双跟吴任永俩人负责东区旧楼电气改造工程。我来负责外围工作及现场机具材料采购，兴旺负责现场人员调配、技术对接及各方协调，岳琮奇负责后勤保障。

因项目的突然性和工期要求，当时现场根本来不及搭建临时生活区。项目部只能将工人宿舍设立在项目北侧一栋尚未竣工的烂尾楼里面，没有门窗，没有隔断墙。大家伙就用模板和彩条布临时围起来，在里面搭上高低床。因为当时刚过完春节，2月份的天气还非常寒冷，我召集大家用棉被和军大衣把窗户遮住，尽管这样，夜里的风还是会透进来，我就给每个工人多加被子和电暖器。

应上级总包单位要求，项目必须24小时连续不间断作业，所以人员包括我在内每天只能休息2—3个小时。有时现场机具不足或发生故障，不管几点，我第一时间开车采购材料及维修工具，必须全力确保一线生产正常

进行。因为工作面铺的大，涉及多个施工区域。不管白天还是夜里，我坚持把每个区域转到，一边盯着质量跟进度，一边盯着现场安全与后勤保障，时刻准备补充现场工具和材料。在这种特殊项目上，是根本没有时间概念的。

因为多工种集中交叉作业，现场环境也是十分复杂。为了缩短工期争取时间，形成流水作业，有时候甚至在几平方米的狭小空间就会聚集十几个人。这种抢工的场面在平时是很少的，进场的前三天，我和我的工友已经连续三天基本没有合过眼了，困得不行时最多就是靠在墙边眯一会儿。有的时候更是连吃饭的时间都没有。看着每个忙碌又疲惫的身影，内心十分感动。偶尔有的工人顶不住了，我就接过手中的工具，继续作业，因为后边的工序正在一刻不停地往前赶。

有天夜里刚下过一场雪，我转完一个区域，正准备到另一个施工区域查看一下，因为光线不足，脚下一滑，跌进了一个深坑里。因为惯性的原因，我的前胸正好卡到了一根槽钢上面，当时疼得够呛，虽然能勉强爬了起来，但还是有点上不来气儿。我坐在一旁缓了一会儿，也没当回事，就继续转现场。

等快天亮的时候，感觉疼得越发严重了，就连呼吸都有些困难。工友们见状坚持要送我去医院检查一下，考虑现场本来就人手紧缺，也不能因为我一个人，再牵扯大家的精力，我想有这工夫宁可让他们多休息一会也好。后来经大家伙儿劝说，我自己坚持开着车到了医院。经过拍片跟医生的检查后，诊断结果为两根肋骨严重骨折，需卧床休息，如果愈合状况不理想，可能还要手术。一听到这个当时我就着急了，我哪有时间休息，这都什么时候了，兄弟们还在一线上流着汗，我哪里坐得住。医生见劝不住我，只好开了几盒止痛的药，让我尽量不要活动。拿着药，我起身便回了工地。

说实话，以前总是见别人骨折，没觉得有多严重，这回轮到了自己才知道确实是很疼。但是让我不在一线岗位上我会更难受。

刚回到现场，就接到了项目领导新的工作指示。因现场的另一个区域无法按期完成界面任务，要求我们在原有工作面不减少及进度不变的情况下，立即组织人员连夜抢工，务必在第二天中午抢出15间病房的工作面。我二话没说，领了任务后，连夜抽调精兵强将，甚至把刚躺下的工友叫了起来，一边给大家伙儿鼓劲，一边亲自带队，到了现场简单对接了图纸跟施工节点后，立即投入施工作业。又是经过了一夜连续奋战，一直到第二天上午9点，我们不但提前完成工作任务，而且还多干了一间。项目部的领导对我们竖起了大拇指，在会上给予了高度评价。鉴于我们团队的出色表现，经过项目部会议决定，由我们团队担负项目保驾任务。在地坛医院项目进行的同时，我们团队接到中建八局深圳前海国际会议中心项目部任务，紧急援建深圳三院项目。我们第一时间组织、调配深圳前海国际会议中心项目负责人谈朝军带队赶往一线，同时我又从老家组织、增派技术人员50余人连夜赶往深圳，到达一线岗位，为共同抗击疫情做出贡献。

当北京地坛医院项目进行到中后期阶段，我们同时又参与援建北京北安集团小汤山院区项目。当时同样也是艰巨任务，但我们继续发扬艰苦奋

斗的作风，再接再厉，也是同样出色地完成全部工作任务，赢得了小汤山项目上的好评和认可。

经过项目现场各工种2000余人持续拼搏，历时168个小时，完成14000平方米，312间病房；在规定时间内，提前优质完成工作任务并交付院区使用。从项目的开工进场，到竣工交付及后期维保，我们的队伍里没有一个人临阵退缩，没有一个人有过抱怨，这让我非常感动。我们用坚韧不拔的意志诠释了青年突击队的铁军精神！用汗水和真诚在平凡的岗位上谱写了一首不平凡的赞歌。勇于担当、使命必达。为首都人民的健康安全，贡献自己的一分力量！

就在我们奋力抢工的同一时间段，前方一线成千上万个投身一线的医护工作者们，离开亲人，走上抗"疫"一线。他们不顾冒着被感染的风险，用自己的生命拯救着别人的生命，精神何其伟大！在我们心里，他们才是真正的英雄，才是我们学习的榜样。所有的鲜花和掌声都应该属于他们。那时候，几乎每天我都会关注新闻上的数字，只期盼在最短的时间内越来越少，疫情早些过去。看到新闻上的每一段视频，每一张图片，总会让我潸然泪下。经历这次疫情，也让我深深体会到了祖国同胞们的众志成城，深刻体会到了祖国的伟大。所以我非常庆幸自己生长在这样一个以人为本的国度，感恩与善良就是我们这个民族与生俱来的本色，基于这一切我们终于迎来了抗击疫情的阶段胜利，而这也是很多国家都不具备的。只愿我们的祖国经过这次疫情变得更加强大，更加团结，更加富强！

| 第三节. 我的管理理念

经过多年的不断摸索与积累，在我们整个团队管理和发展过程中，我结合我们这些年的一些发展经验，总结出了一些自己的管理理念和管理模式。我简单地概况了一下，基本体现在主要几个方面。当然，这也是我自己的切身经历。

首先关于现场的施工管理，我认为在市场透明化且竞争激烈的今天，大部分建设单位都在考虑如何控制成本的投入，并且会将下游的一些施工单位的价格压得很低；同时又在质量、进度等环节提高标准，每个主要环节增加了一定的技术门槛，这使得整个建筑行业越来越趋于规范化。其实这是一件好事，因为只有这样才能建设出更多的优质工程。只是这就不能像十几年前那样，那时候只要敢干就能赚钱的局面早已过去了。反而现在的工人工资及建筑材料大幅度上涨，形成逆差，你的团队想要生存，怎么办？这个时候我们就要向管理跟创新要效益。首先，我认为从成本控制开始。一是要杜绝现场材料的浪费，在材料及工具的统计、采购、使用过程中，从每个环节严格把控。重视尾料的二次利用，不但节能环保，还能防止不必要的浪费。再就是人员投入成本，要结合现场实际工程范围及工程量，有序地按照施工进度节点部署施工人员交替陆续进场，防止人员集中涌入，因工作面无法开展导致现场形成窝工局面，人工费大量浪费。尤其是项目管理人员，在进场前期可以有专人针对性负责，到了项目中期，可以多个项目人员灵活调配，以最大化地利用管理资源，提高工作效率，从而降低项目管理费用。在施工进度方面，要结合项目总包大计划，给自己制定一个切合实际的进度小计划。在每个施工节点前提前规划好工作面，提前准备材料确保随时进场，准备充足的人员，以最短的时间，把工期缩短，防止战线拉得过长，发生费时耗工、人等料、料等人的情况。

在人才任用方面，建议由团队内部自己培养，舍得投入。大胆起用一些人品好，肯努力的，表现突出的一线青年。再由老的管理人员带起来，同时由团队出资进行系统性培训，理论结合实践。一个带两个，两个带四个，这样既能保证管理人员后续供给，也能形成良性的循环。防止一旦同时开展项目过多，管理人员不够，进而影响团队的整体运行和发展。

在技术上，要有创新意识，鼓励大家在施工过程中总结和优化施工工艺，对现场反馈回来的一些重要建议和意见要及时分析和采纳，对有效的方案和措施及时推广到其他项目，互相借鉴和学习，对现场成本控制和生产起到显著效果的建议者，及时给予鼓励和奖励。

重视现场的安全文明施工，整个建筑行业在经过多年来的不断规范后，安全已经不再是一句口号，而是要时刻牢记，并且落实到现场每一处细节。因为即使再好的项目，一旦发生安全责任事故，都是承受不起的。

在项目承接和市场拓展方面，一定要积极跟踪，时刻关注市场信息，及时做出反应；尤其在投标过程中，严格把控材料的品牌、价格，熟悉相关法律法规，由专业人员做出精准的施工预算，这样才会在市场中保持一定的竞争力。

其实不论在任何行业，不论是管理还是经营都需要不断地一边实践，一边总结，一边自我优化和提高。要与时俱进，勇于创新，善于学习，从多个方面着手为团队打下坚实的基础，让团队越发走向正规化。同时从人文角度对自己的工人给予必要的关怀和培养，调动大家工作与学习的积极性，使整个团队更具有凝聚力和市场竞争力，让整个团队发展得更稳、更远！

不论是一个团队还是一个企业，除了管理和经营以外，我觉得还要具有一定的社会担当。只要我们每一个人都做好本职，爱岗敬业，在岗位上发光发热，当这种品格最终汇聚到一起，每个人迈出一小步，整个社会就向前迈进一大步。

| 第五节. 荣誉奖项

经过多年的不断学习和努力，我和我们的队伍从基础做起，时刻牢记自己的初心使命，用汗水浇筑自己的梦想，用行动坚定自己的信念。我们立志为更多的进城打拼青年树立良好的奋斗榜样。有付出才会有收获，这些年一路走来，我们一直备受党和政府的亲切关怀和鼓励，同时给予了我们诸多殊荣，这让我一直怀着感恩的心，坚持下去。

2010年我被共青团邯郸市委授予"邯郸青年五四奖章"。

2010年中共河北省委、团省委授予新河北"百名青年风尚人物"称号。

2011年中共邯郸市委授予"邯郸市十大新闻人物"荣誉称号。

2011年河北省政府授予"河北省发展劳务经济带头人"荣誉称号。

2011年共青团北京市委颁授"北京青年五四奖章"。

2011年被共青团河北省委授予所在团支部"河北省五四红旗团支部"。

2011年中共邯郸市委授予"邯郸市优秀共产党员"荣誉称号。

2011年中国城市化国际峰会中被评为"2011中国城市化优秀农民工"

荣誉称号。

2011年首届"北京榜样"大型评选活动中，被授予"北京榜样"荣誉称号。

2012年被中国人口宣传教育中心、全国农民工文化送温暖活动委员会办公室，聘请为"全国农民工文化送温暖活动形象大使"。

2012年中共河北省委授予"河北省优秀共产党员"荣誉称号。

2013年河北省第十二届人民代表大会代表。

2013年"中国共产主义青年团第十七次全国代表大会"青年代表。

2015年荣获全国优秀农民工代表。

2017年当选"中国共产党第十九次全国代表大会"党代表。

我明白，这份荣誉的背后凝聚的是党和国家、社会和企业对我们农民工群体的关爱；我更明白，这意味着人民群众对我们农民工群体多年来履行政治责任、经济责任和社会责任给予的充分肯定。我们心怀感激，是党和国家让我们农民工遇到了好时代。基于对农民工群体的关心和爱护，党和政府出台了帮扶农民工就业、增加农民工收入、维护农民工权益等一系列措施，使农民工的生活发生了很大变化。借着国家发展的大好形势和大好时机，我们一定要抓住机遇，迎风而上，通过实际行动证明自己的价值，为社会的进步，城市的发展贡献自己应尽的力量。

↑ 2019年春节"鸟巢",谭双剑"青年突击队"合影　　↑ 2019年春节"水立方",谭双剑"青年突击队"合影

↑ 2020年小汤山医院建成效果图

↑ 北京"国家会议中心(二期)项目"施工现场

↑ 北京地坛医院应急院区

↑ 2020年1月，谭双剑"青年
突击队"天安门广场合影

第九章

参加党的十九大盛会

—— 我未曾想过自己能够有机会成为党的十九大代表，特别是在庄严而又神圣的人民大会堂零距离亲耳聆听习近平总书记代表十八届中央委员会作报告，让我感到无比的自豪，这也体现了党中央对基层农民工群体的关爱和关注。通过聆听总书记的报告，让我更深切地感受到作为一名新时代农民工的骄傲和自豪，作为一名共产党员的责任和荣耀。

　　我未曾想过自己能够有机会成为党的十九大代表，特别是在庄严而又神圣的人民大会堂零距离亲耳聆听习近平总书记代表十八届中央委员会作报告，让我感到无比的自豪，这也体现了党中央对基层农民工群体的关爱和关注。通过聆听总书记的报告，让我更深切地感受到作为一名新时代农民工的骄傲和自豪，作为一名共产党员的责任和荣耀。

　　在这里，我把自己在十九大会上的现场发言，与大家做一下分享：

　　尊敬的各位领导、各位代表大家上午好！

　　我叫谭双剑，来自河北邯郸"美丽乡村"馆陶，我是一名来自最基层的农民工代表，万万没有想到我能成为十九大代表，我深受感动、倍感光荣！首先感谢党和国家这些年给我们农民工及农民工子女的关爱与关心，给我们农民工生活和工作带来的实惠。

　　我与各位领导、代表有同样的感触，很荣幸能够有机会零距离亲耳聆听了习近平总书记代表十八届中央委员会作的报告，非常激动。

　　我就报告谈四点最深感受：

　　一、人民生活不断改善，脱贫攻坚战取得决定性进展，六千多万人口稳定脱贫，贫困率从10.2%降到了4%以下。

二、提高就业质量和人民收入水平，提供全方位公共就业服务，促进高校毕业生等青年群体、农民工多渠道就业、创业，为更多的农民工工友指明了方向。让我更高兴的是报告提出要建设知识型、技能型、创新型劳动者大军，弘扬劳模精神和工匠精神，营造劳动光荣的社会风尚和精益求精的敬业风气。更有知识，更懂技能，这是未来农民工工友们在这个伟大时代贡献力量的基本素质。如今农民工据网上统计两亿八千多万，这充分体现我们在这个大时代正为城市建设、社会发展奉献我们的力量。

三、农业、农村、农民，三农问题。优先发展教育事业，推动城乡义务教育一体化发展高度，重视农村义务教育。

在农民土地方面：保持土地承包关系稳定并长久不变，第二轮土地承包到期后再延长30年。

四、习近平总书记的报告讲到了房子是用来住的，不是用来炒的，加快建设多主体供给，多渠道保障，租购并举的制度让全体人民住有所居。

我对报告完全拥护、赞同！

我开完会后一定把报告再深入学习好，把大会精神带给工地的工友们，带给我的家乡父老乡亲们！撸起袖子，甩开膀子加油干！

发言如有不妥、不当之处，还请各位领导、代表批评和指正。

← 2017年10月18日，北京人民大会堂，参加中国共产党第十九次全国代表大会

↑ 2018年1月，珠海横琴粤澳中医药博物馆项目施工现场

↑ 郑州市人民法院项目施工现场

↑ 烟台城发城市广场项目施工现场

一 走向未来

—— "不忘初心、牢记使命！"我
们的初心就是要立足岗位，时
刻发扬劳模精神、弘扬工匠精
神，做好本职工作。作为一名
党员和基层的农民工代表，时
刻以习近平新时代中国特色社
会主义思想为指引，发挥带头
和榜样作用，做好本职，不断
学习。

夜幕降临，华灯初上，对北京来说，可谓是景色最美的时刻。

此刻的我漫步在这高楼林立、灯火通明的街道上，牵着妻子的手，跟着两个孩子欢快的脚步，看着不远处欢快起舞的广场舞大妈们，还有在"舞林"间欢快穿梭的一群孩子，我真切地感受到幸福离我们是如此之近。其实人的一生，就是在不停地努力中，去慢慢品味收获的喜悦。只有切身地去为自己、为家庭、为社会真实地奉献和付出，才有资格去分享这个时代美好的硕果。

"不忘初心、牢记使命！"我们的初心就是要立足岗位，时刻发扬劳模精神、弘扬工匠精神，做好本职工作。作为一名党员和基层的农民工代表，时刻以习近平新时代中国特色社会主义思想为指引，发挥带头和榜样作用，做好本职，不断学习。

团队这些年一路走来，我们承接过的主要重点工程包括外交部项目、商务部项目、国家体育场(鸟巢)、北京城市副中心、北京国家会议中心（二期）、北京大兴国际机场、北京西站、西安北站、烟台市政府大楼、海关国检综合办公楼、邯郸国际会展中心、北京东方广场、北京协和医院、北京友谊医院、北京同仁堂医药基地、珠海横琴粤澳中医药博物馆、杭州奥体中心、清华大学郑裕彤医学楼二期、友谊宾馆、北京中关村3A研发楼、北京大望路现代城、北京首创奥特莱斯、呼和浩特万达广场、北京中粮祥云、邯郸环球中心、澳门氹仔昔日瞭望台-大潭山壹号、北京远洋山水、长沙北辰三角洲、成都东安湖体育公园三馆项目、深圳前海国际会议中心等项目，其中参建的部分工程荣获鲁班奖、长城杯等国家优质奖项。

我们砥砺奋进的同时，这些年里一直热衷推动社会公益事业，回报社会。

2007年向南方雪灾及汶川地震、青海玉树地震、甘肃舟曲泥石流等灾区先后多次捐款。

2008年春节期间为同村的所有乡亲送去"北京烤鸭"和慰问金；并且支付了当年春节期间全村路灯照明费用。

2009年9月被"中国宋庆龄慈善基金会"授予"慈善形象奖"。

2010年3月，受邀拍摄国家商务部农民工出国务工公益宣传片。

2011年1月被中国宋庆龄慈善基金会授予"环球慈善人物奖"。

2008年至今坚持每年春节期间走访慰问贫困户，为20户贫困户、孤寡老人、残疾人、孤儿送去节日生活用品。

2012年6月在人民大会堂参加"第六届国际公益慈善论坛"暨中国公益慈善奖表彰大会等。

2019年被人民日报社评选为最美奋斗者。

为了践行使命与担当，我带队回到家乡邯郸市设立邯郸项目部，2010年建设家乡馆陶公主湖项目，2019年参与建设邯郸市环球中心项目、邯郸市国际会展中心项目，为家乡的城市建设添砖加瓦。

从一名普普通通的农民工到加入中国共产党，再到被推选为中国共产党第十九次全国代表大会代表，这一切都离不开党组织和各个企业对我的培养，这些重要的节点串起了我这20多年的奋斗之路，也是我们团队发展的成长之路，更是我追求幸福生活的奋斗之路。20多年的奋斗生涯让我拥有了一大群同事和朋友，也让我有了一个幸福的家庭。我的身上早已深深烙下了建筑人的印记，我会深刻铭记自己的职责与担当，在未来的人生道路上，我将继续带领团队谋求更好的发展，践行好自己的职责，并继续努力，为建筑事业贡献自己的一分力量。

感恩在我们队伍成长过程中，给予培养和关怀的各公司领导，我们的每一步成长都离不开大家的支持和帮助。

奋斗是青春最靓丽的色彩，爱岗敬业是回馈企业最好的礼物。无论何时，我始终谨记自己就是一名普普通通的农民工，在今后的日子里，我会继续带领着我们的农民工兄弟，像蜂巢一般彼此凝聚，马不停蹄地辗转奔波于各个施工项目，完美履约每一项工程，在辛勤劳动中实现自身价值。继续保持和传承"青年突击队"的优异品格，继续发扬"铁军精神"，时刻不忘为祖国、为社会做出应有的贡献。

↑ 2020年1月，谭双剑"青年突击队"北京前门大街合影